年表

諜報青年的跌宕人生，
上海女孩的時光之變。
他們的一生，
和大歷史緊密地嵌合在一起。

時代背景	程維德（父親）	姚雲（母親）
1919年 五月…五四運動	生於吳江黎里，名金大鵬，乳名玖生。	
1927年 三月…寧漢分裂		生於上海南市，名姚志新。 父親於提籃橋鳳生里開設廉記老寶鳳銀樓。
1932年 一月…一二八事變 三月…偽滿洲國成立		5歲 舉家一時避難於寧波。
1936年 日軍入侵華北 十二月…西安事變	17歲 欣賞進步作家，接受左傾思想。就讀育英中學，後轉讀嘉興秀州中學。	9歲 由上海工部局東區小學轉入工部局華德路小學，改名姚美珍。
1937年 七月…盧溝橋事變 八月…淞滬會戰 十一月…上海淪陷	18歲 四月，赴杭州受全省軍訓，初見汪精衛等人。 七月，中日戰爭爆發，返回黎里鎮。 十一月，吳江淪陷，全家避難於祖居楊墅。	10歲 八月，舉家搬往拉都邨避難，舊宅鳳生里不久即被日軍燒毀。
1938年 六月…武漢會戰	19歲 加入共產黨祕密情報組織。	11歲 全家遷入滬西鹽業銀行舊址，廉記老寶鳳重新開業。
1939年 九月…第二次世界大戰爆發	20歲 任共產黨情報員，赴國民黨戰區受訓。 十二月，獲派入嚴墓縣政府搜集情報。	12歲 畢業於私立上海小學。
1940年 三月…汪偽政府成立	21歲 年初刺殺汪偽安清會會長葉冠吾。 五月，受組織安排撤到上海，化名丁弢。	13歲 初一就讀於成都路和襄中學，初二轉至上海思源中學，改名姚雲。
1941年 一月…皖南事變 十二月…太平洋戰爭爆發 日軍進入上海租界	22歲 按組織安排搬入裴邨，化名程維德，與程和生假扮兄弟同住。先後擔任《市聲》、《先導》雜誌編輯。	14歲 由上海思源中學轉入愛國女中就讀。

回望

金宇澄

lf
文学森林
Literary Forest

獻給　冬的孤獨，夏的別離

給臺灣讀者的話

二〇一三年，《繁花》出版的幾個月後，我父親去世了。少年時代每個人都知道自己爸爸是幹什麼的，我卻一直不清楚父親的過往，那是他遵守了經歷所配備的規矩，從不談自己的事。

我寫父親，開初是被他與馬希仁先生的信件所打動，他們是青年時代的朋友，卻直到垂垂老矣才互相透了點底，彼此訴說當年做了些什麼。如果沒那些信件，這些生動畫面也就被他們永遠帶走了，這些敘事，觸發我進一步整理相關的文字和線索，最終成為本書最重要的一個核心部分。

完全依照材料的多寡決定取捨，儘量以細節、信件和圖片說話，憑藉記憶的片語隻言，連綴接續，逐漸一一列出，如果缺失，也就是留白，前後都為當事人說的內容，哪怕前後並不完全符合，也保存下來，使這種敘事方式帶有明顯的不確定效果，每一位讀者都可根據各自的角度，產生某一種判斷，每個人都有不一樣的想像空間。

有人問我，既然擁有這麼多材料，為什麼不寫成小說？我認為非虛構的方式，應該是更接近真實的一種意願，你有了一系列的真材實料，即使有所缺失，也會讓你有聚集更多材料的衝動，材料會刺激更多的材料，是非虛構的良性路線。而虛構，往往是另一類「大量填充」的路徑，比如納博科夫只是看到一則「豆腐乾」新聞，引動了他的早有的儲備和虛構狂熱，一部火車啟動，寫成《蘿莉塔》。

記得一九九〇年，我看到臺灣《光華畫報》報導，中國大陸第一個裝滿舊物的集裝箱到達了臺灣。當時大陸舊房子不值錢，一個徽派老屋被拆解，房樑、窗戶、門樓等等都不當回事，裝箱時因為構件尺寸各異，常常拳打腳踢塞進箱子，根本當它垃圾，讓我注意的是對岸臺灣深諳它的價值，碼頭上每個接船人都戴著白手套——前人留下的材料就這樣，你怎麼對待它，可以戴白手套迎接，也可以拳打腳踢，當它垃圾。《回望》這段歷史，透過這些細節與圖像的組合，完成了這本具體落實於大陸江南的人生史、家庭史和心靈史，在這陌生的、似曾相識的環境裡，臺灣讀者將感受到這條曲折難忘的故事線，也會清晰發覺很多部分仍然是一片空白——等於你打開了一個塵封的舊本子，看到了特別的內容，也發現它有缺頁的遺憾。

歷史，我們能走近和記取它的，不會是概括和解讀，而是某些難忘的形象與細節。

目錄

我的父母

他們那時年輕，多有神采，
凝視前方的人生，彷彿無一絲憂愁。
他們是熱愛生活的一對。

一切已歸平靜

母親說，我父親喜歡逛舊家具店，一九四八年在蘇州買了一個邊沿和四腳透雕梅花的舊圓桌、一個舊柚木小圓檯，請店家刨平了檯面，上漆，木紋很漂亮。

梅花桌子在一九六六年被抄走，柚木圓檯一直在家，現放著我的筆記本電腦。

一九九〇年，父親在盧灣區一舊家具店櫥窗裡看到有三張日式矮桌，樣式相同，三張疊在一起。他走進店堂，穿過舊家具的夾弄，看這三張暗褐色的桌子。

店老闆一般很「識相」，注重來客年齡、打扮、神色，不講話。父親想打聽什麼，但是沒作聲，最後快快出來，在這一刻，他感到自己真的老了。

「一定是日本租界的東西。」他對母親說。

他的兩頰早有了老年斑，這位昔日的抗日志士，已失去敏銳談鋒，即使面對他熟悉的「地下黨」電視劇，也一般在沙發裡坐著，不知是不是睡著了。

記得有一次，他轉過臉對我母親說：「冷天裡還穿法蘭絨料子？白皮鞋？」

母親耳聾，不習慣助聽器，膝上堆著報紙和一本《中國老年》雜誌，看一眼屏幕，沒明白他的疑問。

這是我聽到父親唯一的不滿，他的話越來越少了。

他曾是上海「淪陷」期的中共情報人員，常年西裝革履，也經常身無分文，為失業苦惱。

「穿不起西裝，總要有七八套不過時的，配背心、皮鞋，秋大衣不可以冬天穿，弄得不好，過去就叫『洋裝癟三』。」

他不許我吃日本料理，每提起深惡痛絕，「日本飯是最壞的東西」。或許，那是我母親講的，五十年前，他誤將盤子裡的生豬血當作番茄醬的原因。

出事那年，因「日共」某組織在東京暴露，很快影響到了上海的情報系統。某個深夜，父親與他「堂兄」——他的單線聯繫人，幾乎同時被捕。警車駛近北四川路橋堍，「堂兄」突破車門跳車，摔成重傷。

他被押至憲兵司令部（位於大橋公寓，據說一九四二年李白被捕也關押於此），由東京警視廳來人嚴刑審訊。他記住「堂兄」摔得血肉模糊的臉，始終堅稱自己由金華來滬探親，不明「堂兄」近況，本埠不認識其他人，無任何社會關係。金華是國民黨地區，他講了很多金華的細節，但不會說金華方言，所幸東京人員疏忽了這最重要的破綻。翌日，他被押往日軍醫院對質，「堂兄」已奄奄一息，只微微捏了他的手。兩天後，「堂兄」在醫院去世。

隨後的一年，他被囚禁在上海提籃橋監獄。

日佔時期，這座「遠東第一大獄」仍以設計精良著稱，整幢建築通風通聲，稍有異常響動，幾層樓都聽得清。新犯進門循照英制，三九寒天一樣脫盡衣服，兜頭一桶臭藥水消毒。糙米飯改成日式分量，每餐一小碗。囚徒必做一種日式體操，平時在監室裡趺跏一樣靜坐，不可活動。四周極為靜寂，只有獄警在走廊裡反覆來回的腳步聲，鐘擺一樣的規則。

有天傍晚，聽到一日本看守低聲哼唱，踱步經過他面前鐵柵，歌詞為俄文：

Эй Ухнем, Эй ухнем, Эй ухнем, Ещё разик ещё раз
（哎喲嗬，哎喲嗬，齊心合力把縴拉）
……
Разовьём мы берёзу, Разовьём кудряву
（穿過茂密的白樺林，踏著世界的不平路）
……

Эй ты волга мать-река, Широка и глубока

（伏爾加，可愛的母親河，河水滔滔深又闊）

……

靜坐獄中，歌聲出自一敵方士兵之口，聯想到詞句的全部含義，他深感驚異。斷斷續續的〈伏爾加船夫曲〉，熟悉的旋律送入他的耳鼓。正是日蘇極敏感時期，這位年輕日本兵，戰前是幹什麼的？是學生？現實的隔閡，在熟知的歌聲中攪動，產生難言的感受。

次年，他被解至上海南市監獄（即南車站路看守所）。一年後，解至杭州監獄。兩地都屬汪偽管轄，等於嘈雜的菜市場，杭州監獄更甚，剋扣口糧，犯人已到食不果腹的境地，必須依靠親友接濟度日。監室走廊裡，每天擺有外來的餛飩擔，也賣小籠、春卷、蛋炒飯、大肉麵以及「包飯作」攤檔，收受各類鈔票或細軟，付了賬，或一個鍍假牙，小販遞進鐵窗一碗三鮮麵、「片兒川」或幾個菜肉包，獄卒聽之任之。一人在牢裡吃，四面是飢腸轆轆的餓眼，幾乎每天都有餓屍被附近的廟祝抬出去。

記得一個身披獺皮大衣的北方人，趾高氣揚進監，出手闊綽，常常拿出鈔票和首飾，從外面大館子裡叫菜，叫熱毛巾揩面，終因缺少社會資助，懂得討價還價，然後錙銖必較，數零錢吃餛飩麵，吃廉價蓋澆飯，最後無錢可拿，一件一件剝下衣衫以得充飢，沒有接濟，坐吃山空，最終飢寒而亡，死時蓬頭垢面，僅穿了一套底衫褲，如縮斃街頭的乞丐。

附近監室，囚禁不少身分複雜的英、美籍男女，基本失去西人風度，洋裝和絨線衣每個縫隙裡，蠕動著密密麻麻的蝨子，除了被押走幾個之外，不久都餓死了，沒人管。

這期間，他得患重症傷寒、敗血症、肺病、關節炎，頭髮大把脫落。所幸監外幾位好友的接濟，多方搭救，一年後被獄卒揹出門來，保外就醫。

他得以重返上海人間。他的年輕和活力，神奇地抵禦了嚴重的疾病，恢復曾經的體魄和風貌。他依舊是情報系統必要的一環，他的聯繫人在法國公園、地地斯咖啡館（DDS），以及三官堂橋的棚戶裡等他。

日本宣布投降的那天晚上，是他和朋友慶祝勝利的狂歡之夜。一群青年人開懷痛飲，在路上漫無目的閒逛，高聲談笑，無所顧忌。陶醉中走近西區，已是子夜了，只見附近綠樹叢中某一幢大洋房，通體燈光雪亮，門窗大開，頓悟這是某大漢奸的宅第，於是大搖大擺推開鑄鐵院門，進入這所大房子。滿地狼藉，宅主顯然已逃匿，貓狗全無蹤影，凌亂的大菜間裡有幾箱洋酒，眾人打開箱蓋，人手一瓶，巨大枝型吊燈照耀著一張張年輕人光彩奪目的面孔，於是歌唱起來，聲震屋宇，一直鬧到東方既白，一個個醉倒在細木地板上鋪的波斯地毯上。等下午醒來，這幢折衷主義風格的豪宅仍不見一個人影，只有花園裡小鳥在鳴叫。

父親說，靜安寺以西，也即「大西路」的「美麗園」，「淪陷」時期是汪偽要人最有名的「漢奸窩」，現只有上年紀的「老上海」才知道了。

父親的兩個大書櫥，裝有不少共產國際著作，列寧、史達林文集，包括《九評》等等多本政論剪報，不少的線裝本舊詩。初版紅布封套《魯迅全集》是母親買的，與之相配是父親的《餓鄉紀程》、藍絲絨面《海上述林》。他的閱讀興趣一直與時代同步，一九四〇年代有高爾基《克里・薩木金的生平》，一九五〇年代除了《靜靜的頓河》，還包括《三個穿灰大衣的人》、《拖拉機站站長和總農藝師》等蘇式主旋律小說。他鍾愛和敬佩俄國畫家列賓的作品，有多本中譯蘇聯美術評論，對蘇聯文化完全接受，包括蘇聯大馬戲團、鋼琴家和烏蘭諾娃來滬演出，他都清晰地記得，並保存那些並不顯眼的節目單。

「文革」初期，他裁開兩大張紅紙，大字書寫「四海翻騰雲水怒，五洲震蕩風雷激」，貼在兩扇玻璃門上，以示對運動的理解。沒半個月，這幾扇門被抄家的紅衛兵多次打開，搬走大部分閒書、日記、相冊，包括一對威基伍德洋青花瓷盤，一座鑄鐵少年像（記得背面常附有同色的蟑螂卵），一尊據說是真正宣德爐，等等，留下的也就是已經泛黃的共產國際理論著作，列寧、史達林文集，《九評》等多本政論剪報，初版紅布封套《魯迅全集》。

一九七八年運動結束，開始「落實政策」，我父母的日記及幾大冊照相簿都已發還，盤子和零星器物自然不知去向。某一日，父親接到通知，請他攜帶當年具結的被抄清單，去上海龍華機場認領圖書。我和父親興沖沖趕到那個巨大的飛機庫，發現庫內是一個裝滿舊書破紙的超大堆棧，人頭攢動，塵灰飛揚。

無數的人，無數雙手，在無數的書冊中翻尋，空氣中充滿濃重的舊紙霉味。他立刻明白，此番根本找不到自己的書了，找不到他喜歡的一鉅冊銅版紙《浮士德百卅圖》。四周都是書主，人頭攢動，滿眼舊書，曾經被一本一本從全市各個私人書櫥裡取出、裝入黃魚車或汽車，敲鑼打鼓匯集到這個雜亂高廣的所在。這些來自四面八方的圖書與主人間的聯繫，早就被徹底割斷了，每一個來者，此刻都念想著過去，眼前這座大庫也確實盛滿了過去，但只是一種複雜的堆疊，糾纏著深不見底的破碎記憶，每人要找的每一頁字紙，已熬煮於目眩神亂的這個旋渦之中，必與主人無緣。每一位來者，雖已被告知，可按照當年的單據取回同等數量的書冊，但現場充滿了無盡的焦慮與絕望，大家都流著汗，手眼所到之處，只是無數非常陌生的他人的物品，普遍心情不佳。

記得那天，父親與一小青年爭了幾句，對方應該就是失主代表或家屬了，卻不明白也不愛惜這些舊物，一路亂扯亂翻，隨手把一函一函整套的線裝書拆散，東拿幾本，西挑幾本。父親拉住小青年說，這樣做是不對的，拿回去也沒有用。對方大聲回答：這是我個人自由！現在誰怕誰啊！

明顯是個受害者，倒滿有當年害他長輩的這種作風！父親事後說。

失去了預期的喜悅，他意興闌珊，沒有取回超過原值的書，包括那些他清楚的貴重版本，心情低落。此次從飛機庫帶回的大多是便宜讀物，即使這樣，以後細翻這幾大捆舊冊，窺見零星的藏書印、私人筆跡、剪報，甚至某一頁夾有的一絲頭髮，都令他不安。其中一本《給初學畫者的信》（蘇聯赫拉帕科夫斯基著，人民美術出版社一九五七年版），蓋「墨海」雙框白文印，扉頁上是主人匆匆的鋼筆字：

支援官亭抗旱歸來路過書店，見而購之。

王堅強 65・3 補記

沒有此人更多的信息。

王堅強，這個人在，還是死了？父親說。

三十年前紅紙墨筆的領袖語錄，早已經不知去向，書櫥中缺失不少內容，增加了《鹽鐵論》等「文革」重版「儒法鬥爭」讀本。當年打掃廁所的無數個夜晚，他是在靜

父親（二十八歲，《時事新報》記者）與母親（二十歲，復旦中文系大二學生）在太湖留影，一九四七年四月七日。

留影於外灘黃浦江船中，也在此時，組織上批准他們結婚。一九五〇年十月。

讀這一類新版古籍中度過的。到一九八二年，整疊讀書筆記被他包了牛皮紙，貼一標籤「《掃閒堂筆記》」束之高閣。以後，櫥裡擺有他和我母親從西安、昆明、桂林帶回的小紀念品，我曾給他一塊火山石，他也貼一小紙「1988.8.1，長白山」（我登山之日），放在一起。

櫥裡一直擺有他和我母親的合影。

他們那時年輕，多有神采，凝視前方的人生，彷彿無一絲憂愁。他們是熱愛生活的一對。

其實在拍攝此照的歲月裡，父親奉命回蘇北根據地接受審查，母親在復旦上大二，不知聽了哪個同學的話，想去北方革命，她的資本家哥哥大驚失色，趕到北火車站，將她從即刻開動的火車上拖回來，關在家裡一個月。

如今，一切都歸於平靜了，他們都戴老花鏡，銀髮滿頭。寒冷的雨雪即將來臨之時，父親輾轉不能入眠，獄中舊傷仍然隱隱作痛；母親一直是熱心的報刊讀者和離休組織開會對象。他們身體還算硬朗，沒有和孩子住在一起。

有一天早晨，父親摘了菜，喝了一杯茶，後來對母親說，今天不吃菜了。母親沒聽清，去到廚房後發現，父親已把豌豆苗裝到黑袋子中，丟進了十二層的垃圾通道，無法找回，摘剩的枝梗盛在塑膠籃子中……母親說不出話來，把那些枝梗裝入黑塑膠袋，扔進十二層的垃圾通道。第二天，她給每個親友打電話，提到父親這個過失，可惜那些青翠的豌豆苗。她大聲訴說這事，使聽者都有所觸動。

新中國成立後的某一年，父親突然被告知去京開會，實質是坐汽車在市區轉了好長一段路，被禁閉在一幢不知名小樓裡。周圍有多幢這類小樓，屬於本系統的人員，因某件大案的株連，每個「有問題」者被獨拘一座小樓，書面交代問題，每週允許與家人通信一次，也就是寫一頁無信封的內文。父親一直不知道這小樓的位置，其實是在附近淮海中路一二七三弄的「新康花園」，距長樂路我家只兩站路。我母親也全然相信他去北京「長期學習」，離開了上海。幾個月後，父親在一回信裡提到「昨晚大雨，響雷」。細看這一句，母親忽然意識到，他肯定不在北京，而是在上海！記得那一晚滬上大雨，空中響徹巨大的雷聲，但她不能在回信裡提出疑問。

在這段漫長的日子裡，他每天獨坐，默寫那些寫不完的交代材料。

有一天聽見窗外有小販叫賣麵包（當時有這類小販）的吆喝聲，是他十分熟悉的一種聲調……他終於想起來，以前在家裡多次聽到這種聲響，耳熟能詳，「賣麵包唻，羅宋麵包，豆沙麵包唻……」離家半年他才明白，這座小樓與自己的家，都屬於小販遊街串巷的同一個活動半徑，親切的嗓音，經過小樓旁草坪和寧靜的梧桐，一直曲折遊蕩，就可以返回自己熟悉的家，讓他忽然明白，也只有小販們的世界，才是真正的自由王國。

父親離休後的第二年，見到了情報系統的老上級。一九四九年後，這位老人即被禁錮於江西某農場，直到一九八〇年代平反。八十多歲的老先生，忽然轉身成為一個享受相當級別待遇的老幹部，卻沒有任何同事和朋友，有時被司機送到一個重要會場去，發現誰也不認識，只能回來。

父親說，他同老人晤面那天，頗有一九四九年前的接頭色彩，兩人坐在靜安公園一個茶室，湊得很近，壓低聲音說話。父親說，老人輕聲講話的方式和語言，仍然是解放前的那一套，完全沒受過解放後的政治教育和學習，甚至夾雜了江西老農的詞彙。

在「白區工作」的歲月裡，老人是一個重要的存在，是父親崇拜的領導人之一，廣交三教九流朋友，面對雙重或三重間諜（情報如生意，做「赤俄」、「白俄」情報、軸心國情報、國共兩黨情報）游刃有餘，精通幾國語言，衣著考究，用古董錫蘭銀菸盒、海泡石菸斗，喝咖啡、下午茶，每夜收聽同盟國新聞短波，密切關注時局。

但如今一切都變了。老人從塵封幾十年的箱籠裡，取出陳舊的英國斜紋呢大氅，壓滿皺褶的呢帽，手中的「司的克」（手杖）早已不見，改為他兒子在四川買的竹杖，時常恍恍惚惚，自以為還是在一九四八或一九五〇年，他只在清醒時嘮叨說，現在一切都好了，只是沒朋友，沒有事做。

父親說，他要做的事，四十年前已做完了。

那段時期每隔一天，父親會收到一張雙面蠅頭小字的明信片，他必也密密寫滿了一張，翌日回寄對方。這是南京老友寄來的文字，南京明信片為豎寫中式，父親是西式橫寫，一來一往，不亦樂乎。

當年這位老朋友搭救他出獄，一九四九年直至「文革」疏於往來，後不知怎麼接上了聯繫，雙方相互在信裡做舊詩，講無數舊話。這種赤裸的文字卡片，在小輩眼裡是過時和怪異的。

幾年之後，老友去世。

明信片無法收寄，父親失去了觀看蠅頭手書的樂趣，出門的次數更少了，手頭有一部縮字本的《廿四史》，他每天用放大鏡看這些細小的印刷體。

在老境中，友人終將一一離去，各奔歸途。他們密切交往的過程，會結束在雙方無法走動、依賴信件或互通電話時期，然後是勉強的一次或幾次探病，最終面臨訃告，對方也就化為一則不再使用的地址和電話號碼。死者的模樣仍然是在的，在活者的腦中徘徊，卻不再有新的話題，只無言注視前方，逐漸黯淡。這種化分之後的形象，終也有一天，連同保存印象的主人一起，忽然消失。人的全部印象，連帶記取他的活者本身，全都消失以後，才是真正的死亡。人是在周而復始替換這些印象中，最後徹底死去的。

某一年冬季，父親見到了一位不速之客，當年某同學的小兒子。同學於一九六六年死於非命，如今見了晚輩，父親非常喜悅。

客人是外地中學教員，瘦弱，中等身材，衣著樸素，典型白面書生，因為來滬出差，萌生了探望前輩的想法，帶來一本回憶集，收有我父親的文章，父親住址，是他按書中介紹的作者單位打聽來的，很不容易。

我父母都很高興，招待這位遠方的「外侄」。

年輕人儒雅有禮，話音不高，母親聽不太清楚，只是對我說，父親那天飲了不少酒，講了不少有關過去的那種動情的話，從沒見他這麼高興和激動過。

父親覺得，這是一位非常了解長輩歷史的青年，觀點很有見地，做中學教師有點委屈了。

來客供職的中學，在某省某鎮，抓教育不力，教師發不出多少工資，這次他來上海，擔負了聯繫「希望工程」的任務。

父親立刻答應想辦法，寫了幾個地址和單位電話號碼，憑此可以去找一些人，相信是有用的。

就這樣，兩代人緊密聯繫在一次午飯中。下午四時，客人告辭，我父母堅持送至樓下，一再囑咐這位青年，有暇一定再來坐，希望還能見面。

三天後，父親接到一老朋友電話，說家中也接待了這樣一位外地青年教員，對老一輩人的往事，來人極其熟悉。父親啞然，之後整個下午，他按那天給出的地址，一個一個通電話，對方均表示沒見過這個小鎮教員，更無人聯繫「希望工程」之事。

這位儒雅的白面書生，去到哪裡了？

事後我母親說，那天臨走時，年輕人說回鄉沒有車資，父親給了他一筆錢。

這事漸漸使我們不安。

我大哥希望，父母到外地休養一段日子，或考慮就此和兒子住，至少不會再冒冒失失，把一個陌生人接到家裡來。錢是小事，出其他問題就麻煩了，你們都不能出事。是否要報案？請派出所分析一下？父親那天開出的電話和地址，也要趕緊一一通知到對方。

父親那天沒說什麼話，大家都呆呆地看著他，等他說話，提供什麼線索。

「這年輕人還不錯，也許是缺錢。」父親最後說。

他的判斷或許是對的，直到今天，再也沒有新事發生。只是從此後，他再不提這件往事了，再不提這個青年。

在晚飯前的那段平靜黃昏中，父親開了燈，伏在《廿四史》縮字本前，用放大鏡看那些小字。他已經八十歲了，他聰敏、沉著、自尊，在漫長的人生中，已無法再一次尋找他年輕時代的神祕未來，只能在放大鏡下，觀看密密麻麻的過去。

—黎里・維德・黎里—

父親

我母親說，只在某一封沒寫完的信裡，
「才見到你爸爸充滿情感的回顧：
『天寒颳起西北風，讓我想起滿目蕭條的，
我的青春年月……』」

黎里

一

父親九十歲那年，我家三代人，三輛車，沿滬青平公路、朱家角、金澤、蘆墟，看望我們的故鄉：吳江黎里鎮。

鎮耶穌堂以東，下岸臨河，有金家四進老宅，基本為清代建制，歷經一九五〇年代「公私合營」等變故，年久失修，房子朝東傾斜，如今只餘一間算金家（我三姑母）所有，臨河大門似乎變矮了。幽深的弄堂還在，見到釘有一塊門牌「中金家弄」。

弄堂上方，灰暗的屋簷翻軒，尚留有精緻雕花，朱漆光芒早已消失，綻露暗紫底色，前廳側扇的玻璃洋門，還有一件洋白瓷的拉手，父親說是清末舊物，門上原有一個銅鈴，有人進來，門鈴便響，過去叫「響鈴門」，這鈴自然已不見了。在他童年時代，這宅子已開始衰敗，如今儀門及東牆的精緻磚雕，都於「文革」中被毀，宮扇的字畫刮盡，房屋雜亂分割拆建，第一進天井裡搭出一間水泥房子（解決居民住房困難），弄堂的方磚踏過幾代人腳步，依然沒見破碎，父親說它們起碼有兩百年了。

這裡曾經的家具、字畫已蕩然無存。他記得大廳東牆原有一副對子——「濡染大筆何淋漓，浩茫六合無泥滓」，是北京一戊戌翰林所書，青年時代的父親，常看著它，遐想所謂天地之大，文章之美，盡於不言中……

抗戰前，父親在嘉興讀高中，有次回家拆開一包銅板，當時一塊銀元兌三百銅板，一百個一包，他發現其中夾有一枚鑄有鐮刀斧頭交叉圖案的「中華蘇維埃共和國中央政府」制錢，悄悄塞於二樓窗前的屋瓦下面。這天我們在弄堂裡魚貫走過，他看看花窗內的低矮屋脊說，還像是舊瓦片，有這只銅板吧？

在青年時代，他多次離開這所老房子，多次返回到這裡。一九三六年，蘇州、嘉興之間築有蘇嘉鐵路，「蘇州南」到嘉興全長七十五公里，他去嘉興讀書，去杭州接受軍訓，經常坐船，坐這路火車。到了一九四四年，日軍需要鋼鐵，這條鐵路被全部拆毀，至今沒有重建。

他記得蘇嘉鐵路中途的平望火車站旁，有白布黑字旗的「慰安所」，盛澤鎮上也有三處，一處在銀行街，另兩處是姚昌弄和後街，靠近盛澤日軍司令部。

一九三七年十一月十二日吳江全境淪陷的這天，從青浦嘉善方向來侵的日軍汽艇經過黎里鎮西行，軍用地圖應該標明附近隱有這座大鎮，但他們直接駛往交通要道的平望。這天下午，我父親尚在淒清的鎮街上張望，根本不知道日寇已經過了本鎮，可見這一帶水域之複雜。

父親筆記

首任維持會長丘糾生，被不知名游擊隊擊斃，停屍鎮東商會，竟無人弔唁。

父親筆記

我鎮一捐官士紳，素善書法，淪陷後自謂「進士」遺老，應召赴平望日本軍部，呈手書楹聯：「為善日不足，讀書樂有餘。」敵酋閱即厲責，「日不足」所指何謂？「進士」驚怖萬狀，伏地乞命。此係先考所述，至今已六十又五年矣。

即使敵方從無駐紮，黎里鎮「維持會」仍迫於平望日軍的壓力，商量來商量去，最後決定在某月某日，送鎮上幾個最無親無眷的尼姑到平望去交差。這一日，清早落了小雨，「遠遠就聽到女人哭聲，鎮裡人人曉得，是幾個尼姑的聲音，一艘菜販小船要送這幾個女人去平望了。哭聲越來越響了，小船順了橋洞開過來，慢慢近來，慢慢搖過去，聲音慢慢低下去，輕下去……這是啥世界?!天落無窮無盡細雨，小船一路搖，尼姑一路哭，槳聲哭聲，穿進一座接一座石橋洞，朝鎮西面慢慢慢慢開過去……這是啥世界?!」

兩年前，也即一九三七年四月，他和全體高中同學去杭州大營盤（現鳳山汽車站一帶）接受全省軍訓的階段，根本不會相信，他的黎里鎮會有這樣的局面。

那是沸騰的四月天，火車開到了艮山門，大家束緊了皮帶，打好綁腿，腳穿烏黑錚亮的高幫皮鞋，分兩路縱隊，步行經過了南星橋，引得路人圍觀。

中隊長芮乾元，雲南人，三十左右，衣冠整潔，掛「軍人魂」短劍，外鞘有「蔣中正贈」四字，據說軍官凡中央軍校畢業均佩此劍，戰敗可用以自戕。

進入大營盤，同學們脫下黃卡其高中校服，穿灰布軍裝，粗布襪，休假出營，門崗有檢查，規定改穿高幫皮鞋，必須擦得烏黑錚亮，出操換苧麻編結的草鞋，發刺刀，「中正式」長槍是當年最新型號，比七九步槍短很多，宿舍有固定的個人槍架，刺刀插入皮套放於床頭，清早四點半一聲起身號，值星官穿戴整齊，連聲催促，一連串「快！快！」「動作快!!」全副武裝，披掛水壺、背包、腰帶、刺刀。他覺得最麻煩的是纏綁腿，一團綁腿布捏到手中，越忙越綁不好，要打出規定的三個「人」字花，要挺括平整，有人可以打到膝蓋上，更顯兩腿修長。

每天「三操兩講堂」、加強野外行軍、演習，軍事教材是六十四開玫瑰紅封面《步兵操典》——包括「野外勤務」、「築城教範」（築戰壕、防禦體操作）的正規軍校教本。軍訓第一條規定：聽到「蔣委員長」四字，無論何時何地，必須迅速立正。一個三百來人的大隊，瞬間爆發出三百來雙皮鞋敲擊地面的一聲巨響，其速度之快，動作之整齊，聲音之響亮，令人震撼。

他發現學生兵明顯被優待。普通士兵犯紀即當眾吃軍棍，立刻剝除下衣，撳倒地上緊壓雙腿，一軍人舉起七尺長軍棍執行，共打五下（輕罰），已皮開肉綻。學生兵犯了錯，最多關禁閉。

父親筆記

在杭州，我竟同二姊會了面。蘊姊十七歲出嫁，後搬到蘇州，一直關係親密。三年初中我在蘇州讀書時常去見她，她曾在景海及惠靈中學讀書。後來搬家到上海，住寶山路。這次父親來信說她到了杭州，我非常高興。隔天照信上的地址找到艮山門，走進一個上海里弄式的房子，剛上了二樓，不料正與她迎面相遇。我熱得脫下軍帽搧風，她見一個光頭對她傻笑，竟認不出我來，「倷（引注：你）尋啥人？尋錯人家了！」我叫聲「阿姊——」「啊呀——是弟弟哩，剃了個光頭？從啥地方來呀？」見我這身打扮她大為驚訝，兩人哈哈大笑。我摸光頭說：「軍訓啊！」——我十八歲，她二十一歲。這一幕印象甚深，如今回想，就像發生在昨日。

二姊是為服侍高齡的公公，特地帶了女兒搬來杭州。她介紹我同一個白髮蒼蒼的老者見了面，實際也不過六十歲左右年紀而已，較顯蒼老。知道我在杭州軍訓他非常高興，瞇起老花眼從上到下對我打量一番，馬上叫我姊姊：「『代名詞』，去買點心給弟弟吃。」說來好笑，據說姊姊初到夫家時，學生氣未脫，有一回大發議論說，人的名字，不過是個代名詞罷了，怎麼取都可以。聽者大噱，遂給她起了「代名詞」的綽號。以後姊夫全家上下都叫二姊為「代名詞」而不呼其名。

這次去看姊姊，同她沒講多少話，倒是老先生與我叨叨不休，拿出裝裱的冊頁詩作，不厭其煩一頁頁講解，字寫得蒼勁古樸，很有功底。現在想來，老先生怎會拉我大談詩詞？他的談與不是為我，他三個兒子一個女兒，個個不在身邊，且同詩文無緣，同我姊姊也無從談起，無人好談，知道我是高中生，好似遇到知音，一發而不可收。我不理解老人的苦楚，只喜歡他一手好字，想討字又不敢。此後一直再沒見過他。

六月下旬的某日，杭州特別熱，全體高中生集中到營房前操場，不久大學生隊伍也到了，一片「報數、立正、稍息、實到人數」聲此起彼落，值星官喊口令開始拖長尾巴，聲音變粗，立正的「正」字拖長四五拍，全場一萬多人集合完畢。

總隊長范漢傑從一群軍官中出來，白面書生，掛少將金底板領章，穿棕色馬靴，一口文質彬彬廣東官話，踏上司令臺，大隊長高喊「立正——」一聲「正」字長音，那年代不用擴音機，全靠丹田之氣，數千人都能聽到，因此當年軍官像唱京戲，天濛濛亮要去田野裡吊嗓子。此刻，另一批人由側門魚貫上臺，為首穿夏季白西服的是汪精衛，後面是曾仲鳴、褚民誼和陳春圃等人。

他記得就在這天，汪講了「焦土政策」，開口閉口「兄弟」、「兄弟」，引出「焦土抗戰」的議論，當時報紙還沒公開提出這個調子。汪一再強調中國是弱國，比日本落後六七十年，弱國之民要抵抗日本人殺進來，是很難的，只能讓敵人進得慢一些，要爭取時間「安內攘外」，對付日本人要抱定犧牲決心，即使人與土地「俱成灰燼」……

褚民誼（曾提倡「救國不忘運動」，生性風流）也結結巴巴講了幾句，南潯話，江南小鎮味道……無人能預測時隔八年，抗戰勝利以後，我父親在蘇州高等法院記者席，聽此人語無倫次為漢奸行為開脫，雖一再申言曾保留孫中山肝臟有功，乞求從輕發落，終不免伏法。

《抗戰時代生活史》／陳存仁

……（褚民誼）臨死以前，忽然很鎮定，跟攝影記者笑著說，這是最後一次照相了，希望照得好一點。他的一槍，是從背後打進去的，褚民誼原有太極拳的功夫，中槍之後，忽然作一個鷂子翻身，仰天而逝，結束了他糊塗的一生。

每天頻繁出操和急行軍，導致父親腿部的淋巴腺腫脹潰瘍，一次在家信裡告訴了父母，不料引起他們萬分不安。

一個星期六下午，我祖父從黎里鎮趕到杭州大營盤。我父親剛跑近門房，見老人家正對著營門內張望，見到他就詫異地問：「腿上癤子怎麼了？不要緊吧？啊？」他回答說，已經收口了，已經好了。那時，他一身軍裝，剃了光頭，打綁腿，彷彿變了個樣子。祖父目不轉睛凝視他說，夜裡可以跟我一道住旅館吧？他答說受訓期間不可在外住宿的，但為免老人家失望，最後約定改日再見面。父子倆立得筆直，講不出幾句話來。

翌日中午，祖父又來到大營盤，穿一件白香雲紗綢長衫，戴淺灰色巴拿馬軟木帽，父子倆走到西湖旁邊坐了一會，吃了一碗麵，一瓶橘子水。我祖父抽菸，不時望望我父親，望遠處的六橋山水，神情憂鬱。父親回憶說，你祖父以前常來杭州遊玩，大概留下了太多的印象……

這次相見，只短短三個小時，要按時回營了，兩人步行到南星橋，一路說了些什麼話，已不記得了，走到大門口準備告別，就聽我祖父說：我車票已買好了。然後祖父背過身去，就於西曬太陽下緩步離去，路上留下了長長的影子。我父親在短牆柵欄縫隙裡目送老人家漸行漸遠……尤其當他進入了自己的老境，每提起這告別一幕，恍如隔世，常常極為傷感。

二

黎里附近，震澤、南潯之間的楊墅兆村，有金家祖墓。一九三七年，父親讀高中時特意從震澤步行「尋根」，路旁祖墳地基還在，附近有「金氏宗祠」，于右任題的匾額。

據我祖母說，金家是明代被抄，一大家子逃難，其中一支逃到了附近的楊墅，多年後枝繁葉茂，築起江南人稱的「牆門莊」，然後是突然一場大火，又遷往了黎里鎮，同時遷入的是金家另一分支，出過一位孫中山、蔣介石的私人醫生金誦盤（曾多次給我祖母看病），是我祖父的堂弟，其子金定國與蔣經國為結拜弟兄，多年前被海內外媒體集中報導，熱過一陣子。

遷來黎里鎮前，我太祖父一直無所事事，嗜好鴉片，嗜賭，不久就去世了。我太祖母帶著三個孩子，花一千多兩銀子買下了黎里鎮「中金家弄」房子，作為寡婦，在當時是十分招搖顯眼之舉。入住後，太祖母著手翻新這座舊宅的第二進房屋，包括弄堂旁長長一排裱有字畫的宮窗。以後，也即我祖父五歲時的某個深夜，一夥強人奪門而入，捆綁了太祖母，將家中所有的金銀洗劫一空。所幸她還留有窖銀，待到幾個佣人挖出了裝元寶的地缸，卻發現缸裡全部是赤鏈蛇，太祖母立刻就哭了，她知道，金家要敗了。

太祖母去世，留下三個少年人——我的祖父、叔祖父和姑祖母。祖父當時十七歲，在蘇州東吳大學讀預科，已與鎮上蔡姓大族女兒攀親，因此由族長出面做主，金家向蔡家借兩千銀元，辦了我祖父這一門婚事。新過門的祖母（蔡月座）也是十七歲，賢慧能幹，不久就為我的姑祖母攀了親，嫁與蘇州帶城橋下塘的袁詩亭（曾在北京大學教書，其侄袁水拍，排球教練袁偉民，都出自蘇州袁家這一族）。以後，我祖母也為我的叔祖父娶了親（黎里鎮汪家），也是由族長出面，正式為金家兩兄弟分了家，其時金家一千畝田地被一分為二，中金家弄的宅子也一分為二，後二進為我叔祖父使用，前二進歸我祖父居住。

祖父兩兄弟的關係一直十分要好，維新時期廢除科舉，他們曾一起拜同里鎮「江南大儒」金松岑讀書，結婚後兩人照常在一起玩。當時的黎里鎮，已有了所謂「交際花」，按現今理解，就是相對新派風流的已婚女人每夜在家中會客，丈夫毫不過問，是可以徹夜接納男人們上門打牌喝酒之所。兩兄弟經常深夜才回來，有一夜我祖母鎖了內門，兩兄弟在天井裡呼叫之時，樓上就傾下一大盆冷水來，兩人渾身濕透。這表明我祖母已十分不安，不久，她就賣掉了兩百畝田，讓我叔祖父赴京讀書。

當時黎里鎮到北京，舟車輾轉極不方便。我叔祖父金鶴年就讀於北京朝陽大學法律系，精通日文（其時中國法律均由日本引入）。抗戰前他在設於蘇州的「江蘇省高等法院」任檢察官，後辭任，戰後在桃花塢買了大房子，很是氣派，已然是當時蘇州最知名的律師了，在上海金神父路（今瑞金二路）有事務所。

即使用現時的眼光來看，我祖父在當年也算是新派人物，只是他一直在鎮裡生活。他朋友無數，花錢如流水，常去蘇杭遊玩，喜歡洋貨和化學，家裡有不少化學玻璃儀器，還有網球拍、洋酒洋菸。有一段時期，他經一位朋友介紹，在鎮小學教過書，後因為教了一個白字，被人取笑，立刻就辭職了。他喜歡廣交朋友，共和時期推翻帝制的群體中，黎里人氏不少，黃埔軍校有幾位朋友來信，希望他過去做事，但當時從江南去廣州要轉道香港才能到達，祖父因覺得麻煩而作罷。

待到北伐勝利，有個朋友忽然做了浙江省水警廳的廳長，立刻寫信來，邀我祖父去做財務科長，月薪兩百大洋，於是他快樂地去了。這時已經是新派軍隊編制，戴制帽，一身青灰色嗶嘰制服，尖頭高幫皮鞋，武裝皮帶，他曾這樣打扮了在鎮上走了一趟，在照相館拍了照片。大家都覺得驚奇，只是我祖母對這身裝束生疑，認為已經穿了洋裝，現又改為軍裝，是不吉利的，沒有好處。

果然，祖父到職沒幾個月，水警廳的廳長忽然間就死了，他的全班人馬立刻被後任取代，祖父只能帶著幾百大洋回到了鎮裡。我父親對我說：「你祖父只是字寫得好，其實他不懂得做事情，是不會做事的……」

祖父的狀態就是如此，一直閒於家中，無所事事，常去蘇杭遊玩，喝酒打牌，性情慷慨，常借錢給朋友，所幸是他始終沒有染上鴉片煙癮；一度他很想做小職員，請蘇州我的叔祖父幫忙，但在當時，法院系統的人特別謹慎，講究規則，我叔祖父到底也沒有介紹什麼事情給他做。

黎里祖屋弄堂上方。

黎里廊棚。

金家老宅與黎里鎮不少的老建築，同樣是在靜謐時光裡逐漸衰老……我祖母嫁來後，雖也如我太祖母那樣盡力維護修葺，然而這些老屋仍然散發著朽壞之氣，家中事無鉅細都由我祖母操持，一直有佣人、廚子，春秋兩季請裁縫，表面架子大，實際已陸續變賣田產……直至最後訖盡，終不願賣掉房子。溯自我父親讀初中階段，家中用度已很嚴峻，每至新學期開學，祖父即到蘇州求姑丈接濟，祖母不時變賣細軟……有次，他見我祖母從箱籠裡翻出兩朵發黃的珠花、一件狐皮袍子，裹成一個包袱，囑咐黎里鎮一個叫萬隆的老裁縫悄悄從後門攜出，走很長的石板路，繞很大一個彎到鎮西的當鋪裡賣掉，湊夠了學費。

他一直被初中三年的經濟窘境壓得喘不過氣來，何況高中呢。欽佩進步作家，接受左傾文藝書籍的變化，是在這個階段開始的。他隱隱感到遲早有一天，他會進不了學校大門——情況確實如此，也就是他在震澤鎮育英高中讀書那年，日軍突然入侵了華北。一九三六年除夕，育英中學歡慶元旦，學生會主席發表講話，盛謝校方安排的除夕會餐。誰也預料不到他竟然上臺發言說：國難當頭，校方不該如此慶祝——今夜會餐的錢款，應如數捐給綏遠前線將士才更合理……校長勃然大怒。

當晚同學們都在用餐，只他一人靜靜站在學校附近的河岸邊。「效仿屈原之行吟，極為孤立」，他在當天的日記裡這樣寫。本學期成績單「品行」一欄，被評為「乙下」，這在他無疑是「奇恥大辱」，因此不久他就轉校到嘉興秀州中學，再讀高一。

這是一所教會學校，校長顧惠人是留美生，虔誠的基督徒，父母據說原為教堂佣人，獲美國牧師好感，因而助其子出洋讀書。全校課務由教導主任和一個美國教師竇維斯負責，設有工讀，可全免學雜費。

比起黎里鎮小教堂，嘉興教堂更稱得上一個堂，哥德式拱形長窗，仰頭才可以望見高高的尖頂。進入這個沉靜氛圍，同學們不論有無宗教情感，都一樣抱著燙金《聖經》穿來走去，在牧師的溫和禱告中，他得到了慰藉，這個階段，他常常默誦《聖經》，餐前謝上帝，睡前真誠懺悔，有時流淚飲泣，深感迷惘……等這年的年底發生了西安事變，圖書館裡看報討論時事的同學越來越多了，他也逐漸離開了《聖經》，然後，整校突然間傾巢而出，實行省內軍訓——整個大時代突然變了，屬於每一人的命運，也即從這一天起，完全徹底突然改變了。

父親常會提到「七月八日」這一天，杭州的氣溫逐日升高，午休時他讀《貓城記》至一時半，離開圖書館走回宿舍，整個大營盤靜悄悄的，偌大的操場烈日當空，猛聽到街上報童「號外！號外！」的淒厲呼喊聲，他隔著矮牆木柵買了一份八開單頁報紙，赫然印有特大醒目黑體標題——**日軍炮轟宛平守軍！**啊！戰事全面爆發了!!打仗了!!正午炎陽曬得操場的沙子發白，皮膚刀割似的灼痛，地上是一動不動的一團黑影。

兩小時後，全體學員緊急集合，范漢傑宣布軍訓即刻結束，所有學生立刻歸回原校。下一日，他與同學坐火車到嘉興，校方亦宣布放假，他乘蘇嘉火車到了平望，僱小船返回黎里鎮。他穿著校服，戴大蓋帽，腳穿前掌有鐵釘的軍用皮鞋，急沖沖趕到黎里老屋。祖母端一碗炒米糖茶，驚喜交加，問他的臉和兩手怎麼曬成了醬蛋色，祖母嘆息道：「玖生（他的小名），倷哪能這副樣子了……」祖父聽得消息，也即從茶館趕回來相會，加上他的妹妹，全家四口（蘊姊婚後住杭州，大姊住本鎮西首），算是在戰火中團圓了。

以後的幾個月，舉鎮惶惶不安，日軍進逼的戰事新聞不斷傳來，「八一三」爆發，戰事激烈，日軍飛機常從古鎮上空經過，人人都在空氣裡聞到了火藥味，謠言四起，一度傳說：只要身穿絲綿襖褲（本地盛產蠶絲），子彈就打不進，死不了人。不久，平望遭到轟炸，形勢逐日緊張。

父親筆記

一九三七年十一月上旬，滬戰失利，松江青浦一帶難民船，首尾相接，日夜兼程，穿過我鎮市河，向蘇嘉路以西逃亡，櫓聲徹夜不絕。五日，日軍在金山衛登陸，上海守軍全線潰退，青滬公路日夜擠滿官兵車馬。十一日，上海失陷，日軍自嘉興佔領平望，距我鎮僅十餘里，翌晨，全鎮十室九空，雞犬無聲。全家避難於三里外老宅。

十一月十二日，吳江淪陷，全家離鎮逃向祖居楊墅——逃難正是最需要錢的時候，**此刻祖父再向那些老友們倉皇問借，已是五元都難了。**

父親筆記

淪陷初，自淞滬戰線撤退到太湖地區之散兵游勇，自稱游擊隊，多如牛毛，經常勒索錢財，百姓稱「老刀牌」、「強盜牌」（均為香菸牌子）。中有程萬軍者，號稱擁萬人，自立番號「天下第一軍」，後即投降日寇，收編為汪偽第一師。

三

那天我們退出「中金家弄」，便看見了安靜的「市河」。

在舊時代，黎里與周邊各鎮只依船運維繫，水網密布，眼前的「市河」曾何其繁忙。父親描述當年來往的行船，一如上海馬路上大小汽車那樣絡繹不絕。船頭漆了紅綠一對大眼睛的是紹興快班，方頭方腦的是夜航船，鎮上地主與店家到四鄉收賬用船，包括有錢人的雇船，精光鋥亮，統稱賬船。在淪陷之前，秋季的市河有更多更密集的賣菱小船，吳江四鄉女子，打扮得「山青水綠」，一路搖船一路叫賣鮮菱，鎮上的石板路、橋欄、駁岸，包括茶館內外，立刻鋪滿了厚厚一層米色的菱殼。

眼前筆直的市河，曾是父親少年時期的看臺，也是無數「太湖強盜」駕快船前來搶劫的必經之路——我曾在中篇小說《輕寒》中寫一黑制服的水警，立於漆有白「警」字小舟中大吹銅號的場面，是虛構的一種悲涼；在父親記憶裡，每逢這特殊時刻，等於人坐家中，風雲突變，忽聽得一陣陣極為懼怖之聲——全鎮三里長的街面上，自西漸東的店鋪響起一片關閉「排門板」聲響，如驟雨暴風，如除夕夜大燃鞭炮那麼滾滾而來。黎里鎮四面環水，彷彿太湖流域一個島鎮，歷朝歷代都須經受這突發的無情劫掠，然而在少年人的眼裡，從快船上跳下來的「湖匪」一點也不凶，有男有女，大大咧咧在鎮上行走，在每座石橋布哨，隊伍中的女子絲毫不減男子氣概……「中金家弄」斜對岸有一大當鋪，兩扇包裹厚鐵皮的巨門早已緊閉，門後貫有五寸見方粗大門閂、大丁字撐，但「湖匪」往往只撞數下，門就不聲不響開了。父親說：「現在想想，一定是有內線的。」一干強人即刻擁入當鋪，也即刻搬出大大小小抽屜，朝快船的船艙傾瀉銀元，聲音陌生，嘩嘩在耳，河中浮動大大小小的抽屜。鎮上有個吃鴉片敗家的乞丐，長年蜷縮於當鋪門側，第一個經過的「湖匪」，丟了一件灰鼠皮袍子在乞丐身上，閃閃發亮的青緞子面；第二個強人經過，一個揮手，「哐啷啷」幾個銀元，在灰色石板街上跳躍閃光。乞丐立即滾爬起身，誠惶誠恐，深深作揖道：「隊長順風！順風！順風!!」

每逢這種場面，全鎮只有瓷器店「海興盛」照樣開門，店夥計靠緊櫃檯，「篤定泰山」，靜看這一齣大戲——是屢經亂世的傳統：瓷器店向來屬於「清水衙門」。

父親筆記

田岫山，滬戰撤離之下級軍官，蓄兩綹燕尾鬚，持紅穗駁殼槍，號田鬍子游擊隊，一律快船、便衣（俗稱「便衣隊」、「便爺」），曾來鎮西當鋪發表抗日演説——若鎮方無誠意，即駐紮鎮上「抗日」，萬一引起燒殺，概不負責。鎮商會贈三百銀元、廿擔大米，當日開拔。

《庚癸紀略》／倦圃野老

咸豐十年（引注：一八六〇年，下同）

四月二十三日，西路火光燭天，晡時吳江陷。

四月二十七日，賊（太平軍）盡南去，吳江城內外殺數百人，擄千餘人。焚民房十數處。土匪肆掠。嘉興陷。

六月初一日，五更炮聲震天。賊起岸。下午聞賊退。土匪蜂起。

六月初二日，（同里）煙焰沖天，火勢正熾。泰源、恆源、永和三典被土匪搶掠。放火燒盡，街上殺死數十人。晚間又訛傳賊至。良久始定。

六月初六日，周莊槍船（民團）日日來搜土匪所掠貨物。

六月初七日，鎮上（同里）各無賴倡進貢之舉。

六月初八日，黎里失守。南望火光不絕。

《柳兆薰日記》／柳兆薰（柳亞子曾祖父）

咸豐十年

四月初四，遷徙紛紛，太湖有蕉湖船數百，均是土匪，乘間思劫奪者。

四月廿七……梨鎮（梨川，即黎里）驚惶，罷市則確，若長毛已到，則未得實也。

六月初八……長毛已到梨川，逃難者紛紛東下……七月廿九……舟至（黎里）市河，兩岸市房自流下濱起至唐橋止，一片灰燼，慘目傷心之至。

十月廿四……小舟冒霧到梨川，知長毛頭目鍾姓在地藏殿，縉紳、耆民均已見過，極謙和，云是湖南人，告示安民，極工麗，極體恤……街上多長毛來往，異服怪狀[1]，真妖孽也……

一九七四年，我曾在黎里鎮住了半個月，眼前這條「市河」，在當年印象裡就這樣窄嗎？記憶中它寬闊很多，那時我已在黑龍江務農五年，回鎮小住是因為近期有不少上海青年人已由贛、皖、滇、吉、黑等勞動地點轉至江、浙祖籍落戶，生活環境改善很多，回滬探親也方便不少。這年春天，三姑母和表姊都這樣來電話說：「舒舒（我曾用名）可以回轉了，倷就是黎里鎮人嘛，祖宗就是黎里人，倷不是上海人，不是黑河黑龍江嫩江人，倷是吳江黎里鎮子孫……」得此信息，我就到上海老北站公興路坐上長途汽車，沿滬青平公路來到了黎里，住三姑母家。那段時期，我每天在鎮裡無所事事遊蕩，後認識了一青年理髮師，常去他店裡看過期的上海報紙。理髮店有兩根柱腳插在水裡，有時地板和鏡子搖晃，是小船碰到了柱腳，他就推窗對下面的船夫說：「扳艄呀！」

但過了沒幾天，三姑母得到壞消息，鎮「上山下鄉辦公室」已停辦這種戶口手續了。翌日，她想出另一個辦法，準備找一個附近的水鄉女子跟我訂婚，這樣的話，我肯

我父親二十二歲，祖父五十歲。

我（十九歲）與家兄金芒（二十歲，圖右）攝於黑龍江嫩江農場，一九七一年。

定可以從黑龍江遷來此地。我表姊講：「不過嘛，此地水鄉訂婚有一點囉嗦，就算目前階段，至少倷也要買多少斤上海『什錦糖』、『大白兔』，上海葛絲被面多少條等等，做男方上門禮品，一道坐了小船，到女方屋裡去拜謝。」三姑母看定我說：「倷阿答應？答應就講定，下個禮拜，或者下下個禮拜一，一大清早，先約男女雙方到黎里鎮綢布店門口，見面再講，阿好？」我當時笑笑，把這事告訴了理髮師，他也是笑笑……但我父親得知此事，即打來一份加急電報，當時我拆開封口，見裡面一行字：「即使天仙美女也不許見面。」——我父親怎會當了電報員的面，擬出這一句尷尬電文的？

訂親的事就這樣作罷了，記得那半個月，我常在鎮裡遊蕩，坐在鎮橋石欄上看看來往行船，看紹興來的腳划船、從太浦河和太湖開來賣魚蟹的漁船，水闊天遠，石橋一座接一座，每天凌晨時分，鎮上幾家茶館燈火昏黃，已密密麻麻坐滿了人……

1.《燐血叢鈔》卷一／謝綏之

……（太平軍）喜穿紅、黃色衣，百方搜索，不足以應求，裁制又不及待，於是以婦女之衣，剪為窄袖，又不足，則以婦女之褲，洞穿其襠，剪褲管為窄袖，從頭罩下，不嫌褻也。被掠婦女逼令易衣，每至當眾裸露，羞怯欲死。衣亦雅尚紅、黃，窄袖短衿，外罩半臂必極長，褲必寬管，不准穿裙。

我父親清貧的學生時代，在抗戰全面爆發的前夕結束了。也是在這個階段，他加入了中共的祕密情報系統。

他常常說，這是一種最講規則、也最沒規則的工作，必須隨時獨自應對突然的變故，常不知所措，不知如何是好——比如組織上一度派他到國民黨三戰區的冷欣指揮部受訓（可收集情報），去後不久，該部卻又調他去了郎溪。突然之間的調動，無法及時與組織聯繫，到達郎溪幾天後，他又接奉了調令：即刻趕赴江西上饒的四十八都（現稱四十八鎮），接受更高一級的特工訓練。這期間，他得不到組織上任何的指示，抵達上饒也無人商量，極為苦惱，只得稱病暫住於民居，不辦理報到的手續，屢次致電冷欣參謀部，「得患急病，難以受訓，請求調回休養」。多天後終獲批准，這才取道廣德、湖州獨自返回吳江。

他至今記得，同赴上饒受訓的人員裡，有吳江的馬希賢（馬希仁弟，曾任冷欣部參謀四課少校督導員，後被忠義救國軍殺害）、無錫的朱影漁、溧陽的段道恕。朱影漁於一九四九年任江蘇省保安總隊大隊長，因策畫起義未果，同年被殺害於上海警察局牢房內。段道恕久無音訊，但在一九六〇年，有關「外調」人員找他回憶當年冷欣部特訓班情況，提到過此人。

這段往事，我聽父親講過多次，記住了一個細節——那時他從上饒返回吳江「養病」，獨自坐車、坐船，長時間步行，有一天，他走入大片大片的竹海，滿目是蔽天翠竹，長久在寂靜無聲的濃蔭中行走，忽見一隻火紅色大鳥飛落到不遠的竹叢前，久久停立不動，渾身披掛赤焰一般的羽毛，極為炫目。這不知名的紅色大鳥，始終留在密密層層的翠竹前面，留在父親和我的眼前，殊為特別。

近發現他某一首舊詩有相似的注：

一九三九年冬夜，群雁落余腳下，聲聞數里，誠為奇觀。

他回到了故鄉，作為冷欣指揮部下派的上尉情報員，進入嚴墓縣政府，同年與上海吳成方（中共中央社會部在滬負責人）接上聯繫，主要工作是「收集情報」，當年對情報的理解相對狹隘，認為只有「密件」才是情報，一般是從政府公文中挑出密件，寄往上海祕密通訊地點「先施公司于明達」。

父親筆記

浙西來的朱文禮、王化鵬等一批人進入「政工隊」，他們沒有地方關係，據說是通過莊紹楨進來（解放後才知是同一個黨支部），共同宣傳抗日，後在鎮上開「二五減租」座談會，觸怒了地方士紳，引起國民黨注意，撤銷「政工隊」，改為「青工隊」，我任隊長，朱文禮開始同我接觸，但雙方總保持距離，互相猜測對方的政治背景。我記得曾在北柵田野同王化鵬散步，想摸他的底，他裝糊塗。莊紹楨也忽然問我，上海有沒有共產黨朋友？他想找「關係」。我說沒有。反問莊，別人都說你是共產黨，會沒有「關係」？莊說，啊，原來你也沒「關係」啊。莊走後，我同蕭心正談起此事，認為莊是在試探。在那困難的年月裡，雙方一度是「捉迷藏」式的合作，對至今的人們而言，難以想像，雙方沒有「橫關係」，客觀上就存在隔閡，當時我真想把雙方擰成一股繩，可發揮更大的作用，組織上不允許這麼做，只能忍著。

父親筆記

沈文潮當時在專員公署任總收發和監印，發覺了我和蕭的舉動，表示願意一起工作，一次他甚至想隨我同去上海，「讓我看看上面的共產黨是怎樣一個人」。我曾把一份上海八路軍辦事處的捐款收據，請他送至吳江城內的金某。

父親筆記

大革命時期建立的中共吳江支部，「四一二」後被打散，長期空白。「淪陷」後，國民黨政治力量與鄉村保甲制度仍祕密存在，始終有一條祕密交通線，從吳江一站一站通往後方，其時縣黨部收到的反共密件較多，文字較長即不易密寫，如「中統」建立「農村通訊網」的密令，長至數頁，都是蕭心正手抄，裝入一個紀念冊的洋裝封面內，由我帶去上海。

〈六十餘年前的特殊「口述歷史」

——「中共諜報團李德生訊問記錄」書後〉／程兆奇

……上海的情報傳往中央主要通過交通員親傳，而情報則用密寫方法寫在右翼出版物上；中央指示則用密寫法寫在衣物上傳回。（密寫方法大致有三種，一是米湯，顯影是用一種叫「淀酒」的材料；二是用「五倍子」研碎書寫，用「黑礬」顯影；三是國外特殊墨水，用普通墨水塗後可自然顯出。）……一般情報仍用密寫法寫於商品包裝紙等物上，由交通員每月一次攜往香港，再轉延安。一九四一年七、八月間上海情報科擁有自己的電臺……

這種傳遞方式，如舊電影表現的細節，包括帶至上海香粉弄某旅館等，大多為文字方面往來。

在父親筆下，當年另一種影像同樣溢於辭表：

「夜半槍聲急／移舟泊遠鄰／冰凌篙櫓裂／襪破足跟皸／抱秸遮飛雪／捧甌啜糲饔／田翁掃竹榻／稚女奉茶巾／輾轉突圍出／應知一飯恩。」

注：日軍掃蕩，冬夜常乘舟轉移，多次投宿毛家浜處，某日大雪，余與心正拂

曉在槍聲中赤足涉水數里，舊影如在眼前也。

他在一九六三年三月十三日〈申訴材料〉——密密麻麻工整藍圓珠筆複寫的紅雙線紙上自述：

四十年冬，兼任吳江偽俞清志部隊大隊副，夜襲蘇嘉線日軍據點盛澤鎮，親自鋤殺吳江汪偽「安清會」會長葉冠吾。

一陌生房屋照片背後有他留言：

盛澤毛家弄照片，攝於一九八一年。左首有車輪的門戶，即一九四〇年安清同盟會會長葉冠吾姘婦住處，當年這條街上攤販林立，夜市興旺，附近尚有戲館，登樓將其擊斃，事畢提槍出門，在戲館人群中獨入小弄去也。

吳江地區俞清志、沈文潮參加了這次刺殺行動，事後，俞等人亦即刺殺汪偽吳江區長簡孝峰——父親在〈得百句贈友〉中稱：

「……眾秀咸同德／況君茹苦辛／挑燈論史鑑／置酒說鄉坤／喜見義旗下／同仇共此心……」

注：嗣後清志、文潮又殺敵偽區長簡孝峰。朱見華從未拿槍，亦獨自去盛澤殺一日軍伍長。張貽翼領取自動步槍當天，正逢日軍掃蕩，提槍帶二人迎敵狙擊，掩護我們轉移，後即帶六七青年到梅堰公路伏擊日軍便衣，一時群情高漲……

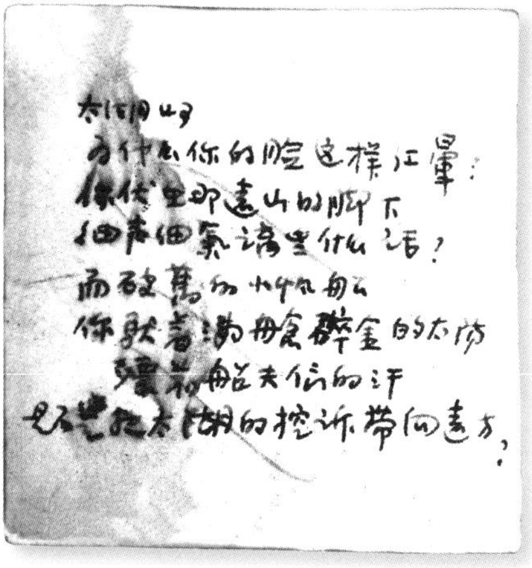

父親攝太湖照片及背面小詩，一九四八年。

「太湖呵／為什麼你的臉這樣紅暈？／你伏在那遠山的腳下／細聲細氣講些什麼話？／而破舊的小帆船／你馱著滿艙碎金的太陽／漂著船夫們的汗／是不是把太湖的控訴帶向遠方？」

一九四二年攝於上海。

他保留了其中二人照片，背後均有文字：

> 沈文潮，盛澤人，一九四一年八月□日（引注：原文如此）被國民黨忠義救國軍祕密綁架，慘遭殺害，遺骸不明所在。
>
> 文潮未婚，殉難時年方二十三歲。虞仞千亦同日遇難於馬腰桑林中，屍骨無存。同天被殺的還有莊浜馬希仁家房東等數人。

讀父親在上世紀六〇年代寫的申訴，「俞清志大隊長」職稱前，他都留下「偽」字，我理解該部隊屬於「皖南事變」前的國民黨部隊——現相關資料，均稱俞為「抗日青年」、「抗日志士」，俞部也是當年日軍警備隊、松山部隊和綏清部隊懸賞搜捕的重要對象。父親保留了俞的照片，背後說明：

> 俞清志，安徽涇縣人，一九四一年□月□日（引注：原文如此），被國民黨忠義救國軍暗殺於吳江嚴墓鎮（今銅鑼）楓橋西街。
>
> 同年春，偽軍掃蕩壇坵，前有大河，後有追兵，俞部情報員許永蓼、文書施明不願被俘，一起跳河犧牲，遺體出水時，衣袋裡還藏有部隊印章，農民為之痛哭不已。

他在〈笠澤紀事遙祭諸亡友兩首〉後注：

> 馬希仁弟馬希賢，亦遭暗殺於商榻，屍骨無存。

翌年春節，青年區長俞清志又為「忠救軍」便衣所暗殺。

又：文潮、仞千犧牲，嗣後袁璋被殺，而朱見華竟貧病交逼自沉求死。

以上部分的引文，也即一九四一年春「皖南事變」後之複雜細部，其時「忠救」已從安徽進駐蘇嘉湖地區（延伸至上海浦東高橋、東溝），這支隊伍的行動與態度，難有《沙家浜》（原作《蘆蕩火種》）角色的戲劇化。

互動百科／「胡傳魁」詞條

……編劇文牧同志講，劇中的胡傳魁和刁德一一樣，原本都是沒有原型的虛構人物，只是因為胡傳魁的性格有些胡搞，所以才讓他姓胡，就像刁德一性情刁滑，就讓他姓刁一樣……

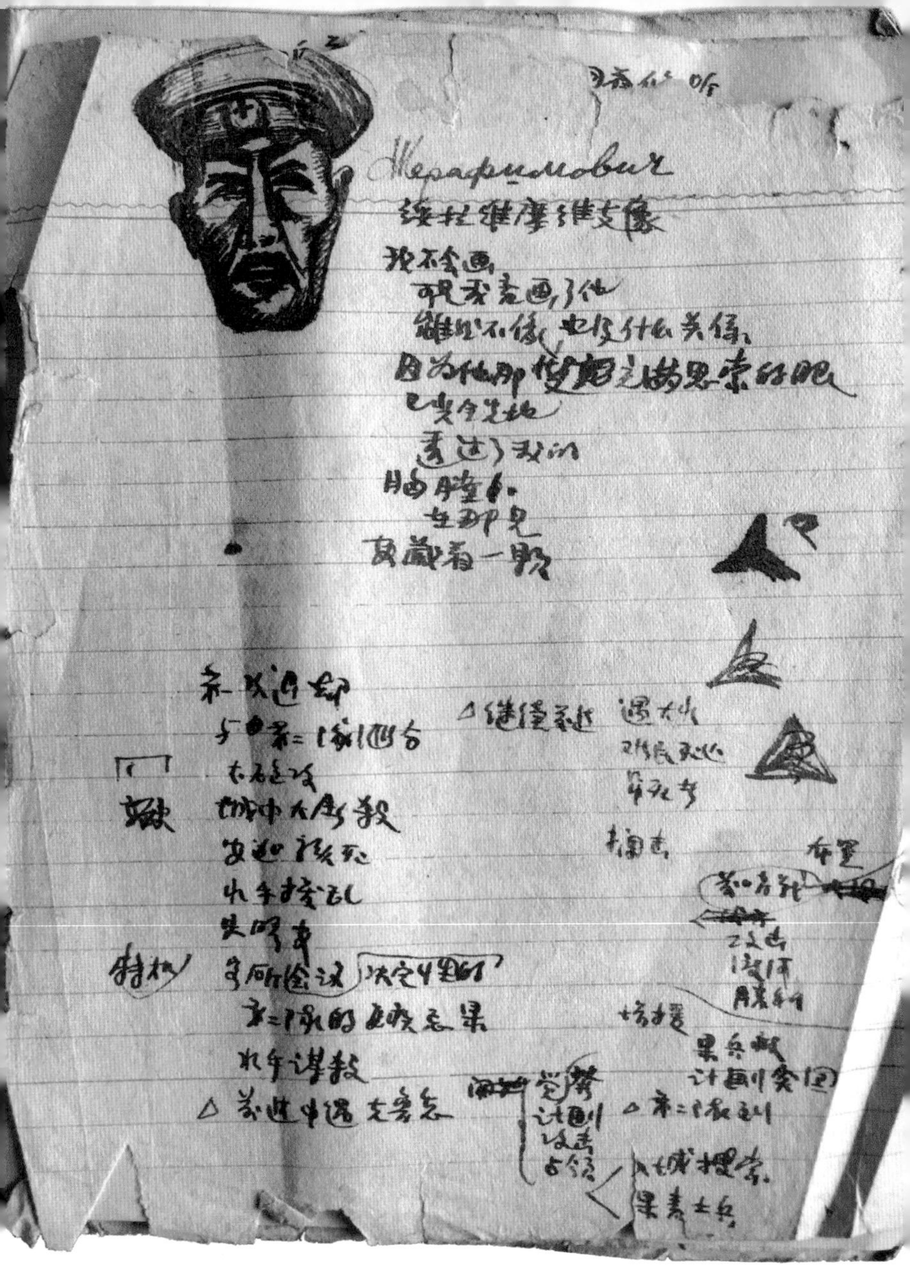

父親的劇本草稿，一九四四年。

維德

一

形勢日趨惡化，按組織命令，父親撤到上海，去熟識的香粉弄華商旅館與系統領導吳成方見面，之後搬入同孚路斜橋弄（今石門路吳江路），化名丁弢（黨內從此叫他小丁），自稱杭州人，任汪偽某協會幹事，所編輯的《市聲》半月刊，隸屬龍襄三（洪幫頭子，參加過「四一二」政變的幫會首領之一）、陳孚木，有汪偽背景。他與另一同志喬犁青（化名曹亞臣，山西人）共同為雜誌工作，互相知曉對方是本系統人員，按當時話講，沒有「橫關係」，單線聯繫之意。

他的吳江同道蕭心正，客寓金神父路福履理路（今瑞金二路建國西路）；馬希仁暫住薩坡賽路（今淡水路）妹夫家；沈痴雲搬入赫德路（今常德路）居士林「覺園」之法室館一雅室……之後，他按指示搬離了斜橋弄，遷至辣斐德路薩坡賽路（今復興中路淡水路）「斐邨」，與程和生同住。

最後的這段經歷，頗有小說的意味——他和「老程」扮為假兄弟，戶口登記化名為「程維德」，入住後他才真正知道了原因——樓下「二房東」是一產科女醫生，總想把樓上改為產科病房，收入就比一般房租高數倍，多次催促程和生搬離。程不大會說話，不堪其擾，最後請來了中西功（日共情報人員），讓這位中西先生當著女醫生的面，打了幾次日本電話，以顯露日本相貌施加壓力——「我們和二房東的群眾關係，從此被搞壞了。」程和生曾經對他這樣說。待到「程維德」入住，卻發現這個女醫生並不似想像裡那麼凶惡，此後也再沒發生這一類的糾紛。

一對假兄弟，在同一個領導下面工作，相互卻沒任何工作關係，朝夕住在一起，這是特別的體驗。他覺得「老程」是個很好的人，遵守紀律，從不談論個人的事。有一次考慮到如何應對查戶口，他問程在哪裡工作，兩人的公開職業，應有一個具體的說法更為妥當。程卻簡短地回答他說：「我在鋼鐵公司。」連公司名稱也不願說。他就此也不便再問，只講定兩人的籍貫是安徽太和（和縣）。

………

父親致馬希仁信

從四〇年五月我離嚴（嚴墓）來滬後，仍在中央社會部在上海的一位負責同志領導下工作，領導人叫我搬出來與程和生（真名鄭文道，已犧牲）同住薩坡賽路產科醫師樓上，我化名程維德，裝作同胞兄弟，這住址其實離你妹夫家極近，當時不能向誰公開，免得人來人去影響他，他至多比我大一二歲，是同濟高工專科學生。為什麼上面要我與他同住呢？好笑得很，因為女房東很凶，想把亭子間做病間，一股勁地趕（房客）搬場。我那假胞兄，不大會說話，窮於應付，向領導反映，領導出了餿主意，讓我去同住示威，看我巧言舌辯好像滿活絡（說實話，當時租亭子間，只要出小頂費，也可容易，何必硬頂呢？），我才搬去的。後來我在編雜誌，先是《市聲》，後是《先導》，都是中共情報部門人員編的，不能再對一起編的人不公開地點，同事對我也公開了（其實也是情報部門的黨員，老資格），我只得對他公開，時來找我。程和生後來就搬走了，原因也不詳（都不能打破砂鍋問到底的）。這樣我就一人獨住。房東仍不樂，總在軋我的苗頭（引注：打探底細），到底是姓蔣還是姓汪，但沒敢公開趕我。

一九四二年三月某夜，他和程在樓上意外發現，弄堂裡衝進一群日本便衣，敲打對面一扇大門捕人。程即從一張夾底方凳內，取了幾份複寫資料匆匆忙忙毀掉，之後才知是一場虛驚。再過了數天，程忽然就搬走了，臨走時程說：「你住下去吧，如果房東問起，就說我去南京了。」

這段遙遠的對話，常讓父親感慨：「兩個人就這樣同住了半年，關於假兄弟的情況，也只交談了這麼三句話，雙方再沒有做任何仔細的準備，以應對突然出現的盤問——萬一被捕了，怎麼準備口供？根本沒想到，沒有去做。」

父親致馬希仁信

我的假胞兄在何處謀生，公開職業是什麼，他也不告訴我，只說他在「鋼鐵公司」，什麼鋼鐵公司，也不能問。其實他打入了日本著名的特務機關「滿鐵」——滿洲鐵道株式會社，與他同事的有一個日籍的共產黨員，另外在南京又有一日本共產黨員、中共情報人員，都歸我的領導人負責，程同他們有聯繫。我只做編輯雜誌的事，另聯繫巡捕房警官和開警車之司機事。同程沒有工作關係，只不過領導人叫我們倆住在一起，稱兄弟（而且白天有時還同另外三四人一起吃飯碰頭）。毛病就是此處……

一九四二年二三月間，父親接到領導人通知，某日下午去大世界「三和樓」底層與一日本人見面，同桌有胡小姐（胡楣，即關露[2]），按計畫由這位日本人（事後知此人即日共情報人員中西功）介紹他和胡小姐接編《女聲》雜誌，這本刊物由日本大使館、日本海軍報導部合辦，主編佐藤俊子（一說佐藤春子），中西功是佐藤俊子的左派朋友之一。談完，三人一起去北四川路一所公寓找佐藤，但她不在家。改日中西又約了他和胡小姐同去慈淑大樓斜對面日本咖啡館（即解放前《大公報》原址）見面，四周全是日本人。在這樣的環境裡中西卻用華語大談珍珠港事變後的國際形勢，旁若無人，使他和關露感到非常吃驚。

那次會面後他再沒見到中西功和關露，多年後知道關露最終由中西功介紹去了《女聲》（負責文藝部分，一九四二年我父親被捕，她沒出事），他則加入《先導》月刊的創刊和編輯工作，此雜誌為汪偽陳公博背景，社長是我方系統的黨員李時雨（時任汪偽保安司令部軍法處長），組織上讓他進入《市聲》、《先導》兩刊工作，要求他及時搜集各方面更多的資料。

寫至上述這一節（二〇一五年四月），我在父親書櫥裡發現了上世紀八〇年代重刊本——關露《新舊時代》（民國廿九年七月初版，上海光明書局「光明文藝叢書」），打

---

2. 左翼女作家，一九三七年為電影《十字街頭》插曲〈春天裡〉作詞（賀綠汀作曲）「春天裡來百花香，朗里格朗里格朗里格朗……」

開扉頁，即看到他寫在扉頁的大段文字：

這本小冊子引起我一段回憶。一九四二年初，距太平洋戰爭爆發、日軍進佔租界不久，組織上通知我去大世界天津館三和樓，在座除吳成方同志外有一個胡小姐和中先生，商量要胡、我兩人去接編日本人佐藤俊子的《女聲》（婦女雜誌）。胡小姐比我長好幾歲，身材矮小，穿藏青長毛絨大衣，面貌清秀，但鼻樑上有一顆顯著的疤痕[3]。後來才知道，她便是久已聞名的關露。而中先生則是中西功（這是日本漢字，如今寫作「功」），他是日共，同程和生（對我假稱胞弟）打入滿鐵工作，都受吳成方的領導。中西陪胡、我兩人去北四川路一公寓找佐藤，佐藤不在家，侍者讓我們進入屋內，地方甚小，陳設亦凌亂，似見主人不屬愛好修飾者。翌日應中西之約，胡、我倆同去南京路慈淑大樓對面一個日本咖啡館會面（抗戰勝利後作《大公報》館，今已改為某商店），這是一個日本人麇集的場所，四周滿座，煙霧瀰漫，充耳都是日語，若非身歷其境，是不能領略其狀的。中西卻在這環境下用流利的華語，同我們談太平洋戰爭的形勢，稱軸心國必敗。胡談話甚謹慎。當時我對她倆的政治身分均不了解。後來《女聲》沒有去，我應曹亞臣（喬犁青，情報部黨員）之約，去李時雨（黨員，公開職務為汪偽保安司令部處長）辦的《先導》當編輯，從此沒再與胡會面。我始終沒有再問過吳老，胡小姐究竟是什麼人，但憑我的

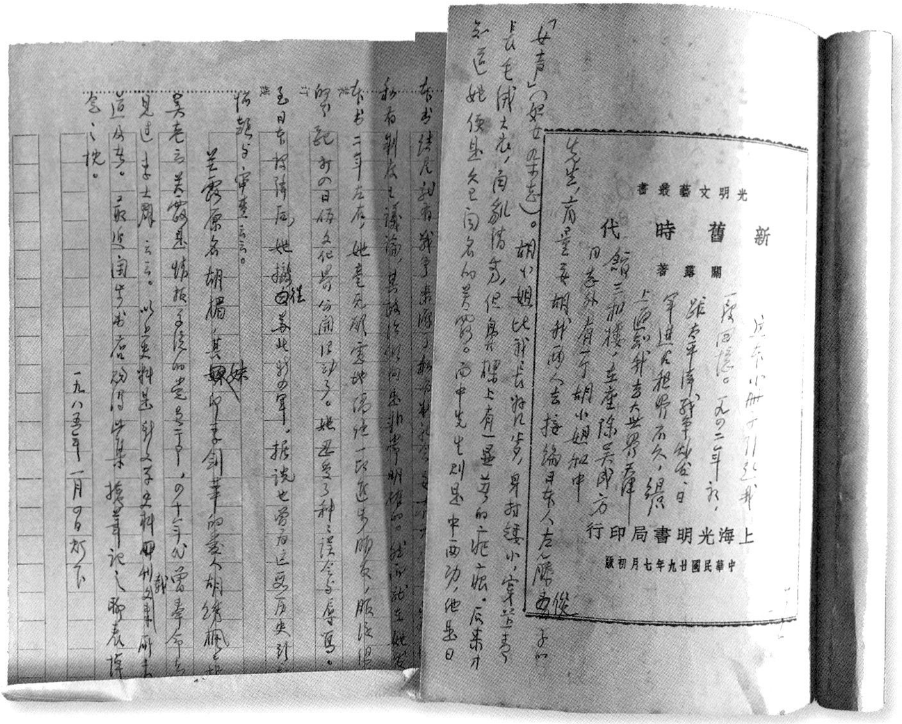

父親在關露小說扉頁上附言，一九八五年。

左上｜一九四五年三月在上海電影檢查委員會任幹事時的證件照，時年二十六歲。
右上｜一九四六年夏，與洪錫瑾（黎里人，上海航運公司職員，「三反」時自殺）在洪家合影。
下｜蕭心正，一九四六年。

直覺，她準是與吳有關係的。

迨抗戰勝利後，我與朱維基交遊，從他閒談中獲知關露已去蘇北解放區。朱不止一次地咒罵她做過「漢奸」（據說蔣錫金也經常指名大罵山門，表示義憤云云），我偽稱不相識，未做任何辯解。事情隔了四十年，去年閱《新文學史料》記敘關露生平史實，才知一九四二年她還是去編《女聲》並公開去東京參加了大東亞的什麼文學會議，朱、蔣之罵蓋出於此。關露是一個眾所周知的女作家，參加過左聯，在救亡運動的一些宣言上有她的署名，其作品有明顯的進步傾向。即如本書結尾就有戰爭來源於私有制社會，要消滅戰爭，首先要反對私有制度之議論，其政治傾向是非常明確的。然而就在她發表本書二年後，她毫無顧慮地隔絕一切進步朋友，服從組織的分配打入日偽文化界公開活動了。她忍受了種種誤會與辱罵。及至日本投降後她撤往蘇北新四軍，據說也曾為這段歷史引起懷疑與審查云云。

3. 蘇青《續結婚十年．蘇州夜話》諷刺時任《女聲》編輯關露——「秋小姐（即關露）最近替一個異邦老處女作家（指佐藤俊子）編這本《婦女》，內容很平常，自然引不起社會上的注意。那秋小姐看去大約也有三十多歲了，談吐很愛學交際花派頭，打扮得花花綠綠的，只可惜鼻子做得稀奇古怪。原因是她在早年嫌自己的鼻樑過於塌了，由一個小美容院替她改造……」

關露原名胡楣，其妹即李劍華的愛人胡繡楓。據吳老云，關露是情報系統的黨員幹部，四〇年代曾奉命去見過李士群云云。以上史料是《新文學史料》刊載所未道及者，近閒步書店購得此集，提筆記之，聊表悼念之忱。

一九八五年一月四日燈下

關露於一九三二年加入「左聯」，同年入黨，一九三九年經王安娜介紹給劉少文見面，同年冬被派去香港同廖承志、潘漢年見面，後者要她回滬到汪偽機關做策反工作，對外界不得為「漢奸」身分有所辯解，她服從了組織決定，接受任務工作到一九四一年底，然後再調去《女聲》雜誌社。

……潘漢年又叮囑她（引注：關露）說：「千萬要記住，你在那裡只能用耳朵和眼睛，不要用嘴巴。」又說：「今後要有人說你是漢奸了，你可不要辯護，要是辯護就糟了。」關露點點頭說：「我不辯護。」……[4]

《潘漢年傳》／尹騏

一九四三年八月，關露作為汪偽婦女界作者代表去日本出席「第二屆大東亞文學者代表大會」，一直在該刊工作，堅持到抗日戰爭勝利為止。一九四五年十月，國民黨欲以「漢奸罪」起訴她（也清楚她曾參加「左聯」），組織上調她去解放區，安排在新華社范長江處工作，不久即遭遇「漢奸罪」隔離審查，就此得患精神分裂症，癒後在建設大學、華北大學任教。一九五五年受潘漢年案株連入獄，一九五七年出獄，一九六七年起被關入秦城監獄八年，一九八二年三月中央組織部作出〈關於對關露同志的平反決定〉，十個月後，關露自殺去世。

父親在一九八五年一次有關情報工作的發言（稿）中說：「關於關露同志的情況，文藝界在紀念她，情報系統也應當紀念她。」

4．蕭陽文：〈一個不該被遺忘的女作家關露〉，《新文學史料》，一九八三年第二期。

二

父親參加籌備《先導》雜誌的工作（並無社址，登記地為李時雨住處），地點在薩坡賽路李復石醫生家，這地方與辣斐德路他的住所只隔三四百米距離，李醫生從不在家裡會客，每天午飯後即去錦江茶室，直到晚飯後回來。他感覺這個地點人員的來往較雜，甚至專跑西安八路軍辦事處的尤遷（手持日本特務機關徐州分機關頒發的特種通行證）都住在此處。

《我的一個世紀》／董竹君

四川人李雲仙（又名李復石）同志，中共黨員，我們稱呼他李雲老，他是中共地下黨在上海的聯絡員……依靠對外稱為乾女兒的王雪雲同志（解放後任廬山幼稚園園長）帶領著曹荻秋的幼孩（曹荻秋在解放區，孩子生下後無法撫養，託李雲老照顧的），陪伴他共同居住在上海薩坡賽路，生活簡樸……李雲老特長中醫，依靠半收半送的少數門診費維持生活。我在經濟上常常支持他。這位老人喜歡錦江茶室，茶室離他家又近，幾乎三餐都在那裡。他是被錦江歡迎的多年免費常客。他以醫生身分和我接觸，掩人耳目的。他也經常給我們看病。我從菲律賓回國後，才知他已經去世……
（父為此文加注）

一九四二年五月，吳成方介紹我去李復石家，同時晤面的有程和生（鄭文道）、沈靜文、黃英，尤遷就住李老家陽臺上。以上數人中午共飯。那時就知道李老常去錦江的故事。黃克誠的愛人懷孕來滬待產，就住李老家的後間，對外稱乾女兒，由他掩護。有人説何克希是他的女婿。吳成方説，這房子在抗戰前，我黨辦過通訊社。

七月底，我突然被日憲兵逮捕，小車就從他門下經過，望見陽臺上燈光未熄時，已半夜一點多了。「文革」時有人來向我調查曹荻秋有沒有到過李老家，我答未見。今閱此始悉其中原因。

在這段難忘的日子裡，他發覺程和生在某天竟然也走了進來，與身穿全套郵遞員號服、騎郵局自行車的陳來生談事，大致內容就是「有一批資料已經轉移了（事先他已經知道某同志曾整理這些資料）……」之後一天，領導人告誡大家，這幢房子有暗號，各人進來之前，要抬頭看一看陽臺北面，如果開了一扇窗，就是安全的……幾件事聯繫在一起，他感覺似乎出了什麼問題，此地有什麼必要集中那麼多人？但組織規則如此：不接通知，不打聽或不猜測。

事情追溯到一九三九年十一月。日本警視廳特高第一課開始清查日共重整旗鼓的活動。一九四一年九月，事因某一知情者無意間供出「佐爾格案」的宮木（日方沒有此人資料），宮木被捕，供出「佐爾格小組」，導致日本警方立案偵查，歷時八個月偵破全案，捕獲、審訊與該案有關的男女三十五人，其中日籍情報人員為十一人（都有名有姓可查），該機構極為精幹。

父親筆記

1939/11—1941/10/18（日本警視廳根本不知宮木為何等人，據宮木口供破獲佐爾格小組，純屬意外。[5]）

一九三九年警方整肅日共，捕獲已被共產國際開除的伊東立。

伊於一九三九年八月參加滿鐵東京研究所，一九四〇年假釋，為警局密探之嫌疑人，與尾崎[6]是同鄉同學。

1941/9（突破缺口）

伊東立妻子柳青久喜代，日本某軍需品廠工人，屬日共婦女支部。因該支部另一成員牽連而被捕。柳青久喜代向警局承認是北林智子外甥女——北林智子與美共日本科有關係，主要任務是搜集日軍情報，通過美共送往莫斯科。

十四年前，北林智子是宮木在洛杉磯的房東太太，由此，北林智子供出了宮木。

10/11

宮木被捕。

10/12

清晨，宮木招供小組名單：佐爾格、伏開利克、克勞森、尾崎和川井。

10/13

警方監視宮木住宅，逮捕譯員秋山，及宮木之女情報員久津見子。

5．一九三九年，日警方曾搜出石井花子（佐的日本女友）一打火機，實為微型照相機，石稱是為佐清掃住處時所拿，其餘一無所知。警方無從立案。

6．尾崎即尾崎秀實，日共黨員，《阿Q正傳》日文版譯者之一，《朝日新聞》駐滬資深記者，與魯迅、田漢、夏衍等均有交往，後回國，一九三七年成為日本首相近衛文麿私人顧問。

10/15

尾崎秀實（大崎）當天被捕，當天全部招供。

（當天佐爾格一案確立。佐與駐日大使奧登將軍關係密切，出入檔案室自由。既有親納粹派《地理政治》、又有反納粹派《交易所報》的介紹信。）

10/16

影響所及——引發日本內閣總辭職。近衛文麿辭去首相職務（被軟禁於帝國飯店），東鄉上臺。

10/18

清晨，佐爾格小組歐洲成員被一網打盡。

「佐案」暴露後，日方大肆搜捕嫌疑分子，一九四二年六月，僅上海日本當局根據東京警方提供的情況，就逮捕了給中共提供情報的日籍嫌疑分子約百人，捕面甚寬，中西功是其中之一。

父親致馬希仁信

四二年日本出了一件震動帝國的大間諜案，蘇聯的著名國際諜報人員佐爾格，同首相近衛文麿的智囊團重要人物建立了密切的聯繫（佐的公開身分是德國駐日大使館人員），結果受到了大破壞（佐有一個最高級小組都被捕）。日本軍方震驚萬狀，立即在國內外開展大清查，對象是日本的左傾人物。（按：戰前有過一次大破壞，日共中央停止活動。侵華戰爭爆發後，因為需要人才，允許左傾人士為日軍工作，他們的檔案都被軍警掌握，日共和左傾人士很容易暴露。）四二年北京、上海開始行動，日共中人被捕。南京和上海受我部領導的日籍共產黨員被捕了。上海的一位，就是與我假胞兄同在「滿鐵」的調查班內工作。我同此人也見過面（為辦雜誌，我同關露曾同他談話二次，正準備接編一個日本人辦的刊物），但該日本人被祕密逮捕後（程和生不知道），他與南京方面的日本人一同被押回東京審問。他們供出了程和生的住址（新老二址，舊的即我住在那裡）。被捕當天上午，我還與領導人、程和生等數人一起見面吃飯的，他們沒有叫我搬走，沒囑咐我做應付日軍的突然襲擊和口供的準備。我只覺得出了什麼事，在布置運走別處的資料，似乎同我沒有什麼關係似的——這樣，七月二十九日半夜裡，日本憲兵總司令部派出的兩路人馬，同時並進，捉牢我這個「兄弟」，另外同時也捉牢了我的「胞兄」和另一個同住的黨員。

他於一九四二年七月二十九日深夜一時許突然被捕，直至多年之後，他才知道日方在捕前已來「斐邨」查核，女房東已經知道，故憲兵一來，也就開門了。憲兵上樓問他姓名，他答：程維德。憲兵拿出照片對照後問：程和生是你什麼人？他答：是我哥哥。問：他去哪裡了？他答：去南京了。當場憲兵大力打他耳光，把他逮走。他事後知道，與此同時，憲兵已在另處逮捕了程和生與倪子朴，押往憲兵司令部途中，經過北四川路橋（一說是今江西中路漢口路），程突然跳車，受傷甚重。

父親致馬希仁信

一九四二年七月二十九日那夜，我吃飯後去福熙坊，天很熱，與心正兩人走上向北的曬臺，向福熙路（引注：今延安中路）眺望，對面正是外國墳山（即今之靜安公園），黑黝黝的，夜光隱隱然照見那些白森森的大理石墓碑。不知怎麼，心裡惆悵，很不愉快。十二點多步行回辣斐德路（薩坡賽路口東一條大弄堂，外面有蔣葆儒產科醫師招牌的，我就租這個產科醫生的亭子間），上床大概一點了，過不多久，突然前面電鈴聲大作，朦朧間我想是誰家生孩子了，後門的皮鞋聲也大作，驚起一看，後門日本人衝入，我知道逃不了，心裡卻特別冷靜。小汽車（把我揿到車座下方）經過薩坡賽路北行，經過我與領導人經常碰頭的一個醫生（李復石醫生，老黨員，掛中醫牌其實不看病）家門口，經過你妹夫家的門口，我想起你們都安睡，別矣。到了北四川路橋北向的大公寓，即日本憲兵司令部。

他根本不明白被捕的原因——但能估計到問題出在程和生方面，因為憲兵進來先就追問程的新地址。

他第一時間想的是，必須隱瞞自己進入汪偽民協會編輯《市聲》的經歷，這工作是直接由領導人通過一汪偽人員介紹的，說出這層關係，將直接危害領導人的安全，其次，也將暴露他和程和生假兄弟的關係。當夜押他至北四川路日憲兵總部，即刑訊逼供程和生的地址。他堅持說程已去了南京，並捏造了一南京假地址。對方毫不理會，邊打邊問半個多小時，沒有口供。最後收監。

父親致馬希仁信

當夜我進憲兵隊就被打，追問兄的住址，我不知道。過一忽兒，一日軍官匆忙衝入向審我的尉官報告什麼什麼云云，「蓬」地叫了一聲，用手比劃頭部，我意會到，大概在捉他，他跳車被打死了。後來才知道，車過北四川路橋上行車速

> 較慢時，他跳出篷車（他的一輛是敞篷車），腦部受重傷。數日後在刑審間隙，他們領我去憲兵病房與胞兄會面，只待一二分鐘就分別，一直沒知下落。「文革」後，從被捕的原日共的回憶錄中得悉，假胞兄在憲兵隊跳樓壯烈犧牲了。這個同志非常正派。我在憲兵隊內根本不知道是在什麼問題上出了錯而被捕。

翌日起連續兩天，他經受憲兵反覆刑審，逼問吳成方（只知化名劉國棟）的住址及程與吳之關係，他都頂住了，沒有口供。

一週後，由東京警視廳一課和東京法院來人審訊，重點：一、追逼領導人的住址及活動；二、程和生的政治身分及與日本人的來往；三、他的政治身分和上海親友社會關係、《先導》投稿人地址。東京警方與法警均動用嚴刑，卻沒有得獲口供——他始終堅稱，程是胞兄，安徽太和人。

關於刑訊細節，多年來我只記得父親偶與母親的片語隻言，如：「讓我坐到浴缸裡……」然後就是他忽然意識到的沉默。

〈六十餘年前的特殊「口述歷史」
——「中共諜報團李德生訊問記錄」書後〉／程兆奇

……

李德生和上海情報科南京組其他成員被捕後的情況，今多稱十分英勇，如「李德生的一口牙齒都被打掉」，對革命信念「仍信守不渝」云云。

……

中共背景被捕者的處境無疑是最差的，除了「敵國」的因素，「反共」是戰時日本的最主要國策之一。與李德生一起被捕的上海情報科南京組成員程和生被捕後兩次自殺，原因不詳，如果推測和宮城與德（引注：日共黨員，即前文提及的「宮木」，因日本人名字中的漢字假名發音不固定而翻譯有所不同）的處境和心境相同，大概雖不中亦不太遠。

所謂「慷慨捐生易，從容赴死難」，從這些親歷者所述「うつつ責め」[7]等求死不得的拷問看，「法制社會」的日本牢房是一種更難熬的煉獄。

……

尾崎的二封申述書，分別作於判處死刑的之前和之後，確實已不復剛剛被捕

7．江户時代盛行的「不讓睡覺、使人持續夢逝狀態」的拷問。又譯：讓人大腦一片空白的審問。

時對信仰的守持。但即使是信仰堅定的佐爾格，面對訊問，也是有問必答。強調此點不是為了表示佐爾格還不夠堅貞，而是為了說明定力再高，終有限度。

東京來人審問——自三四歲起，問經歷、家庭人員，問父母名字、職業等，直至他被捕前任《先導》編輯為止，十分詳備。他發現，所幸日方沒去《先導》調查，否則極可能在他進入《先導》的細節上露破綻，因而，也就沒發現他的假經歷和假兄弟問題，更也由此可知，程和生沒一點口供——雖日方一直追逼他關於直接領導的情況，常用你「哥哥」已全部招供引誘，他仍然堅稱兩人是兄弟關係，此外一概不知。記得有一審，日方指明了他就是程的「聯絡員」，反而露出了根本不了解情況的馬腳。

被捕後第三天上午，軍曹審訊人帶他去憲兵醫院病房三樓看「哥哥」。他走進房內，見程與幾名憲兵病員同住一室，程面色蒼白，頭部包紮了很厚的紗布，小茶几上擺了多瓶菊花牌煉乳。他握住程的手，程緊緊把他的手貼到心口，帶著堅定的語氣說「完了」兩字（他理解是為理想犧牲，且有「一起犧牲了」的含義），程再沒說一字。待他一開口：「我剛從金華到上海來……」一語未畢，即被軍曹喝住禁止講話。兩人凝視片刻，僅僅一二分鐘，他就被帶下去刑訊，從此再沒有與程見過面。

記得老程的病床邊，倪子朴靠牆坐著，低著頭，沒看他一眼。

在東京來人的審訊室裡，他看到了桌上有「李德生」案卷。另一次見桌上攤有毛筆字名單，約七八人，開頭二三人姓「景」，有倪子朴的名字，沒有姓「丁」（他）的。

需要說明：此李德生非紅軍將領李德生。

《黨史博覽》

毛澤東問：「哪個是李德生？」周恩來說：「李德生同志是十二軍軍長，現任安徽省委第一書記兼省革委會主任。「在黨的九屆一中全會上，毛澤東又一次點名：「我再看看李德生同志。」

〈六十餘年前的特殊「口述歷史」

——「中共諜報團李德生訊問記錄」書後〉／程兆奇／引《佐爾格事件4》／卷首附言

……

李（德生）為中國共產黨上海情報科負責人，西里（龍夫）、中西功等日本人活動家在他領導下活動。從一九三五年到一九四一年（原文如此——引者），他們的情報相當大量地傳給了尾崎秀實，成為佐爾格判斷的基礎。反過來說，佐爾格、尾崎的情報，紀錄（指訊問紀錄，下同——引者）記載的事實，也可認為十分可能通過中西——西里——李，流向中共中央。據西里記錄，將他提供的情報傳達給李的陳一峯（原注：倪兆魚〔即倪兆漁〕——引者）說，日本人的情報活動延安也知道。筆者自己解放後在旅大市和中國要人會見時，親耳聽此人說，戰時在上海與西里和中西一同從事情報活動，對他們的獻身活動深深感謝，這些情報極其有用，受到毛主席的嘉獎。

……

佐爾格案件發生後，中共上海情報科的日本人中共黨員中西功（公開身分為滿鐵調查部上海事務所屬員）、中共黨員西里龍夫（公開身分為日本同盟社南京支社首席記者）被逮捕，上海情報科南京組負責人李德生與汪錦元、陳一峯、程和生等旋即亦遭逮捕。〈中共諜報團李德生訊問紀錄〉是日本警視廳特高一課於一九四二年（昭和十七年）九月（引注：父親見桌上「李德生」案卷，卻為該年八月）至次年一月對李德生十六次法庭調查的紀錄。李德生在調查中，供出了上海情報科的組織、人員、日常活動、聯絡方法、工作重心、獲取傳遞情報的途徑手法以及所獲情報本身。李德生的回答事無鉅細，十分詳盡。

被捕後，父親即偽造了我祖父母姓名、職業、籍貫，自述從小與哥哥程和生兩地生活，多年不聯繫，互不了解，抗戰中父母遭日機轟炸死亡，畢業後在內地編寫文藝雜誌宣傳抗日，得知哥哥程和生在鋼鐵公司做事，近期特意由金華到上海找哥哥謀生。（以便各人對自己的口供負責。）

他承認擔任了汪偽刊物編輯，原在桂林、昆明等地做抗戰文化工作，宣傳抗日，對國民黨腐敗不滿，之後在金華做文化工作，受到當時國民黨文人紛紛投向南京、上海參加「和平運動」的影響，決意脫離金華抗戰區來上海做「和運」工作，編輯宣傳「和平文化」內容——他心裡明白，這樣的回答，符合「必須堅持黨分配的掩護身分」這一組織原則。

父親致馬希仁信

我在憲兵隊吃了不少苦，敵人一個勁逼問領導人住址，我都能頂住。難於應付的是口供（由於牽連東京，所以審問者是日本警視廳和東京法院，從東京來），這胞兄弟父母的姓名職業，兄弟二人從四歲到被捕，我都硬著頭皮胡編（萬一穿幫，反正一死），結果一字也沒被拆穿（原來假胞兄犧牲了！）。我防止上海社會關係和兩家雜誌牽出別人，都沒有被發覺（引注：原文如此），他們檔案裡沒有我的名字。為什麼要判罪？我承認了從國民黨抗戰區金華來謀生的，剛到上海，沒有朋友，與假胞兄的歷史一刀割斷，只承認為國民黨抗戰區抗日宣傳寫文章，而現在宣傳和平文化運動。這樣大概作為歷史抗日分子，查《六法全書》，用文講法律，是被捕前不知道的（引注：原文如此），說複雜非常複雜，說簡單非常簡單，我就那麼糊里糊塗被打入監獄，巧妙的是一個也沒有牽連到別人。最難對付的是查朋友，上海沒有，只有抗戰區的桂林、昆明寫一堆，而且年輕，一次次背假口供（四歲到二十七歲，報大了五歲），一次也沒有出漏洞。

一九四二年同期被捕人員，南京方面是李德生、汪錦元、陳三白（陳一峯、陳汝周），上海方面是他、程和生、倪子朴。被捕後一個多星期，南京三人被移解到上海。在監中，他曾與南京陳三白同住一天。當天陳審訊回監說，你是程和生弟弟？他回答說是，並問陳是怎麼認識老程的。對方說：「我們是同案。」

父親致馬希仁信

一星期後，南京被捕的（共三人）也解到上海，其中一人，是汪偽中央通訊社採訪主任，日本人錯關他在我同一個號子，他坐在我旁邊，知道我是程和生弟，才告訴我是同案，別的沒說話，只一天，他就被調了號子。還有南京一人姓汪（即汪錦元），母為日本人，時為汪精衛的親信祕書，現尚健在，很巧，住我隔壁弄內，其妻「文革」自殺，孑然一人。他說沒有辦法，日本人都知道了——即指西里龍夫招了口供（當天方志達正去李德生處，發現日軍搜查，假口是病人，得以脫身）。他們的黨員身分及地址，都是日共西里龍夫招供的，而程和生的兩個地址，中西功都知道，程和生和我等三人被捕，都因日本人知道了地址，我住的辣斐德路斐邨，中西熟悉，不招供怎麼知道住址？程也因中西供出地址而犧牲。西里龍夫供出四人，被捉三人。

基本審結階段的某天，他看到汪錦元在五號監門口洗臉，汪從柵欄外招呼他說：

「我是南京汪錦元，我們要去東京受審，你要做準備。」

日本憲兵司令部口供／東京來人審訊口供／選自父親六〇年代第N次〈申訴報告〉

問：你在《先導》當編輯同哪些人來往？

答：只同《先導》主辦人保安司令部李時雨來往。

問：你同哪些寫稿人來往？

答：我同作者並不認識，都是投稿寄來。

問：誰介紹你進《先導》當編輯？

答：我憑自己本領考入，沒有介紹人。

問：你沒有一個朋友？

答：有很多朋友，都在內地。（報名字）

問：他們是什麼人？

答：寫稿朋友。

問：有何聯繫？

答：現在已無聯繫。（這一段反覆問多次）

問：黨組織的情況是怎樣的？

答：我不是共產黨，不清楚。

問：我們從東京來，你們的組織是這樣的嗎？（説畢在紙上畫出「」）

答：不知道。

問：就是這樣的細胞組織？（指小圓點）

答：不知道。

問：《先導》雜誌的目的和內容？

答：宣傳和平運動的大型新刊物，以反對和平八股、推廣和平運動的新文化運動為創刊目的，得到陳公博的支持。

問：什麼叫和平八股？

答：就是只説和平政府好，不敢説一點壞，這樣的宣傳人民已經不聽了。

問：你在上海有什麼抗日活動？

答：沒有。

問：你對和平運動有什麼看法？

答：我的看法和發刊詞一樣，反對和平八股、抗戰八股、共產八股，提倡文化自由，強調純學術研究，發起建設新文化的運動。《先導》的主張就是我的主張。

問：你對南京政府的看法如何？

答：我不贊成南京政府官員的貪污行為，最近陳公博提倡廉潔政治，《先導》響應他的主張，我也贊成這個主張。

問：什麼叫大東亞共榮圈？

答：指一切亞洲國家為了共同的利益，在政治、經濟、軍事、文化上全面合作，互相提攜，共同繁榮。

問：你對德蘇戰爭的前途作何估計？

答：我對國際問題沒有研究，沒有資格回答這問題。但我認為雙方都有力量，未來形勢如何，要看雙方戰爭中的變化來決定。

（結案時問答）

問：你打算今後出去幹什麼？

答：我仍舊回《先導》當編輯。或者做生意去。

問：你願意仍舊做和平文化工作嗎？

答：願意做和平文化工作。

歷經多次刑訊，最後由日憲兵司令部重審。

至一九四二年十月，他已經下肢癱瘓，延至開大庭前一二天，自憲兵司令部被解至江灣「登部隊」（七三三〇部隊，司令部一度設於「格林文納公寓」）軍法庭判決，他的雙腿已不能站立，坐在地上，第一個判決。

判前口供／選自父親六〇年代第N次〈申訴報告〉

（按：這次口供，倪子朴、陳三白在場聽到）

問：什麼名字？

答：程維德。

問：什麼職業？何處辦公？
答：《先導》月刊編輯。（並答該社地址）
問：程和生是你什麼人？
答：哥哥。
問：你從哪裡來？
答：今年四月從金華來。
問：你在金華從事什麼活動？
答：宣傳抗戰。
問：你到上海做什麼活動？有哪些抗日活動？
答：編輯《先導》，宣傳「和運」，絕無抗日活動。
問：你今後還去金華抗日區嗎？
答：不去。
問：你願意在和平區居留嗎？
答：願意。
問：你今後幹什麼？
答：回《先導》去。

問：今後願為南京政府做和平文化工作嗎？

答：願做和平文化工作。

三

他以「妨礙社會罪」被判刑七年，判前囚於日本憲兵監獄（在〈一切已歸平靜〉中我誤寫為「提籃橋」），獲刑後關入南市車站路汪偽監獄。

父親〈申訴報告〉／一九六三年三月

同時被判的有倪子朴、陳三白。我一直不了解組織被破壞的原因及案情，直到十二月份判刑後同倪關在一個號子內，從倪口中才了解是兩個日共（中西功即其中之一）在東京被捕，供出南京、上海兩地關係及住址，引起兩地破壞。（當時我尚不了解倪在被捕後有否叛變行為，直到一九五四年才知道。）

父親致馬希仁信

在那裡關了四個月，同年十一月底，被解往江灣日軍軍法法庭判決七年，這

父親獄中發出的信件。

才改移到汪偽監獄執行監禁，你來探監，我就在那處，諒必記得。關到四三年七八月因為上海囚糧有問題（南市是屬於汪偽地方法院管的看守所，只關一般的刑事犯），就分散犯人，一部分人解到提籃橋大監獄，我爭取不成，就同近百人被解往杭州監獄（正式的大牢，省一級），這才有了你在南京同我表兄聯絡的事，因杭州老監獄長與我表兄關係較好，我在四四年十二月底通過此老的關係，得以「保外就醫」的，但比原定坐滿刑期三分之一可得以「假釋」，只早了兩三個月而已。

入獄期間，他半身癱瘓，心臟擴大。組織（吳成方、王紹鏊）關心他，通過蕭轉來一次生活費，請醫生到監房看診，送針藥；父親的二姊、姊夫瞿思成不時送錢物到獄中；同鄉同黨、連絡人蕭心正多次探獄；蕭的姊姊蕭慕湘（吳江嚴墓縣長沈立群之妻）、弟弟蕭耀庭都和他通信不斷，不離不棄（至一九九〇年代，蕭心正把我父親幾十封蓋有獄方「查訖」紅章的來信裝訂奉還）。

父親致蕭心正信

……請買①五分簿（寫作用，如價貴，改購切紙公司十六開白報紙另洋鐵夾子一個）②五百字稿紙（便宜者）③毛筆、寫字紙、墨汁④郵票、較大之信封、論語、孟子及老莊……

父親致蕭心正信

……請買綠茶二元一兩和一元一兩各二兩，是朋友（獄內）託買，錢已交我，望到好的店去買。恐姊忘記，故託你，叫我姊帶紅茶來，放在香菸筒中。

父親致蕭心正信

……Row-miam 就是一種你我愛吃的「炒麵」，這是用西文拼華音的所以發音也似北方話「炒麵」。（在獄中飢餓總是想吃。）我的一篇馬虎作文如何？雖然寫得草率，但是我想想：滿有趣的。

接到東西，我想送贈你一點物品，《詩經》裡二句「鶺鴒在原，兄弟急難」。如黃山谷有詩：「急雪鶺鴒相並影，驚風鴻雁不成行。」鶺鴒、鴻雁都是集群鳥，象徵兄弟朋友，寒冷下雪時候，鶺鴒互相依傍取暖，所以《詩經》上說兄弟，在急難中的樣子，而今日我們依傍著過度這一寒冷的冬天，以實情論確合《詩經》上二句話的。

父親致蕭心正信

……物價之貴使人害怕，旬日之內，米價由千元之餘漲至兩千六百元左右，三號粉，變成全是麩皮的「麵粉」，起碼山東松羌餅漲至二十二元一斤（我到杭時，只有八元五一斤），寧波白年糕每條一元九，如此預料，到過年時，大餅也許會漲到三十元一斤，寧波年糕將二三元一條吧，這樣漲真要窮人餓死。前三四天監旁的苦兒院中，大鬧大叫，據說因每日食糧本來至少，被主管摻一半豆，燒出來的是豆米漿，苦兒為了生死問題拒絕接受，都齊心不吃，高聲大叫：「餓死了。」救命聲達戶外，許多人都張望著，而馬路上的小孩們，也應著「餓死了」。這是十分淒厲的場面，一些管理人員進來呼喝，竟為大眾憤怒的場面嚇退了，多麼厲害的管理人員一無辦法……這一次，一共吃了四次豆飯，鬥爭了三次成功，現在的飯同漿糊一樣厚。我能吃苦，請放心。

父親致蕭心正信

……現在寫信覺得很不自在，沒有桌椅，席上墊一本書當做桌子，低著脖子，身體僵著寫，頭腦也似乎笨起來……四二年是受苦的時候，現在想來事事可記，卻似煙一般地藏了，可是搬了場，每餐除了鹽水老莧菜，便一無佐膳之物，更遑論酒肉……

關於家庭怕是極度想念的，我並非希望回去，而在想家如何在此境況下過度：爸的頭暈是高血壓，暮年的失意，我予他的刺激，母親清瘦辛苦，不知在如何心境下想同我見面。妹妹大概二十歲吧，已訂了婚待嫁了，我在這裡，不能說一定沒有什麼更大的不幸會發生呢，我常常預計一個巨浪打來，也許是過慮（也願是過慮），我常為這些刺痛著……

父親致蕭心正信

……近有人（在南市監獄時相識的）病死。我很可憐他，寫快信通知他家裡。昨天，此人母親（素不相識）一見到我，拉著我拚命地哭。我安慰她，她哭了許久，忽然想起，拿出一袋豆說：「先生，給你的！」我窘極推辭。「先生，昨天車上擠煞了，這一點東西，特意從鄉下帶來，你一定要接受。」把豆往我口袋裡倒。我感到這老人悲傷的心。我茫然。蒼白的頭髮，一頂絨線帽，穿的棉披肩很臃腫，淚水像小溪一樣在流淌。她哆嗦著把兒子一堆舊衣裳理好，請這裡的人到兒子墳前焚燒，是要錢的。我為她出了六十元。老人見後大哭了一陣：「我只有這麼個兒子啊，我要靠他吃飯啊……」此事發生在四三年十二月三十一日上午。

父親致蕭心正信

……你們不必趕來看我，我已買了兩斤餅，兩斤炒米粉，如寄信，請寄來①《飄》②《經濟學》③英漢字典④《歐洲史》。

中秋節晚飯是吃骨牌大小五塊豆腐和菜腳——果然在飯後，朋友送來一碗蛋和肉，心裡卻悶悶的，不痛快。

連日來已有近廿天了，六個人同住……屋內臭蟲多極，咬得我連夜失眠，困了水門汀（引注：睡水泥地），餅等又漲，外面是每斤九元，我叫看守買每個十一十二元秤上又不足。

你的經濟也成問題，更別說我的生活了，生活、生活、錢、錢，真把我的心壓抑得將停止跳動。我是在貧困中生活過來，卻從不惶懼，反能很快樂地在貧困中生長著，但自從跌入這圈子裡後，「貧困」二字，日夜在我眼前，裝著吃人的鬼相在恐嚇我，使我不能不覺得它力量的可怖，而在它面前恐怖得哆嗦。從前我們用智力、勞動力同貧困做鬥爭，衝破它的包圍……

大約有近十天，過著極度倉皇不安的日子，起先向人借錢買了二個餅，補充食糧，維持三四天，後被借的同獄者，錢也不多，沒有深切的感情，不好開口。只望寄錢來，一到傍晚餓得難熬……我向鄭作書詢問告借，昨天「雙十節」睜著眼睛等他。可是今天（十月十一），突然他到這裡來，出乎意料地送我一碗肉和四只蛋。很有趣地告訴我，他自己也在等錢用，同我一樣窘，所以，接到我信後無言可覆。昨他才有錢，又借到法幣百元，像被吊在繩索上的一顆心才鬆了下來……這百元錢大概可維持十天左右（欠三十元，故僅七十元可用）。

現在這裡，規定每人每天吃五合米，這是糙米，打這以後，只有四合，改為五兩麵粉和兩合半糙米，其中被燒飯的揩油外，所能入口充飢的是少得稀奇，麵粉差不多是麩皮和玉蜀黍粉，上午九時吃麩皮玉蜀黍粉湯，同開水的距離相差有限，吃下去肚子漲痛，半小時後便餓得哇哇叫。下午二時半左右開飯，同鄉下厚粥一樣，是沒有米粒的爛米漿，每人兩小碗，這要到下一天上午九時，才有麵湯吃。在過去，我很少獲嘗得飢餓的滋味，現在很有經驗了，在上海（南市監獄）時，佐膳的菜完全沒有，連鹽也沒有，因這裡有三四十畝菜園，自己種，故在下午吃爛飯時，有幾十條菜皮用水煮了贈送給我們，種的菜是外面菜販買走的，所入之款可以使「老闆」（獄中主管）們吃肉、抽菸，甚至置家產。我們所吃的一般是所棄之菜，在上海是垃圾箱癟三拾取的東西。

父親致蕭慕湘（蕭心正姊）信

湘姊：

開口第一聲「很好吃」，要謝謝你對我的關心。我在吃的時候，心裡想笑出來，現在居然，不要做事情，只須伸手拿飯、張口吃菜好了。雖然你們送來的菜，有一些可憐我的成分在裡面，但我倒似乎只覺得老天幫我忙，因為在外面沒有吃，太窮，特地把我放在這裡，讓我做一做闊人，享享福。的確，有許多人以為我很闊，真要笑不出、哭不出，我哪裡配做闊客呢？只是一個空心大佬倌！

這次多虧心正為我忙了不少，連二個文俊文娟（引注：湘姊子女）也特地來看我這位賴皮先生，將來回家時，請他們看一次戲是一定的！

上海物價很高，聽到米買一千六百一擔，靜靜想來，也為你們擔心！

但願你們全家康健，快樂過年！

父親致蕭心正信

……上午九十時光景發過第一頓早餐，極粗等的麵粉做的麵，本是從我這頭一號房間發起，可今天從後邊發過來，後邊是病房，肺病什麼病都有，麵的鉛碗又不洗，如是輪到我們，就是很髒的碗，先有我們房中人叫起來，這是要傳染的事，那些飯間主任（頂混蛋的東西），引起我莫大的怒火，高叫起來，那混蛋的傢伙就過來高聲罵：「哪一個混蛋？什麼東西……」你想誰能受這樣的辱罵？他是什麼東西配罵我？我一肚子火回罵：「你是什麼東西，科裡去！」一開門就被拉出去了。這樣的火越升越高，一到科裡，他在科長前大罵，我看他罵得不成話，也不顧自己的地位，竟在科室發出最大的怒火，不顧一切地吼罵了出來，那時我的血管將崩裂，完全換了一個人了。隔壁的最高官長被聲音驚動出來，出乎他的意料，竟來這麼一個倔強的小夥子，於是連忙搖手止聲，向我問話，開始用威嚴兼併口吻問，我堂堂地回覆「容易傳染」的理由，也聲述對方的辱罵。他用他的立場說了許多警戒的話，說我火太盛，不應在監獄科室大鬧，太不成話。我昂然地申辯，不屈地回答，引起他大怒，雙手拍著桌子，前後達幾十下。科裡為之驚惶，我卻出乎尋常的鎮靜，毫不能使我氣餒，不怕碰釘子，為了大眾，又不是為了我自己，似乎成了一個鐵鑄的心，軟軟硬硬達一時半之久，我毫不退卻；後來，他又軟如綿地說了許多安慰的話，可是又被我一頂，引起他大怒，接著他又平靜了，又勸解。本來我如此態度應帶一副鐐，但沒有，他只責罰我打十記手心，以懲我在科中大鬧（實在我在科裡罵著，使他們覺得失面子，未免難堪），這依然不能使我畏縮，我把竹板給他，把手伸著竟由他親自動手在我手心上打了五下，比小學生打手心輕，皮肉沒有痛，可是覺得難免侮辱我的面子而已，自然也是不得不他才打的，為了他的尊嚴，不會顧及我的體面。到底我的地位是受管束的人——如此以後，大概尚知我氣憤，由他與科長再三好意安慰，說有意見，盡可供獻，切勿火氣太大，又說：「你在外面是編輯，那『主任』（管伙食）只是起碼的東西，辱沒你的人格了！」對方據說處罰記過（是否記過無從知悉）。

如此二小時的糾紛，我又自然回來了。我踏著堅定的腳步似乎是一個戰爭回來的戰士，正氣仍充滿了胸膛，使自己驚奇，竟如此鎮定、倔強……這是我出生來未有的了。大部分房間全有人問打聽，很擔心我的結果，我很覺痛快。我疾惡如仇，脾氣一發，不怕天多高，地多厚，這也有原因，對於沒法早日外出的希望已取消，絕望……便有怒火在，衝出來了，此後曾提過許多意見，為了飯的問題，常有意見，我也由太過沉默的態度變為發言人，反正我要住在這裡，住下去我必不沉然，為了多數人有講話的必要。

父親致蕭心正信

……前天科長特別告訴我，要我同石二人住一小間，且可出房在做工場（撕蔴皮）中記記賬，優待我。再有一個青年成員同我很好，竟也是一個主任，竟常到我牢房內，在戲臺似的板床上屈膝相談，我得到不少方便，他曾請求科中要我教他和最高長官的兒子的書，科長為了地位，實際尚未答應，可是慢慢地感情融洽，我可得些方便。

父親致蕭心正信

……你勸我寫些回憶，我準備寫，可是現在兩條腿不聽話，屈著坐，把膝蓋做檯面寫不到一小時就甚痛了，胸口也痛，不過這些並不會阻礙我的手，我怕的不是這些疼痛，而是四周亂哄哄，頭痛，昏沉沉的。

有一個廣西人，對他同情，我把一條舊的衛生褲送給他，像這些毫無家屬接濟的人很可憐。

我成為一個慷慨的人，今天又補助了一個朋（難）友一百元藥費，因為這人一點錢也沒有，害很重的傷寒，雖然我很窮，也要人幫助，看到人病危引起同情心，同時也引起好的影響，不論同居者還是差役都對我有好印象，不過我用錢還是很謹慎。最近零星送人二百一十元，一半是同情，過去同室的蔣君，在滬寄我二百元。蔣後來又送我七百元……

父親致蕭心正信

……這裡要開一個工場，製火柴和盒子，他們認為我是個有頭腦會辦事的人，叫我記記賬，管理管理，有七十個人在做，我行動上比較自由。工場四周有個花園，我想能栽花，很美，這是塊無人地，我計畫除繼續寫作看書外，工場事務較輕，當個園丁種些花，能否寄些種子？老科長人很和善。

在我心上的事，有二件尚難打開：一是醫藥問題，二是合作社。這裡的人九〇%都生瘡，老闆無藥供給，我計畫在每批貨的工資下，提幾成作藥費，還有存款中（利潤）七折八扣給了這裡的茶房，我當面責問老闆得改進。

杭州獄中留影，一九四四年。
背文：「照已攝兩張，玻璃底版，請姊寄家，告訴他們，我看上去判若兩人，在這裡是極時髦的。」

左｜一九四二年，上海。
右｜在蘇州稅務局工作期間，一九四八年五月。

糊盒的紙條帶被揩油，上次發出二十萬匣，短少了一萬匣的材料——鬧了糾紛使我頭痛……工場中現在亂哄哄地議論著，因為剛才發過來的米麵稀飯，工人們很是滿意，其實這米是小雞吃的東西，都是草子和沙粒……這一個月中，我每日上午八時離宿舍，下午六時回房間，身體很自在。

父親致蕭心正信

……我做賬務，因為有一個助理，大家對他惡感，怕我走了他來繼任，拉住我不讓我走，這賬務麻煩，使人頭痛，還要稍稍賠一些錢。還專管了花園，我想有一空房布置一下作為自己的書寫室，把一間像雙亭子間那麼大小的空房打掃一下，這個房間先是臥室，後空下，為病死的人作停屍間，開工後作了材料堆積，現在材料出空了，我就搬入一張桌子，鋪上舊報紙，又把工場主管坐的椅子移了過來，把書籍全放在抽屜裡，水門汀打掃乾淨，儼然是一個寫字間了。我正動手寫字卻被一個人瞧見了，發覺祕密似的來了兩個人，一個是當作祕書的，他們一塊笑著進來：「呵，你躲在這裡怪愜意。」就一個搬出，一個拉椅子，又把桌子翻得四腳朝天，好容易布置的書寫室，不到一分鐘就被拆光了，我氣得很，知道他們故意這麼混，要擾得我沒有安寧，我要同他們打，說如果我輸了，我甘心離開這兒回到工場去，就第一個把祕書老爺翻到水門汀上了，他們知道我發牛性（我的綽號被稱鐵牛，因為據說像條牛那麼結實），也就回去了。

父親致蕭耀庭（蕭心正弟）信

福熙路
福熙坊十一號三樓
蕭耀庭先生（引注：轉蕭心正）

心正：

大扎敬誦一番，即有話想說，可是眼疼不耐作書，在你來時或有書相致也。眼未好，被那鄉下佬扎了二針後，仍無顯效，眼白有翳，紅未退。請代至南京路順宏鷓鴣菜藥房附近有北京大仁堂去購琥珀退翳丸，如有藥方更好。又請購灑爾膚一瓶，你如無暇則可電姊，但恐姊弄不清爽，不如你好。

房中現已二人，稍靜，腦亦好，但眼為患，讀寫二不能。

巴奮近日如何？希大有海上屁精派，灰鼠其袍，紡綢其褲，飄然自得。年過半甲，不知自檢，甘與濁少追逐，雖送我餅團，應訓斥可也，君亦以為然乎？

大姊如何？

均念

弟久年上
三月廿七星期五下午
來時有歌片則惠下為好

父親致蕭心正信

……千萬叫他放心，不必為我的問題焦慮，而況我現在長得如此胖了。

父親已將入老年的人了，連年受貧困的苦，為家庭奔走，現在又不免想到我的復元問題，也許他會回想年輕時的生活，觸今思昔，未免傷感，但是你想，這有什麼辦法呢？千萬代我安慰他。

下星期來，饅首（引注：饅頭）拿一半來就夠了。我大概食量已正常，已吃不多，如果簡便拿一些麵粉也可，上次的我省有一半。

天熱了，我寫得滿頭大汗，想你為我帶東西來……

父親致蕭心正信

……寧靜是千金難買的，現在多麼靜啊，風從窗（有二扇窗）中吹進來，八哥兒在屋簷和樹上叫，叫得怪甜蜜的，真像在花園或農村裡一樣，而且還有幾個小孩咿咿呀呀地在讀什麼書，隨風飄過來（八哥兒在學小雞和燕子的聲音），小孩虔誠地送一碗開水進來，在桌旁站一會，就走了——我這一年多來只有現在……是頂愉快的，靜得愉快……

一次，祖父趕至杭州探獄，老人家找了一上午，總算找到了他，兩人見面四目相對。父親回憶當時場景說，你祖父一直看看我，一直嘆息，他老人家開口講的第一句話就是：「傢戇哦？」（「你傻呵？」或「你傻不傻呵？」）

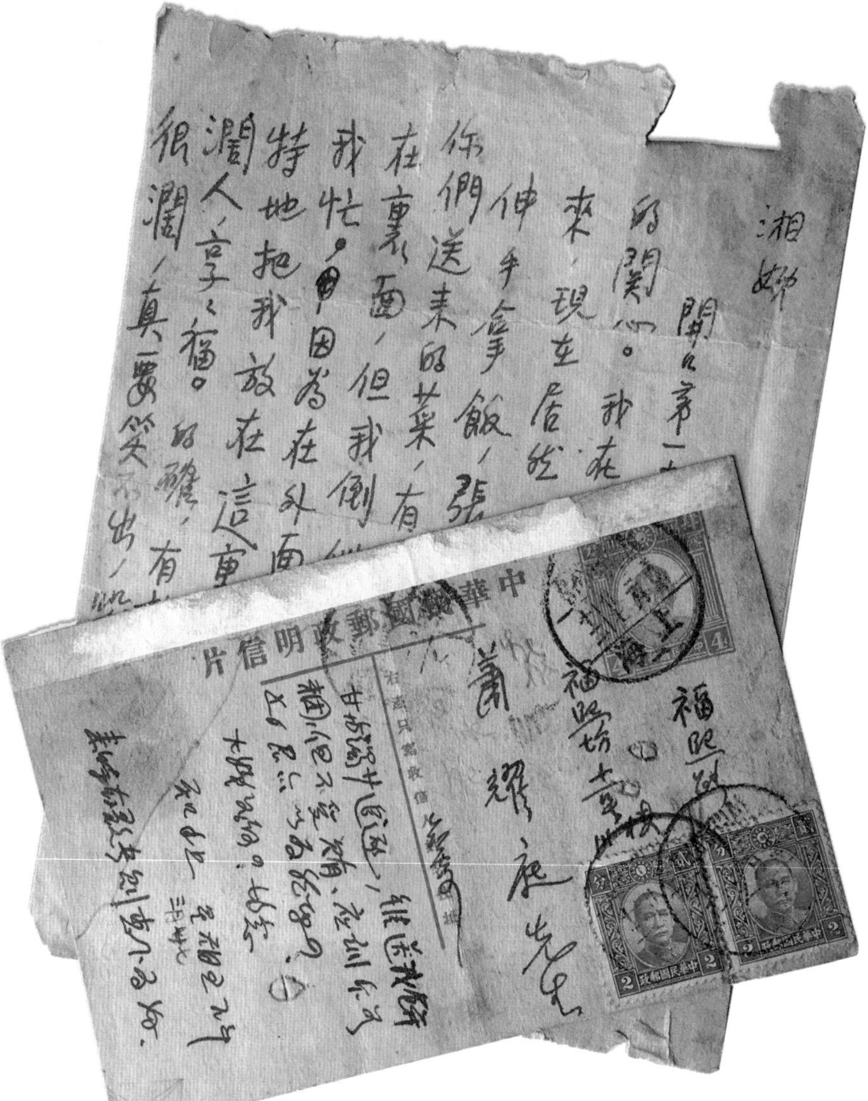

父親獄中寫給蕭家姊弟的信件及明信片。

黎里

一

一九四四年底，經組織同意，蕭心正運用我父親表兄蔡公弼的關係，通過杭州偽監獄長邢源堂採取「重病保外治療」方式（沒任何政治手續），得以出獄。但時過不久，蕭心正即於蘇州被捕。我父親只能隱蔽於赫德路居士林「覺園」沈痴雲處，「度過了最淒涼的一九四四年除夕」。之後，他在汪偽宣傳部電影檢查委員會工作，不久接到通知，奉調淮南根據地情報部，接受組織審查——也是在得信的當日，他收到了黎里老家的來信——他的父親，我的祖父，五天前在黎里老宅去世了。

他即趕回黎里料理喪事，從我祖母口中得知，我祖父去杭州探監的那次，正是家裡最拮据的時候，去杭州沒有車費，還要住旅館，祖父不想來，可我祖母催得急，無奈中即向富裕的大女兒（我大姑母）借五至十元路費救急，不料被她一口回絕。對此，我祖父的傷心和憤懣可想而知，最後不知從哪裡弄了幾塊錢，來杭匆匆見我父親一面，這一面，終究無法讓老人釋懷，回到黎里就臥床不起了，最後是無錢求醫買藥，在貧病交迫中告別了這個世界。

父親說，當年你大姑母出嫁時，家境尚可，嫁妝豐厚，夫家也很富足，只是她自小驕橫吝嗇，平素只愛打扮自己，婚後常去蘇州遊玩。這次對我祖父的求援竟然坐視不救：「她是家裡最受寵愛的大女兒，卻這樣沒有天良……」他在黎里忙完了喪事，特意上門痛罵了大姑母一頓，從那時至今的數十年裡，他與這個大姊徹底斷絕了來往。

父親致馬希仁信

鄙人吃官司，先嚴聞訊急得失魂落魄。事為蘇州我姑丈所知，也非常憂慮，生怕凶多吉少。姑丈是書香之家，幼年由老太爺授《易經》，所以會算命。另外我的大姊夫是黎里鎮凌甘伯長子，父子倆也都讀易，而且都會八字算命甚至看風水。抗戰結束我到蘇州，姑丈說，你被東洋人捉去後，我同你算過一命（我的生辰八字，姑丈都知道），真是奇怪，這一年你命裡正是「天剋地沖」。接著他呆呆地說：「玖生（我乳名），當時我排一排，你的命真不怎麼樣……」似乎不勝扼腕之意。俗語說：「天剋地沖，銀絲掛鐘。」危險倒是真的，然而他沒有排出解放後我的災星。「不怎麼樣」倒是千準萬確地算中了。

上｜祖父去世時父親佩黑紗照，一九四五年。
下｜一九四五年，回滬後在靜安寺路一大宅所攝。

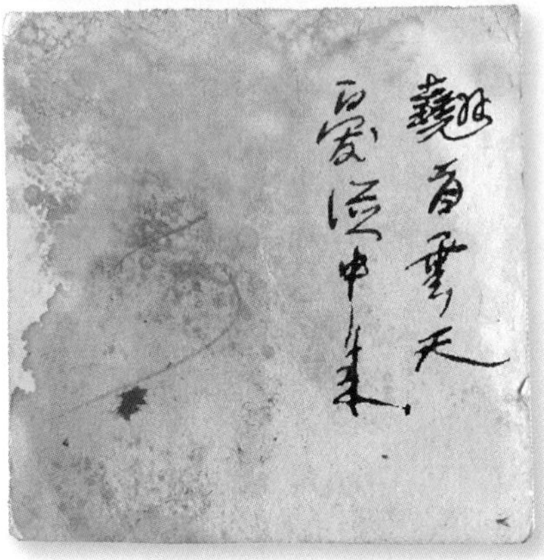

襄陽公園，一九四八年。照片後題：「翹首雲天，憂從中來。」

禍患踵至，幽明互映，是這代人運命「不勝扼腕」的尋常……

《我的一個世紀》／董竹君

……一九四五年初夏有天清早，我正在凡爾登花園家裡二樓臥室梳洗時，張錫祺的弟弟忽然來家告訴我，張錫祺和住在該院的樓上的黨員劉之光（真名吳成風）及劉之光介紹到該院掛號處當事務員的女黨員黃英三人一起被日本特務逮捕了，關禁在四川路日本憲兵隊。我聽了很著急。忽然想起林醫生曾告訴過我：他有個日本病人是日本憲兵隊長，叫金井……開始金井板著臉不言語……我們送給金井金幣四十元，白蘭地酒兩瓶，並請他吃飯。經過一個多月，張錫祺等三人由林醫生做擔保人都搭救了出來，據聞張錫祺等三人和臺盟有關。

（父親為此文加注）

吳成風，為吳成方，又名劉國光，一九二五年黨員，屬社會部，已故，終年九十二歲。

張錫祺兄弟倆在今淮安路江寧路（戈登路）口開設光華眼科醫院為掩護，從事黨的情報工作，有日本方面的聯繫。吳成方常去見面。

黃英，解放後在北京安全部工作，一九四二年時用名黃悅蘭，沈靜文是她丈夫，解放後在新華社工作，已故。

如今讀到父親接赴淮南審查指令直至成行細節，除特殊的隱蔽色彩外，頗有運命無定的漂泊感。

父親〈申訴報告〉／六〇年代第N次

A……某日於霞飛路（引注：今淮海中路）復興咖啡館見張靜林（黨內稱「張胖」[8]），通知去淮南根據地「加強學習」一事。

B後一日，在霞飛路善鐘路（引注：今常熟路）口電車站與潘秋江聯繫，潘告訴了下一次聯繫地點及暗號。

C……去地地斯咖啡館，「張胖」問有何困難，答一切準備好了。

D……同何犖接上聯繫，此次由何帶到淮南華中情報部。

父親筆記

四一年秋，我在南市市民協會相識潘子康[9]，他教會我掌握雜誌的編輯工作。有次他單獨約我在馬思南路霞飛路口一俄國咖啡館說話，但欲言又止，彷彿想同我說許多話。現回想起來，很能理解他熱愛青年的心情。四二年他去南京汪偽中央廣播電臺工作，臨別囑我送夫人（何復荃大姊）攜子女上車。有信件來往。四四年冬四五年初，他任汪偽宣傳部電影檢查委員會主任（會址與住址，均在海格路，即吳鐵城抗戰前公館）。我去他處共事數月。四五年五月，廣玉蘭花開時節，組織上調我去根據地，我向他辭別，託辭父病返杭。抗戰勝利後，我在《時事新報》工作，又與何大姊（何復荃）共事。某日在卡夫卡斯咖啡館與張建公談話，他偕俞守中來，向張招呼。至此，我始知是同一系統工作。解放後，

---

8. 原名華克之（一九〇二—一九九八），一九四六年安排父親在《時事新報》工作，隱蔽戰線傳奇人物，一九三五年組織刺殺汪精衛。一九五五年住院期間，因潘漢年案直接押往牢房，先後獲刑二十一年，一度陷入極端情緒，將筷子捅進眼窩，落下殘疾。一九七九年平反。

9. 潘皮凡，原名潘子康，又名潘比德、彼得、潘常，中共「特科」黨員。「廣州左翼文化總同盟」成員，左聯作家。一九三三年來滬。一九三六年任《良友》畫報編輯。一九四五年任國民黨市府宣傳處處長（一說任吳鐵城祕書）。後打入國際問題研究所。一九四九年「李白電臺案」發（電影《永不消失的電波》以此為題），其電臺即安置潘家。一九五〇年在上海市委統戰部工作。一九五五年因「潘楊案」隔離審查。一九七九年病逝。一九八一年平反。

他在統戰部，五五年後互不知音訊，至七九年與吳老（吳成方）處驚悉他已去世，乃重訪何復荃同志。

今下午何大姊贈以資料，歸來披讀，於燈下援筆記之。

一九八三年六月十八日夜

中央社會部吳成方同志生前告我：三三年後潘子康在他領導下工作，曾任特科的紅色法庭庭長（對付叛徒的）。

九七年三月十二日再記

在淮南華中情報部，經過多次談話審查，包括彙報「被捕出獄經過」，終告結束。部長潘漢年此時去了延安，由城工部長劉長勝（兼）做了審查結論：「你的報告曾山同志也看了，我們認為你在被捕後的表現是好的，經過了黨的考驗。」

並無書面結論——應與當年環境有關，包括返滬後他與領導人劉人壽接上了聯繫，同樣無需和平時代的組織介紹信。

〈一切已歸平靜〉／原載於《生活月刊》／金宇澄

……他年輕，他的活力神奇抵禦了嚴重的疾病，恢復年輕人的體魄和風貌……日本宣布投降的那天晚上，是他和朋友慶祝勝利的狂歡之夜，一群青年人開懷痛飲，在路上漫無目的閒逛，高聲談笑，無所顧忌，陶醉中走近西區，已是子夜了，看見附近綠樹叢中某幢大洋房，通體燈光雪亮，門窗大開，頓悟這是某大漢奸的宅第，於是大搖大擺推開鑄鐵院門，進入這所大房子，滿地狼藉，宅主顯然已逃匿，貓狗全無蹤影，凌亂的大菜間裡有幾箱洋酒，眾人打開箱蓋，人手一瓶，巨大枝型吊燈照耀著一張張年輕人光彩奪目的面孔，於是歌唱起來，聲震屋宇，一直鬧到東方既白，一個個醉倒在細木地板的波斯地毯上。等下午醒來，這幢折衷主義風格的豪宅仍不見一個人影，只有花園裡小鳥在鳴叫。

他不會知道，他的命運人生，將長期糾纏於「審判口供」最終數行的問答中：

……

問：你今後幹什麼？

答：回《先導》去。

問：今後願為南京政府做和平文化工作嗎？

答：願做和平文化工作。

一九五五年，他因涉「潘漢年案」被隔離審查。直至該年九月始審被捕變節，審理者打開他當年的全部供詞，抽取最後的這幾句問答，當即認定他「叛變」。

父親〈申訴報告〉／一九六二年第N次

我第一次寫了檢查，反映我的抵觸情緒，下一日，負責審查的俞平原同志見了我，劈頭大罵我是「叛徒」。他對我說：「不老老實實承認，就逮捕！」我搞過運動，估計在那種情況下確有可能，不敢理直氣壯地再與他頂（已經頂過一次了），被逼寫第二次檢查，也孤立地就一句供詞承認背叛了黨。其實就這份檢查中，如果細心研究，一面強調被捕後絕無叛變行為，另一面卻突然承認錯誤，這是矛盾的，但是俞平原同志並無覺察，不幾天，就把我逮捕了……

處理結論其一：也即「被捕變節」。某負責人說：「我們說你是變節，你說沒有失節，現在又不好向日本人調查……」

經過他數度申訴，一九五八年的「初稿結論」改為：「被捕失節。」

經他一九五八年至一九六五年N次的申訴，結論略改為：「被捕後表現消沉」與「極不負責」。

《明室》（三十六節：「證實」）／羅蘭．巴特

……自己不能證實自己，這是語言的不幸（但也可能是語言的樂趣）。語言的實質可能就是這種無能為力，或者，用一種肯定的方式說：語言在性質上是虛幻的。為了試著使語言變得不那麼虛幻，必須有一個巨大的測量裝置：求助於邏輯。或者，在沒有邏輯的情況下，求助於誓言。

在漫長的申訴過程中，他已清晰地意識到——即使再如何申訴，也未必能有「實事求是」的結果，只能接受並賡續下去。

一九五五年——在我母親描述裡是「大難臨頭，人見不到了，待遇取消，必須搬家」之年。最為感嘆的是兩個月後，通知她送冬衣，「地址也就是日偽時期關你爸爸的南市車站路監獄，後又轉他到建國中路公安局……」

父親〈申訴報告〉／一九六〇年四月

……附帶一筆，一九五七年市委負責烈屬工作部分的人員，向我了解程和生

（真名鄭文道，已犧牲）被捕的情況，據說由於他生死不明，長期沒有查清，一直沒有定程為烈士；老程還有老父親在廣東，沒有享受烈屬的待遇，雖然我的問題尚沒查清，但程和生同志的表現是堅定的……

經過二十四年的糾纏，延至一九七九年，我父親的「政治歷史問題」才獲得完全的改正。

然而關於他們，關於這一段難忘的細節歷史，關於中西功呢……這一截昔時光影的「積蘚殘碑」，複雜文獻漫漶凝結，時顯時隱，於當事者言，仍如海上冰山那樣觸目……那樣無法忘懷……

〈紅色諜王〉／董少東

據俄羅斯解密的蘇聯檔案，蘇聯方面在佐爾格被捕五天後就獲知了這個消息，但莫斯科選擇了沉默。日本則緊張籌畫著對美國的戰爭，也沒有對蘇聯提出公開的交涉。據說，日本駐莫斯科使館曾向蘇聯提出，用佐爾格交換一九三九年日蘇諾門罕戰役的日本俘虜，但得到的答覆是：「我們對理查·佐爾格這個人毫不知情。」

父母攝於蘇州西園，一九四八年十月。

著藍布（陰丹士林布）旗袍，沉默，樸素，父親初以為母親是小學教員，當時他住康腦脫路。這年暑假，常常在午飯後，太陽熱辣辣的，母親僱一輪黃包車去看他。

《黨的文獻》／一九九八年第五期

中西功先生是中國人民的老朋友，著名的國際反法西斯主義戰士，他曾是日籍中國共產主義青年團團員和中共黨員。在中共江蘇省委和王學文同志領導下，為中國人民的革命事業和世界反法西斯主義鬥爭做出過不少貢獻。一九四二年，他被日本特高課拘捕，判處死刑。他和日籍中共黨員西里龍夫等一起，在獄中進行了英勇的鬥爭。為了拖延死刑執行時間，在獄中，他歷盡辛苦，寫下了著名的《中國共產黨史》。正當敵人要對他執行死刑時，日本政府宣布了無條件投降，他才得以出獄。出獄後，他仍然積極從事中日友好活動，寫了大量有關中國共產黨和新中國建設的文章。

父親筆記：〈吳成方談話摘要〉／一九八五年七月九日午後，上海寓所

中西獲取的重要情報並不多，主要是「滿鐵」的彙編。「日汪協定」公布前，中西曾送來這份材料，交程和生，他另有藏處。經沈安娜交舒曰信，由舒編寫後，再經龔飲冰閱定處理（包括發報）。潘、劉、我三人都在舒處看材料。中西在上海，從哪兒能取得機密檔？他對程和生說的多是分析研究，不是文件。而我們需要第一手文件，連圖章都要核實的。因此關於太平洋戰爭的事，事先他是否能取得、交來情報，除我，舒曰信他們也會知道。我做的工作也不止中西這一拖（引注：原文如此），情報來源不止他們數人，中西說，苦於不知道爆發太平洋戰爭的時間，他們是做了工作的，但現在說的太玄了。

第三國際同我們根本沒有聯繫。中西等人同佐爾格案中的日本人來往，根本沒有向我們彙報過，怎麼把我們的情報活動和第三國際情報案拉在一起？

有些文件，當時是從另一條線弄來，關於日軍番號等武裝情況，有人同管文件的日本人打交道，請他吃喝，這日本人沒什麼文化，問請客的錢哪裡來，說是寫文章得來。日本人相信了他，給他看材料。後來日本人升官了，這條線的來源就斷了。

父親「抗戰時期上海情報史座談會」發言／一九八五年七月十七日

「佐案」暴露，中西功是其中之一，中西功同「佐案」中三個日籍情報員是同班同學或同事關係，實際上同他們沒有建立工作關係，資料說明「中西功在中國或日本都沒有參加佐爾格小組」、「同中西功沒有關係」、「他替中共工作，捕前在滿鐵上海辦事處工作」。中西功是由於替中共工作而受到起訴，但遲遲未判，直到一九四五年九月美軍已經佔領日本之時，才移解法院判處無期徒刑。過了十二天，根據新頒布的釋放政治犯命令即獲釋放（參看《佐爾格案件》／〔美〕狄金及斯多利／二八八頁）。中西功等日本人在被捕前為我們黨做了不少工作是事實，但是怎樣看待他們的被捕表現：招了口供，供出上海、南京我情報部門地下黨員（代表上級的聯繫人）地址，造成了事實上的破壞。這究竟是什麼性質，如果在審幹中，該如何做結論，不是很清楚嗎？對於出賣叛變的人，不能揚善隱惡。如果不分是非，就談不上立準立好史料。同樣的理由，對中西等的「回憶錄」一類東西，也應聯繫被捕的表現，必須用清醒的態度對待之，許多老同志在，我就不多說了。

關於轉移不轉移的問題，已經是歷史了，我在被捕後也產生過埋怨領導的情緒，但是事隔四十年，只宜從積極方面總結教訓，不該追究個人責任，在地下環境下，其他各條戰線也發生過不同程度的失誤，其原因往往是多方面的……

父親筆記：〈吳成方談話〉／一九八五年七月十九日上午，於文藝會堂

我們這一拖情報系統的幹部，過去規定是不向上彙報的，很可能沒有資料。

（一）季綱（李德生），張明先，陳一峯，汪錦元，方志達。

李復石（交通），下面在錦江飯店、錦江茶室有董竹君和劉伯吾。

中西功，西里龍夫，尾崎（中西發展），鄭文道，錢明（鄭文道侄女）。鄭文道聯繫中西等日本同志，還有一洪幫頭目，山東人。

（二）季明（步飛、崇威）。

季下面有一拖華僑關係。（有些非華僑也歸他，季曾去新加坡。）

吳天愛人錢莉蘭，王石安，林思遠（昆山縣長），潘子康（聯繫作家李小峰），何福基，倪青，林平，林之愛人史羅莎（原在社聯），王宣化（見過李士群），關露（關係在夏衍處，但在情報系統工作，見過李士群搞策反）。

（三）劉釗，劉少文安排管文件。

（四）繆常青（國生）。以下倪之璜（又名倪子朴），劉逑梅（美國留學生，後派崇明打游擊受傷，病故於上海醫院）。

搞武裝有梅先迪，朱松壽（均為江陰人，幫會頭目，老同志，初搞「武抗」後搞「江抗」）。

惲逸群（搞情報，關係在外面，繆常青常為惲代筆寫社論）。

梁曼谷（派去蘇州），呂秉生（西藥業，是劉逑梅介紹）。

金若望，蕭心正。尤遷（交通）。

王紹鏊。

交通陳來生（姓甄），王月英。

陳關通（陳來生親戚，下面有數十人）。路新根（郵差）。

上海警備區密件打字員兩女同志。（這部分屬軍統陳一鳴，內容是針對逮捕共產黨上報密件。陳後來起義。）

周明（女），派去打入托派（後調入蘇北社會部，一直沒聯繫，解放後為她做了證明，恢復黨籍）。王高。

（引注：五至十三略）

（十四）臺灣張錫君，張錫奇，謝乃光，李偉光。

關於太平洋戰爭爆發事，當時並沒有拿到確實情報，僅是我同張錫君的分析，按戰爭規律，一般是在星期日發動多，一日、八日、十五日都在星期天，張錫君同K做假情報，就報了八日要爆發。K不相信，事後驗證了，查問從何而來，張就造謠說，其兄的老婆是日本皇族。

張為我們搞來臺灣方面許多軍事活動、番號的情報。解放後判二十年，現已平反。

……

父親筆記：〈汪錦元談話〉／一九八五年七月十五至十六日，文藝會堂

母親是日本人，從小居住日本，不諳漢語，但自己是中國人，在日本受歧視，愛國，所以一心愛國。

××年（引注：原文如此）到上海，因漢語不好，在滬難找工作，通過日本人關係進入日森通訊社。

社裡幾個日本左派，常看中共中央文件，他們是手島俊（與王學文有聯繫）、日高為雄，副島龍起和川和貞潔（編者注：應為川合貞吉的筆誤）（涉及佐爾格案）。這些文件是日森通訊社取來的，不明來源。汪錦元的工作，將此類文件刻蠟紙，由社裡送交日特。

汪與手島相識，發現他在談話中稱讚中共，反對K，又反對日帝，引起興趣。中國人反日帝是愛國，怎麼日本人也反對自己祖國？手島講馬列，汪受到影響。一次手島問起，社裡中共中央文件從何處搞來？汪不明來源。正巧日森病了，不能按期給提供情報者送錢，託其妻送去，也感不便。汪說，可由他送達。日森叫他到順昌路小菜場內某號住房，找姓周的（後悉該人任區委書記）。於是汪將這地址、姓名告訴了手島，大概由他轉告了王學文。此後，這種文件就斷絕了。

有次×××將去瑞金，被汪錦元撞見，此人剛巧去海軍武官府。他對汪說，你別講出去，是海軍託他去取中共文件的。汪即告手島，後來此人沒有去成瑞金。

手島與西里龍夫等人組織「日支鬥爭同盟」（受王學文領導）。三二年，手島離開上海，臨別將汪錦元介紹給西里。三六年，汪參加了中共情報系統，同西里聯繫的是陳一峯，還有潘子康，翁迪民，鄭文道。

「八．一三」後，汪錦元在「維新政府」教育部駐滬辦事處、海軍報導部廣播臺（請人講演）等處工作。那時虹口一帶中國人逃避一空，日軍若發現華人，即予殺害。在這種條件下，陳一峯聯繫西里（住虹口）十分不便，找汪談及，請他聯繫西里。西里任《讀賣新聞》特派記者，出入軍部及吳淞等前線，將日軍番號係數上報，又提供了金山衛登陸的部隊番號。這些材料，汪收到後交陳。

三九年汪精衛來南京，高宗武辦了國際問題研究所。汪錦元利用日本血統關係進入該所。不久高走，由汪精衛翻譯周龍祥（也從重慶來）接任。汪錦元經周妻（楊××）介紹，由周龍祥介紹進入汪精衛公館，任日文祕書。

四二年六月十五日，西里在南京被捕。李德生派張明先向汪錦元報信。此後張又囑汪去西里家（上海路桃谷新村）觀察動靜。汪沒有進去。李德生說，估計不是為了情報的事，西里不會講的，問題不大，要堅持工作。

七月二十九日，汪上班時，值班的日本憲兵隊長說，請稍候，有人找你。不一會，日本便衣就逮捕了他，解至中山路某處。汪見日本人填報表上有「諜嫌」字樣。

七月三十日，解汪至上海憲兵司令部。同車有李、陳、汪三人，未加銬，兩名日本便衣看守。到滬分別關押審訊。審訊者由東京派來，約三個月。三人再解至日本巢鴨監獄，招供了一些情況。

汪抵巢鴨後，要求向大使館借錢買寒衣，想使汪公館得知他被捕的消息，便於營救，引渡回國，經日方聯繫，大使館送了錢來，沒有碰面。汪被捕的事，南京也就知道了。×月周龍祥來日本，不得會見，送進一張名片，上寫「正在引渡」。

關押了半年。四三年四月五日，重返上海憲兵司令部。約十天後，原南京方面的交通陳叔亮被捕，關進汪的號子。陳說汪不久將釋放。

同年四月，汪從憲兵司令部解至江灣日軍法庭。六月二十一日上午開庭，由檢察官提出應判死刑，合議後宣布無期徒刑，於七月押去南京監獄，與李、陳三人關在一室。

四四年冬，日本人找李德生去問，新四軍有認識人嗎？要其聯繫「議和」。李說有。日本人答應將其釋放。李回監就對汪、陳兩人說明——待李出監後，會釋放他們。汪表示懷疑。

（倪子朴插話：李德生於四五年初，曾去無錫監獄探望陳三白（按：陳是李

德生招供而被捕的），同時見倪，也都這樣說明此事。〕

（按：李德生提前獲釋，是同新四軍聯絡部揚帆奉命去南京日本軍方談判受降事宜有關。當時岡村寧次準備向蔣介石繳械，但對新四軍敷衍，表示可考慮向東京請示。李出獄後在南京，曾與揚帆見面。）

四五年×月，汪錦元、陳一峯出獄。李説要一起去新四軍軍部，稱汪的日籍母親也不宜再住上海，應該同往，要汪去上海説服。陳一峯表示想同去上海與其妻子見一面。李説，她已經另嫁，沒有同意。

陳囑汪代為找尋陳妻。汪到上海後，説服了母親，又按地址找到了陳妻，並無改嫁之事。最後妻子與汪母同去了根據地。汪到了南京後，再去新四軍軍部報到。

中西在回憶錄説，四一年十一月，從滿鐵情報中已得知，日美談判是談不成的，日將向美國進攻，但戰事在哪一天發生尚不知道，表示關心，十一月二十九日或者三十日，南京總會得知此情況。後得到十二月將爆發戰爭的消息，中西就與鄭文道聯繫了——這樣的大事應向吳成方彙報的。中西的回憶錄也沒有提到珍珠港。

（錢明插話：張錫君通過海軍武官府的翻譯，同保管文件的日本人拉關係，天天請他吃喝嫖玩，後來突然不請他了。日本人問原因，張說，沒錢了，錢是寫稿所得，如果給他看一些材料，可以寫稿得到稿酬，就可請客。日本人就從鐵櫃裡拿出一疊材料。張發現其中有「十二月將向美國發動軍事進攻」的文件，這事鄭文道還拍了照片。但吳成方不向黨中央報告，卻將這重要情報報告國民黨，國民黨報告美國，不相信，後來果真打仗了，美國人才驚奇訊息靈通。王芃生由此得到一筆獎金。這是四四年一月張錫君、吳成方對我說的。等到五五年（錢）受審查，吳改口說那是分析了。

汪錦元：中西回憶錄中說，得到的消息，不是像錢明說從抽斗裡竊到的。

（注：解放後，汪錦元不知道西里龍夫情況。汪的親戚從西里發表的文字——包括一段新聞介紹其著作中，發現汪的名字，才來信詢問，文中的汪是否他本人？從此汪才得知西里活著，並通起信來。）

父親筆記：〈訪梅〉

按：五月五日見梅達君，身體很好，聲如宏鐘。談畢有關一九四六年我黨如何發動「六二三」運動事（略），話題轉到「潘揚」。梅感慨說，因此揹了幾十年包袱。我說，我也為此被關，黨籍開除了二十多年。他睜大眼睛盯著我，從桌子對面伸手握我的手說，你也被牽連了，聽說受害者一千餘人，有的尚未平反。

梅：潘漢年很了不起，確實有特殊貢獻，也因為他的情報太重要而受懷疑。四一年希特勒要進攻蘇聯，潘把情報送到重慶辦事處，中央告蘇，史達林不相信，剛簽訂過德蘇協定嘛。李維諾夫也不相信，德國果然發動突然襲擊。太平洋戰爭爆發前，潘得情報說日海軍在太平洋有異常情況，應引起注意。不知他從哪裡得到這種高級情報，件件得到驗證，就引起毛的注意。據說毛對周恩來或劉少奇講過，怎麼「小開」的情報這麼靈，莫非在搞什麼名堂？懷疑他搞雙重間諜。

出事的那次，羅瑞卿和潘在打牌。潘常同夏衍打牌，搞得很晚。打完牌，羅瑞卿過來拍拍潘的肩膀說，小開，什麼時候揭揭你的蓋子？潘一聽，就知道指什麼東西了（會見汪精衛的事），思想很緊張，顧不得時過半夜，去找陳毅，把他從床上叫起來，講了曾經見汪的問題。陳老總不知有什麼急事彙報，聽完也覺得問題很大，馬上打電話向毛主席彙報。老人家已睡了被叫醒，聽了電話就說，抓起來！這樣，潘就被祕密逮捕。這事誰也不知道，連同潘住在一起的祕書小高也不知道。

下一天，夏衍又去找潘。祕書說潘沒有回來。夏說，哎喲，又不知在哪裡打牌，搞個通宵，這個人真是馬虎，當了副市長怎麼還這樣子的？後大概是柯慶施把潘祕書叫去，通知潘已被捕，但對誰只准說因病住院。

幸而梅在蘇聯，劉曉任駐蘇大使，梅任參贊，如在上海，肯定被關起來。梅曾任市政協副祕書長，政協實際工作由他管，潘出了事，政協好多處長、科長都被關，能饒過他？梅開始不知這事，後來方明帶代表團去維也納參加工聯會議，途經蘇聯，向梅透露了這個消息。之後，胡子嬰來蘇聯，劉曉叫梅打聽潘的情況，胡的住處人多，不方便，梅就在汽車裡問胡，才知道一點。事後劉曉請梅再打聽，梅說這樣不好，不必多問了。果然，胡一回國，給統戰部寫了材料，說梅達君怎樣探聽潘漢年的問題。趙樸老（初）後來對梅說，得知胡打報告的事，就為之操心，想這下子糟了，可要惹出麻煩事來。有一段日子，報上看不見梅的名字，以為他出了毛病，後不知有一次什麼活動，梅的名字又上了報，趙才安下心來。

後來梅被調回國，可能與此事不無關係，受了審查，雖說沒問題，但從此得不到重用。有一回陳毅來滬，住東湖，用車接梅夫婦去吃飯，擺龍門陣。梅問陳，潘到底是怎麼回事？「二六轟炸」是潘發的情報，令人不能置信。楊樹浦發電廠不能藏在口袋裡，它在什麼地方，國民黨還能不知道？用得到潘「送情報」？蘇聯支援一個空軍師，飛機都掩護起來。梅時任交際處長，常聯繫工作，有一架蔣機被蘇機打下掉在浦東。如果「二六轟炸」是潘送情報，那麼蘇空軍祕密來滬這件大事，潘為什麼又不送情報了？梅表示大膽懷疑，陳毅也沒有加以阻止或訓斥，只說潘的事到底怎麼樣，誰也不曉得……

83．5．5燈下

二

牽扯這一些新縑舊素，或者零縑斷素，是否都與故鄉黎里有關？

記得那天，我們和父親靜靜看了古鎮，對岸是「柳亞子故居」，其中部分建築曾於一九六〇年闢為了孵化廠，原屬周家老宅，祖上周元理，乾隆年間的直隸總督、工部尚書，後代做過藍頂子道臺等等，最後敗落了，頂給了柳家兩進，軍閥時期柳氏「複壁藏身」就在此宅（我祖母的堂兄蔡寅，是柳亞子的二姑夫，柳亞子曾對我父親說，你我是同輩表親）。童年時，我父親每進周家，可看到內庭金龍環繞的乾隆所賜九個「福」字匾額，名「賜福堂」。這座罕見的江南七進大宅，門口豎有八根旗杆，內中包括「四面亭」、「五畝園」，有班房、家庵——我祖母遷來上海之前，一直給庵裡的呂純陽進香，近旁另闢一小庵，供有狐仙，那是一個白衣少年塑像，現都消失了。

父親筆記

幼年患痢，家慈即去呂祖庵求籤，籤訣以木版字印於杏黃紙上，長約五寸，寬一寸，係七絕一首以占凶吉，若求仙方，則寫五味藥，病家自外店贖服，余竟以得治。

拜狐仙一事，緣出周家隔壁王家（同為大宅）曾經「天火燒」，民間都認為大火由狐狸引入，必認真供奉。父親說，金家早年也因失火遷來了黎里，當年很多大宅遭火災，然而家家築有「風火牆」，一般不可能自燃——「應該是佃戶放的火。」

黎里鎮有不少深邃的官氣大宅，格局規模遠比朱家角、周莊、西塘要氣派得多，數座明代石橋，有所謂「黎里十景」，但因為緊鄰滬青平公路，自一九五〇年代起就陸續消失，逐漸扒除沿河民居、傳統廊棚（我們去的這年又在恢復），建造水泥房子。及至一九八〇年初，鎮辦的各類經營項目如雨後春筍，其時古建築專家阮儀三先生曾自薦家門，遊說古鎮保護，結果是被鎮領導粗暴趕走——阮先生也因此頓悟，去到交通不便的地方，最終發現了冷僻的周莊與平遙古城。

CCTV《面對面》／阮儀三（下簡稱阮）、王志

阮：我跑到那個鎮（黎里）上跟他講，幫他搞規畫，幫他做設計，我把我們省委給我開的大介紹信給他看，他馬上就回頭（引注：回絕），我們這兒不要規畫，我們這兒建設得很好，不要你們知識分子跑這兒來多管閒事。

……

阮：你們知識分子脫離實際的，我們這裡不歡迎你們來實習，我們忙得要死，你們不要來干擾，請你們趕快走。我們還想搶辯幾句，他就雙手把我推出門去，就動手啊。把我跟跟蹌蹌推出去，推出去還不算，我們走出門了，他趕到後面，還在院子裡大吼一聲，這兩個上海人啊，食堂裡不要留飯給他們啊，不要賣飯票給他們。意思就是說，你們趕快滾蛋，因為在八〇年代的時候，不在食堂吃飯，沒地方吃的。

……

阮：看到那麼許多好東西，就在那個時候毀掉，我心裡疼得不得了。看著明代的石橋就這麼被拆，看到那些明代的建築、清代的非常精緻的建築就這麼被拆，非常非常地痛心。

……

阮：後來我就改變策略了。不能找交通沿線的城鎮，因為交通沿線的城鎮，它汽車交通很方便，我想就是要找一些根本還沒有發展的，這一種所謂發展生產的意識還比較淡漠、還不太清楚的，後來人家告訴我，有一個畫家告訴我周莊，周莊那個地方，沒有人知道，很偏僻。

直至一九五〇年，我祖母一直希望我的父母能在金家老宅結婚，甚至為他們準備了婚房。我父親一九四八年在蘇州買的一些舊家具，初期也置放於老宅二層前樓。一九五〇年，我父母在上海結婚，一年後，我祖母遷來了上海——她只能同老宅告別，帶著自己當年的嫁妝，大小清代碗盞、做工精良的舊式米桶、大小腳盆、裝糕餅點心的一對古錫樽、一座光滑小石臼（黎里人製「蝦圓」的石器，已傳三代），總之，能帶的她都帶著，帶到了我父母住地的虹口溧陽路，然後隨全家搬入盧灣的長樂路。之後，也即我父親運交華蓋、正式被逮捕、取消所有待遇的一九五五年，祖母又隨著我母親和三個孩子搬到附近的陝西南路六十三弄，住進我外公解放前購置的一幢三層洋樓。在我的童年時代，這個地段尚無熱鬧的地鐵站，靜謐無人，時會見一個推著磨刀剪小車的落魄白俄遠遠過來，腰桿筆直，舊西裝纖塵不染，清晨常聽淮海路上有軌電車經過，嗡嗡作響，再

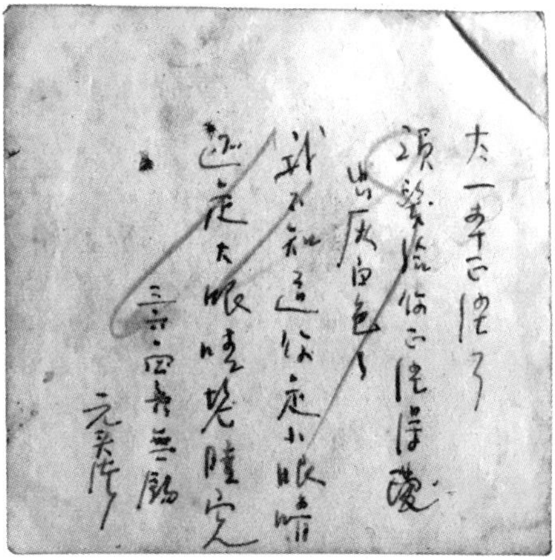

太一本正經了
頭髮給你正經得變
出灰白色了
我不知道你是小眼睛
還是大眼睛想睡覺
三六・四[illegible]無錫
元頭渚

左｜蘇州，一九四八年。下為母親字：「太一本正經了，頭髮給你正經得變出灰白色了。我不知道你是小眼睛還是大眼睛想睡覺。三六－四口　無錫　元（黿）頭渚」。
右｜太湖岸邊，一九四八年。

上｜合影，一九四八年。
下｜結婚照，一九五〇年。

就是我牢固記憶裡銅鈴低音，一直由遠及近，由近及遠，意味著附近有母馬經過，中國人或白俄，牽一匹白馬或灰馬，慢慢慢慢走過附近街道，馬脖子掛一小銅鈴，聽到了鈴聲，居民端搪瓷碗或茶缸出門……不久的不久，這層寧謐也就被衝破了，我外公的產業因為「公私合營」，全家也遷來這幢三開間三層的洋房居住，樓上樓下人口眾多，在這樣的環境裡，只記得我祖母很少說話，經常微笑，上海吃定息的資本家與反革命破落地主家庭的生活，就這樣拼合在一起，其中生發的對於經驗和歷史的交錯，應是我祖母最深刻的感受了。至一九五九年，我父母調至湖州水泥廠下放（太湖小梅口，擇地質隊之岩芯儲藏室為宿舍，父親戲稱「頑石堂」），我祖母仍像面臨黎里老宅數度突變的姿態一樣，繼續操持這相對陌生複雜的家，她只是經常慈祥地看著我，對我非常寵愛，我每天都把不喜歡吃的菜梗撥到她的碗裡，聽她早晚念佛。她完全不知曉我父母的事，只是朝夕面對老式百葉窗，蠕動嘴唇，保佑他們無病無災，專心縫製她的冥衣、繡花壽鞋，讓我如今還能清晰見到鞋底那幾片七彩祥雲和兩朵並蒂蓮花。在上海食品供應最艱難的時光裡，我祖母一直憶及黎里鎮她新婚期的模樣——那時鎮外到處桑田，到處魚蝦，即便街面上最潦倒的乞丐，也是穿絲綿襖褲，蓋絲綿被子，不吃死魚死蝦……自十七歲起，她即戒除葷腥，灶前從不試鹹淡，卻可以做出最美味的紅燒魚，她一直囉嗦黎里鎮瑣事，從不改換初心，這一幅魚米之鄉的豐足圖畫，在漫長的困難時世，那是極其的虛無，也是一種堅定扎實的慰藉或困擾。

父親筆記

黎里風景：

春——塘裡魚竹筍，麥芽塌餅（采紫莧頭），水銀魚，野菜馬蘭頭拌豆腐干丁子，蒓菜（叫賣）。

夏——香瓜，蘆黍，白糖梅子，家家做黃豆醬、梅醬、串條魚湯，吃鰻鯉菜、鮮毛腐乳、生篤麵筋，西瓜皮吃法妙不可言，菱（叫賣：野菱、戳嘴菱、圓角菱、和尚菱）。

秋——蠶蛹吃法，月餅和百果糕，扁豆糕，豌豆糕，赤豆糕，風乾荸薺，白糖拌風菱。

冬——熱烏菱，鹽金豆，米餑，家家炒米粉，做風魚、醬肉、醬蹄，做過年團子（蔥油蘿蔔絲餡，南瓜豬油豆沙餡，野菜餡）。

記得那時我養了隻兔子，走遍附近南昌路、巨鹿路、襄陽路小菜場竟找不到一張菜皮，最終讓牠死去。祖母摸著細瘦的兔子說：「倷阿曉得？伊（小兔子）去月裡哰，倷阿相信？八月十五傣望一望唊？」一九六三年她在附近淮海醫院平靜去世，臨終前對我父親說了心底願望，想吃根油條。待父親急急買回，她已經走了。

於今我唯一遺憾的，是無法細問我祖母和父親，關於我祖父入葬的現場。「大躍進」時期，附近陝西南路長樂邨（即「凡爾登花園」）長長的圍牆，幾天內畫滿「大煉鋼鐵」、「趕超英國」、「一天等於二十年」壁畫，鮮豔色彩之下，梧桐掩映的幽靜街區全然變了，也是在這一年，我父親收到了黎里鎮的通知，為「向龍王要糧食」，祖父墓地將遷作公用。就此父親趕回到鎮上，買了數個火油箱子，請人剪開拼接成一大張鐵皮，放上我祖父的遺體化成骨灰，帶回了上海。我記得父親對母親說，待火焰升起，他就跪下給祖父磕頭……祖父睡在大鐵皮上，身穿灰布長衫，完全原來相貌……但是在一九七二年，我三姑母從黎里來，手拎濕漉漉兩個蒲包，內有一隻免「肉票」的蹄膀、兩條活鱖魚、鮮豔水紅菱——早年她因情感問題吞過幾盒白磷火柴頭，之後常常獨坐抽菸，喃喃自語，她和我的祖母一樣，非常寵愛我，為我盛飯，為我仔細整理返回東北嫩江的旅行袋。記得某日她抽著菸，在煙霧繚繞中忽而悄悄說到了當年黎里的掘墳現場，靈櫬已經全朽，像蓋攏一床咖啡色絲綿被，阿爹（爸爸）相貌如生，戴一頂制帽，一身青灰顏色嗶嘰制服，尖頭高幫皮鞋，武裝皮帶。數天後，她對祖父的衣裝記憶變為銅盆帽、薄呢短褲、羊毛長襪，身側擺一支網球拍子……我一直疑惑這種說法，但那時我養了多年的小松鼠每一回失蹤，全家只有她清楚，「小傢伙」是躲在菜櫥下面，還是藏於每天收起的帆布床夾縫褶皺裡。這個小動物是一九六七年我「步行串聯」在杭州虎跑的短松林裡抓到的，牙齒尖利，經常咬壞鐵絲籠子，有次咬壞了三姑母的呢大衣，讓她十分氣惱和痛惜。

一九六三年，祖母去世，遺體於斜橋殯儀館火化，我記得父親當時告訴母親，選購骨灰盒時遇到了巧事，恰逢市裡援建蒙古人民共和國一座建築物，殯儀館進到了少量孔雀綠大理石零料，這種石材在當年十分珍貴，說只有國際飯店大廳裡才看得見幾塊，他為我祖父母訂了一對這種石材的盒子。

在印象裡，父親一直與時代同步，但是每至新年，會憬然憶起黎里舊俗，提到遙遠的「麥芽塌餅」，包括除夕「祭祖」、「小輩為長輩磕頭」，常慨歎祖父去世「家祭從簡」……這幾乎是深入他血液的某種印痕。數年前，他在我寫此文的紀錄裡圈去了「我祖父金九齡」並加字：「後輩子孫，不能直呼長輩之名，你不懂，不許提名。」一九九一年底，我外祖母在家中去世，父親時年已七十二歲，我見他仍然恭敬地緩緩跪下身來，為老人家磕頭。

金宇澄日記／二〇一五年五月二十五日

祖父的骨灰，當年暫存上海膠州路萬國殯儀館，一老者接待，見「金九齡」三字，臉色一震，上下細察打量，忽然客氣而周致，欲言又止——我父親即意識到，對方一定誤認逝者是上海青幫「通字輩」大佬（舊上海聞人。法租界巡捕房探長，一九四九年前後去臺灣）——此人與我祖父同名同姓——這段回憶，是今早家兄說起的，因而上文「不准寫祖父名字」一事，是否有更複雜的意味……

三

父親筆記

我讀初中，來往蘇、黎，每一次總會仰觀一座石頭橋，在吳江、八坼之間的古運河道上，橫跨運河。石拱甚高，過大帆船不需臥倒桅杆，不需下篷，每一回旅客中必定有人說：呵，尹山橋到了。就如鄉下人仰觀（上海）國際飯店驚喜不已。我父回憶一九一三年爆發「討袁」二次革命，各省紛紛獨立，江蘇都督程德全宣布響應，上海陳其美率軍攻打製造局之際，吳江也宣布獨立，黎里人殷佩六，參加了這次行動，帶領討袁軍，駐守尹山橋，抵抗軍閥部隊的鎮壓，開了火。但據說殷佩六聽到槍聲，狼狽逃回家躲起來，從此不再講什麼革命了。殷是我的父執輩，小學時到與他同住的同學家玩，我稱他「佩六叔」，矮個，胖圓臉，留著兩綹八字鬍，一點看不出會鬧獨立的模樣。他是醫師，但不以行醫謀生，病人極少。據說他敢開別人不敢開的重藥，如大黃之類的虎狼之藥，膽小的病人不敢請教，鎮上其他儒醫治不好的病人，請他開三貼重藥，也有霍然而癒的例子。鎮人在背後議論，「尹山橋打過仗，到底膽子大」。如今回想，黎里參加討袁的人物，雖曇花一現，沒鬧出名堂，總比冷眼看的老爺們有膽量。守過尹山橋，不能小看他。

（父親為「尹山橋」加注）

《明史》康茂才（三九六頁）率水軍，從朱元璋克江州，陳友諒西逃，又麾師江南，攻張士誠，拔湖州，近逼平江（蘇州）：「士誠遣銳近門，大戰尹山橋，茂才持大戟督戰，盡覆敵眾，與諸將合圍至城。」

上｜父親和同事們在外灘，他和藹坦蕩，大家都喜歡和他交往。
中｜下｜午休時的黃浦江，他們無憂無慮，不在乎收入多少，對前景充滿夢想和希望，微笑發自內心，這是他們最快樂的時光。

上｜上海，一九五〇年。
下｜上海，一九五一年。

對於逝者，常掛我父親嘴邊的是他的假胞兄程和生，另一位是小學同學沈玄溟，少年時代的親密玩伴，兩人喜歡去看鎮上佛像店、裱畫店。沈家房子比金家新，三進三開間帶廂房，天井有一棵老山茶樹，高至二樓，遮得冬夏不透陽光，因此方磚地長年生滿青苔，氣氛相當陰暗。最特別的是，沈家大白天都在樓上走動，廳裡不掛字畫，不見人影。夏天我父親和玄溟走到沈家天井裡玩，玄溟朝上喊「姆媽，熱煞唻」。樓上「咿呀」一聲，簾子裡露出一張明媚端潤面孔，吊下一小竹籃，籃中兩杯冷開水，他和玄溟「咕咚咕咚」喝盡，籃子收上去。這是玄溟的母親，婚前在上海某知名百貨店做事，屬「五四」前上海最時髦的職業女子，平湖人，天足，一次與玄溟父親沈劍霜邂逅，展開了上海的新式自由戀愛，雙雙回鎮結婚，生下獨子玄溟。

沈劍霜是我祖父的朋友，鎮上洋派人物之一，早年和我的祖父一樣穿西裝，會拉小提琴，也工書法，精「瘦金體」，嫻商科。我父親叫他「劍霜叔」，多次看他運刀如飛，石頭直接捏著，只一會刻就了印章。

婚後的沈劍霜，仍在上海教書。三進大房子，只有玄溟和母親、外婆在一起生活，因為都不是本鎮人，少有親友來往。暑天正午，在古鎮的蟬鳴中，父親聽到斷斷續續的風琴聲：〈霓裳羽衣曲〉、〈因為你〉、〈落花流水〉……那是玄溟母親的琴聲，之後有一年，玄溟母親就將樓下廂房租給一個青年醫生做了西式診所，使這座陰沉沉的大宅子添了些許生氣。

歷史上的黎里鎮，從來不缺著名中醫，只西醫少見，且沈家不遠就是鎮公所、警所，一旦四周鄉民打架、械鬥，頭破血流來鎮上理論、驗傷，都會進入沈家就診。玄溟的母親時約三十多歲，青年西醫眉清目秀，才二十出頭，吳姓，個子不高，態度極為和藹。然而這西醫診所只開了半年多，沈劍霜忽然就在上海辭了職，匆匆回到鎮裡生活。我父親每次遇見「劍霜叔」，印象裡都是面容凝重，沉默寡言，獨自在鎮裡走動——據說，沈已發覺了妻與青年醫生的不貞之事。鎮裡幾家茶館，自然也早就傳開了沈家的桃色細節。從此，沈劍霜常在街上獨步，鬱鬱寡歡，對熟人不講一句話。之後，據說沈結識了本鎮一個三十多歲的「老小姐」，對方能詩善畫，態度順和，讓沈劍霜下決心準備離婚，之後就娶她。沒有想到的是，玄溟母親極為厲害，一方面坦承了自己與吳醫生有染，卻絕不應允丈夫離婚，兩人常為離婚之事大吵大鬧到深夜，引發了玄溟外婆過世。這樣的僵局維持半年多，直至有一天下午，玄溟的父親沈劍霜，靜靜走下樓梯，走進廂房，打開吳醫生的藥物玻璃櫥，吞了一小瓶的生汞。沈劍霜自殺了。

鎮上某測字先生說，沈大少爺名字裡就有難，圖章刻得好，刀運得好，但字裡有刀，配雨字頭，也即凶險加眼淚，兩樣擺一道，苦唻。當時我父親十二歲，沈家出了如此大事，每見玄溟的悲切之色，苦於難以安慰。我祖父和沈劍霜雖是朋友，也表示了沉默，只能是在自家飯桌上多次大罵「人心太壞」！

我父親與玄溟的同學之誼，由親切化為沉重，即便表面不言，有時也去父喪後的沈家探望，次數卻逐漸少了。玄溟母親儀態如常，之後就直稱青年醫生名姓，親暱如家人。吳醫生玉樹臨風，眉宇間同樣是十二分的自然。沈家在鎮裡開有一家醃貨行，原先一直由玄溟母親打理，之後逐漸由吳醫生經營，男女兩人也公然於鎮裡鎮外雙雙走動，不避他人耳目。再以後，我父親小學畢業去蘇州讀書，玄溟去到吳江讀縣中，兩人互不通信。一次我父親回鎮發現，玄溟經常不上課，已學會了抽菸，會打麻將，之後就聽說，玄溟輟學回家了——是遵照玄溟母親的意見，儘早做了沈家的「一家之主」。至我父親讀高中時，玄溟已經結婚，女方是鎮西一典型的鄉鎮小姐，我父親以前見過她立在自家門口的樣子。直到抗戰爆發，其時赴蘇、浙、滬讀書的學生基本都返回了本鎮，參加抗敵後援的種種宣傳活動，多次聚會的人群中，已沒有玄溟身影。據說他一直宅於家中，享受所謂「新婚的幸福」，且結交了一批好賭的朋友……再以後，玄溟吸了鴉片。

陰暗的沈宅一直孕育著事態的惡化，其實在本階段，青年吳醫生已完全控制了沈府的財務，成了一個隱祕的富商。玄溟母親雖終日對鏡梳妝，實亦難掩年華的老去，已然是一位「阿婆」了——她平生做出最愚蠢的決定，是把一華年玉貌的兒媳娶回了家，兒子玄溟好賭成性，整日舉一枝「甘蔗槍」，臥於煙榻吞雲吐霧，只知道從吳醫生手中取用賭資與煙錢……

《夷氛聞記》／梁廷枏

……煙槍多用竹，亦有削木為之，槍頭鑲以金銀銅錫，槍口飾以金玉角牙。閩粵又有一種甘蔗槍，漆而飾之，尤為若輩所重。

（父親為此文加注）

此槍利其輕，又能「清火」云云，江南鄉鎮流傳已久。

就這樣，這位沈家大宅裡的青年吳醫生，逐漸逐漸也就做了玄溟妻子的入幕之賓……這事終被玄溟母親發覺，兩個女人為此破口大罵，聲聞戶外，繼續成為了幾家茶館的火熱話題。

某年夏天，黎里鎮大小茶館再爆消息——青年吳醫生與玄溟的年輕妻子席捲沈家所有金銀首飾、錢莊存款私奔了，肯定在黎明時分坐了小船出走的，卻不知這對男女最終去向了何方。當時黎里鎮及四鄉環境相當複雜，原屬汪偽和平軍的地盤，又被國民黨游擊隊控制，基本失去了起訴與傳訊的方式。玄溟的母親失魂落魄，跑去鎮上多家錢莊詢問，莊上先生都回答說：「三四日前是吳醫生提現了。」沈家醃貨行的老賬房應聲道：「回沈少奶奶，店面早就盤把鎮東陳老太爺了，倷一滴滴呀弗曉得唻?!」玄溟母親驚、急、氣、羞，數月後在沈宅陰暗老茶樹的陰影裡中風去世。

父親說，黎里鎮不少大戶人家的後代都經歷了種種家道突變，在賭、煙之中弄到死無葬身之地。他小同學玄溟，早在婆媳相罵期間搬離了沈宅，待等吳醫生裹挾他的嬌妻捲逃、母親亡故，只遺留了吳醫生來不及賣掉的沈宅。這幢三進三開間大房子，戰前值好幾百石大米，一百石米時折一根「大條子」，淪陷後鎮上房價大跌，也因玄溟懦弱無能，最後只能在掮客的七騙八哄包圍之中，三折賣出，款子付掉玄溟所欠煙賭高利貸和母親喪葬費，餘錢在一年多後也就用空了。

一九四五年初，父親回鎮料理祖父的喪事，據某同學稱，玄溟最後已經食宿無著，流落街頭，幸虧醃貨行一老師傅動了憐憫，把這位昔日的少東家接入倉庫，在堆置醃貨的地坪旁鋪了稻草，容他遮風避雨，暫進兩頓粥飯，但毫無辦法滿足其鴉片煙癮，最後的玄溟，是癮發哀號而亡的，死時才二十五歲。

父親筆記

這故事是我在七十九歲時寫的，它同我的讀書筆記混在一起，束之高閣，這一擱，竟過了十三年，如今我已經九十二歲了，再回顧這件舊事，故事講完了嗎?講完了，又似乎沒有，最近偶然亂翻書發現的舊聞，在一本小冊子上赫然印著一段紀錄：抗戰期間，黎里鎮一位年輕的西醫曾派人通風報信，使中共地下吳嘉工委書記及時轉移脫險，傳為佳話。令人驚訝的是，做這件好事的，便是這個吳醫生。

嗚呼玄溟，童年情深。
既長回鄉，草木無聲。
路人歎息，誰為招魂。
淚滴橋下，禊水[10]盈盈。

九十二歲翁記。二〇一一年十月二日

這件事父親講了多遍，寫了多遍，此節是據他的筆記改寫，完成時凌晨三點，我意外發現，父親筆記裡滑出一字跡潦草的紙片——也即上述最終的附白。他似乎知道，此刻唯有這突如其來的結尾，才符合本文的互照樣式，符合這悲情故事難覓的某一延伸線頭……

關於黎里的記憶和前輩們的過去，應該都消失了。

我還記得上世紀七〇年代跳下長途車，走上太浦河大橋，附近的桑田和稻田，滿眼綠色，走進黎里老街，鎮河是亮的，高低錯落的屋脊還餘存青灰的古意；一九八〇年再來黎里，我三姑母說，金家老房子，就剩一張露彈簧的藍絲絨破沙發了——「上海人，現在家家自做沙發，彈簧難買，倷阿要舊彈簧？」

在「文革」最混亂的一九六七年，我十五歲，問過當時四十八歲的父親——當年他為什麼不做工，不做碼頭工人，不到煉鋼廠做學徒，或者拉黃包車？如果這樣，我家肯定不會多次被抄，就是安穩的「無產階級」、「工人階級」成分了……記得那是一個早晨，他穿著帶有補丁的中山裝，戴了袖套，正準備出門趕去某校——他已在那地方掃廁所半年。他定然看看我，長久沉默後說：「我讀的書還是少，爸爸的侷限性……」

父親筆記

三八／三九年間，同鄉朋友張流芳（時任上海蘇州中學教員）給我兩本

10．禊水，黎里之水，別名禊湖，有秋禊橋（始建於清初）。禊湖道院（始建於一五二二年）因祭祀唐太宗十四子蘇州刺史李明，朱元璋封其為吳江城隍廟。

書，列昂捷也夫《政治經濟學基礎教程》及《資本論入門》，日本某經濟學家所著。我很珍惜，埋頭苦讀，鑽在一些名詞裡。記住工人每日做幾雙皮鞋的例子來解釋勞動和價值，腦子裡一個聲音，這是共產黨必讀的書。

待到來上海，讀書甚多，租界的書店公開發售介紹蘇聯的書，毛澤東《論持久戰》、張聞天《論待人接物問題》都能買到，但德國侵蘇後，我被戰爭和時事吸引，《資本論》陳列在書架上，引人注目，未敢問津。

解放後，機關每週半天布置學習，幾乎所有人對《聯共（布）黨史簡明教程》崇拜得無以復加……五五年因「潘案」接受隔離審查階段，自學「馬恩」，五九年下放湖州，買了《反杜林論》（吳亮平在延安的最早譯本）。讀到馬克思對狄慈根《人腦活動的本質》中，關於唯物辯證法觀點的稱讚。這位德國製革匠盛讚《資本論》是用「最通俗的語言闡明最深刻道理的經濟學鉅著」，使我驚訝不止。六〇年代中蘇論戰，買了《布加勒斯特國際會議文件彙編》、《第一國際和第二國際簡史》、《馬恩通信選集》、《給美國工人的信》、《馬恩論機會主義》。

從一九六八年開始，掃地和清廁成為我的專業，直到林彪事件後被允許參加科室學習，當時大家都學列寧《唯物主義與經驗批判主義》和《國家與革命》、恩格斯《反杜林論》、馬克思《哥達綱領批判》，等等，這些書攤在幹部們面前，沒人讀得下去，承他們的情，一位山東幹部叫我朗讀，我總算每一次沒有讀破句，順順當當，一口氣讀下去，彷彿是我老早就讀過的熟書。

七一年之後，勞動任務減輕了，負責三幢五層教學、宿舍樓的清潔工作，清洗十五間廁所，每天大約做五小時，餘下時間就是讀書。學校共有兩個批判對象，另一人是《老殘遊記》作者劉鶚的長孫劉厚澤。他認識我，我不認識他。

我輾轉湖州回滬，分配到建工局技校教語文，當時劉在校務科任職。我四十七歲，他長我三歲，屬於學校老朽。某夜我批改作文，劉悄然進來，坐在我對面，看了看左右兩堆作文本子說：「你讓兩座鬢眉山壓扁了。」我不作聲。他微笑說：「你的大報告做得極好，受益匪淺。「頓感全身被電擊，我原以為由湖州調此，無人得知。「大報告」三字，我立即猜出「三反」期間，在上海提籃橋監獄勞改處負責「打虎」？還是五三年調水上區搞「民改」、「普選」做一系列學習報告？有點發窘說：「呵呵，過去你在哪工作？我們大概見過……」他答：「內河航運局。」我說：「那該認識的，呵呵，我後來犯了錯誤……」我如此回答，既不能叫冤，也不能講被某個大案牽連，當時都不允許。他倒是通情達理，安慰我說：「你來第一天，我就注意了，但從不跟別人講，沒人知道我認識你。」

劉此後常來辦公室串門，知道我喜歡崑曲，從趙景深處要來《紅色娘子軍》的崑曲譜，他同趙很熟。「文革」開始後，我和他同關一個牛棚，才知抗戰時期，他在天津任華北偽政府新民會某職，去過日本，解放後參加「民盟」，卻沒交代這段歷史。我們一起掃地，一起抽八分一盒「生產」牌菸。他常吃學生剩下的飯菜，我不肯這樣。

七一年我「定性」（戴「敵我矛盾作人民內部矛盾」帽子）不久，劉突患急性菌痢，專案組不准他去大醫院看治，只許在「紅醫班」馬馬虎虎開點藥，二三天後劉已沒有氣力，我催他去找「軍宣隊」，某日總算批了假。我勸他打電話請兒子來接，他搖頭說不必了，其實是擔心兒子來「牛棚」有心理的困窘。我看他搖搖擺擺出門，當天不治身亡。

記得專案組負責管制他的某工人速成大學培訓的黨員教師事後辯解，誰教他不早些去看病？是他自己不肯去！

劉去世後，我徹底孤立，人人避之不及，學校撤銷「牛棚」，安排清潔工滕師傅與我搭檔，從此一切唯滕馬首是瞻，滕幼年據說無業流浪，做大餅、擦皮鞋、「拿開銷」（拜過流氓頭子，每節到南京路大店乞討），吃過不少苦，相當機靈。休息時他抽菸，我看書，很少交談，他一直對我保持高度警惕，我也一樣。但日子長了，從他的眼光裡看出對我的一點同情，我一直在讀書、筆記（甚至抄書），不像是壞人。房裡有滕的午睡床位，他騎腳踏車下班後，四周是我的世界（別人萬萬不肯進來），凌亂不堪，都與我一身舊衣破帽，掃帚拖把畚箕等物和諧。某夜，一位新調來的書記暫住附近，大概對我獨零零關在屋內發生了興趣，敲門借火抽菸。他走進一刻，好奇地看我在抄周一良的《世界史》，百聞不如一見，他的疑問得到了解答。

在這樣的條件下，細讀列寧、恩格斯兩書，讀史，比較范文瀾《中國通史》，歐洲工業革命和啓蒙運動與我國同期相比較，兩者「國情」相差之大，震動心扉。

直到一九七六年五月，我才鼓起勇氣去書店，購得《資本論》第一卷上下兩冊（七六年一月上海第一次印刷），人民幣一．八〇元，真是便宜。

二〇〇一年一月十四日

父親筆記

建國前一年，我在現錦江飯店旁邊的蘇商「時代書店」，購得一冊蘇聯外國文書籍出版局《聯共（布）黨史簡明教程》，視為珍本，建國後我又有了《列寧主義問題》，這是姚雲（引注：我母親）同學送的結婚禮物，讀這兩書，我自以為知道了俄國情況的尖銳和複雜，但「季、托聯盟」是怎麼回事，不明底細，也不敢發問。四十年後，紅得發紫的這兩書銷聲匿跡了。[11] 如今暮年默想，方知讀書的難處，人生短暫，讀不完那麼多書，何況，書未必有真理。

初夏的風，吹進了我的窗子，竹簾灑下淡淡的陽光，我擱筆沉默。問書書不語，自問又不能自答。我去問誰呢？是為記。

二〇一〇年七月四日

我母親說：你爸爸從不講自己的痛苦，總是講別人的事，說一切已經過去了，不能再講了，很多人都死了……確實如此，在我記憶裡確實如此，只提別人的苦痛，他多次說到與顧高地先生重逢的沉鬱心情，顧是蔡廷鍇祕書，參加淞滬抗戰，協助潘漢年脫險的老軍人，一九五五年涉「潘漢年案」入獄判二十年，一九七七年從青海釋放歸來，方知家徒四壁，妻秦慎儀、女顧聖嬰（著名鋼琴家）、子顧握奇早於十年前自殺……八〇年代某個夏日，父親在火車上遇見一個有明顯刀疤的人，一道極醒目的斑駁疤痕由耳後一直延伸到頸背，攀談後知曉，眼前這老者即「南京大屠殺」倖存者——當年遭日寇追劈，刃及肌里，撲地昏厥，翌日從屍堆裡爬出活命……我母親說，只在某一封沒寫完的

陝西南路，一九六二年。

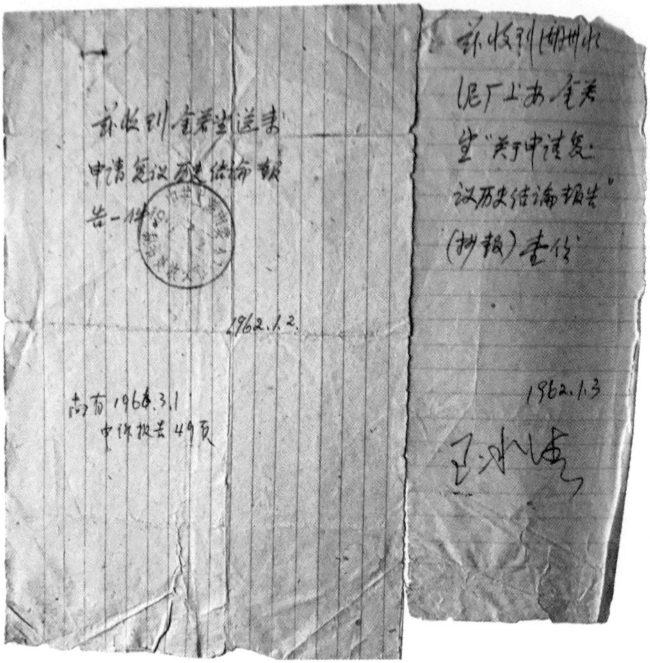

左｜中共上海市委祕書處收文章。

右｜「王冰清」簽字的申訴收條，一九六二年一月（父親手書）。

信裡，「才見到你爸爸充滿情感的回顧：『天寒颳起西北風，讓我想起滿目蕭條的，我的青春年月……』」

父親致馬希仁信

……每年看見廣玉蘭滿樹生花，懷舊之情油然而生。同它結緣的朋友都先後凋謝了。這種樹高大壯茁，綠得烏油油的肥大葉子，撒下一片清涼樹陰。記得每當花開的日子，我從學校後門回家，老遠看見陳家後門那枝大樹的花朵，通體潔白，我不知道為什麼總仰望著，像有無形的繩子把我牽著走路，一張無形的蛛網把我這個小青蟲黏住了，不明白為什麼喜歡上它，也許愛它們高高在上，另有一種超塵脱俗風姿。我從小有一點清高孤僻——如今大樹依然聳立在那裡，只是童年早已消逝無蹤。上海也有一株玉蘭樹，同我青年生活發生聯繫，在海格路（引注：今華山路）一座大宅裡，我在那兒寄居數月，四五年五月正當玉蘭盛開，接到

11．二〇〇四年七月，俄羅斯教育部再版發行《聯共（布）黨史簡明教程》，於俄新學年九月開學前印裝完畢，作為高校師生歷史教學參考書。此次印刷完全採用一九四五年版本和裝幀，封面特別注明「《簡明教程》第三〇二次印刷」。彷彿也是「時事無常」的一個加注。

通知要到淮南根據地去，我提著一個柳條箱（是家父舊物），告別了這株大樹。花開得真白，隱藏在樹冠的綠叢中。那些年頭説走就走，雖然母親在鎮上生活也難，顧不了許多。每當玉蘭花開，青春的影子，一起起舊事重新浮現在眼前。一株是童年的，一株是青年的……今路過常德路，在車上凝望路口有三層樓高的玉蘭，想起以上這些萍蹤絮影，聊記數語。

本文多處所引「致馬希仁信」——這些昏燈下的筆墨，是一九九〇年代他與馬恢復聯繫後所書，頻通魚雁，隔日來回，直至馬謝世，家屬將這堆喋喋了數年、文從句順的字紙奉還。當年他們雖一直引以為同道，但當年他們一直信守規則——互不講自家細節。

父親筆記

翻出半頁沒有寫完的信，看了兩遍，此公去世已三個月了，再沒有閒人能與我那樣輕鬆地通信。他的一束信，我曾經重讀幾封，至今沒再動過。他兒子退回我的信，也沒有翻閱，它們都默然無言躺在抽屜中，真是物在人亡，仰天與嘆……

馬希仁致父親的明信片，一九八〇年代。

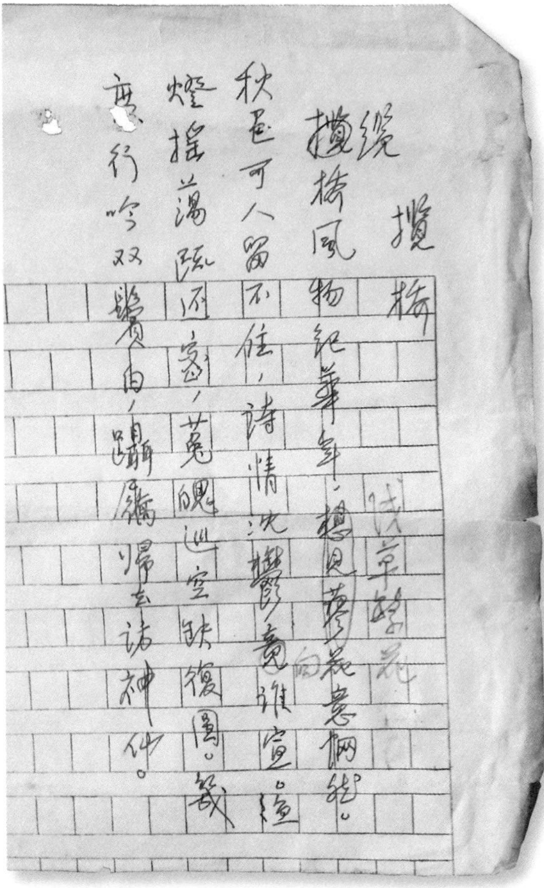

父詩〈攬橋〉，二〇〇九年。

「纜橋風物紀華年，淺草繁花意惘然。秋色可人留不住，詩情沉鬱向誰宣。漁燈搖盪疏還密，兔魄巡空缺復圓。幾度行吟雙鬢白，躡屐歸去訪神仙。

父親筆記

人的一生，自有不少古怪的事，叫人眼花繚亂，像一支魔杖，點到哪裡，變到哪裡，這只碗扣著三粒豆子，那碗扣著一粒豆子，再揭開一看，這碗下空空的，那個碗裡卻是四粒。正直與邪惡，高尚與卑鄙，歡樂與痛苦，容易辨別，也混沌難明。一個追求幸福的人，偏偏得到了災難，苔絲狄蒙娜的幸福，敲響了她的喪鐘。「我要殺死你，然後再愛你」，是奧賽羅的愛情哲學。

時光的槳聲燈影，船過無痕，應該都消失了。

最後這次故鄉之行，父親幾乎沒說什麼話。

臨近黃昏，我們離開了黎里鎮，老街整日散發著歷史的寂寞，橫跨鎮中心一座改建的水泥「滸涇橋」，車水馬龍，連接鎮的新老兩端，數十年「攤大餅」，鎮北密集的居住區已然一種店商林立、缺失地域特徵、極盡喧鬧的普遍景象……

車子從黎里駛向金澤，沿路一側的綠樹中，或谷歌衛星地圖上，都可看到一條極為寬闊的大河——太浦河，由太湖流向黃浦江，甚至比黃浦江更寬，卻少有人提到。有一年，正也是飛速行駛在這條美麗大河邊，陽光耀眼，空氣清新，偶見柳岸旁隱約泊靠了一座大船，兩個霧鬢雲髻女子端坐路側，腳旁豎一牌子「停車吃飯」……前行許久後我提到此事，眾人怨我怎不早講，立刻調轉車頭去找，卻怎麼也找不到了。記得當時車中，反覆回蕩著巴布．狄倫的歌：

一個人要抬多少次頭才看清天空？
一個人要長多少耳朵才聽見人們哭泣？
要死多少人才會知道太多人已死去？
我的朋友，答案在隨風飄蕩。
答案在隨風飄蕩。

在掠過的無數柳枝蘆葦間，只見密西西比河那麼寬闊溫和的水面時時閃耀著細碎亮光……

附：地理資料

黎里距上海九十公里、蘇州四十五公里，江浙交界，水陸便捷，唐為村落，南宋成為集市，明弘治年定為江南大鎮。

附：父親殘稿

……大石橋露出一彎脊樑，河在它胯下無聲流過，像峽谷的深溝，蜿蜒東去了。船家遮嚴厚實的烏蓬，高低連成一片，貼緊了石駁岸……朦朧中，河間忽然傳來一陣翻船板，推烏蓬的響動，高聲咳嗽，「呃——哈」「呃——哈」，比空山鶴唳更嘹亮，更無拘無束，遠近船蓬裡，漸有嗡嗡人語，吊桶落水、抽竹篙、撒尿、沖掃船板的響聲，漸次擴散。水鄉的早晨，先從水上降臨，東方發白了，雞鳴四起，迷霧漸失，一個金燦燦大鎮，從水面升上來。

此地在千年前已人煙稠密，周圍有大湖大蕩，與陸路阻隔，避免連綿的兵燹。明清時，鎮裡出了三尚書，二巡撫，六侍郎，十五翰林，建起無數的高堂深院，屋脊連屋脊；乾嘉開始，一代不如一代；光緒年出了兩個秀才、一名舉人，繼起是一批稱之「黃狗」的財主，原都是粗手粗腳的富裕農戶，有銀子，就開始放債，販米，釀酒，榨油，開繭行，然後整船「出上海」。他們開初膽怯，白銀往往藏在腳爐和酒罈裡，吃醃菜，臭腐乳，一月燒一次肉，外貌與農民相同，沒一件綢衣，遇見鎮上的官門後代，照例請安：老爺，少爺。經三代人的蛻變（二十世紀初），其中佼佼者破繭而出，擁良田萬畝，辦起當鋪，碾米廠，米行，油廠，電燈廠，錢莊，產業跨出省外，在上海買下整條整條的弄堂，衝破低微出身的束縛，做了鎮上鄉紳和老爺……

附：父親殘稿

……這鎮是他的血地，單說茶館，可知江南的風采，內地不少縣城東門到西門，空空蕩蕩一覽無餘，擺七八個板桌，就算茶鋪子——眼前鎮街有三里多長（不能相提並論），一座座石拱橋，層層疊疊屋頂，單是茶館的招牌，記得高級的有「綠綺廳」，利用「大人家」（破落了的）大廳的堂名，一百多平米的廳堂，帶院子，種老榆樹、芭蕉，外邊人看不出，也進不去，都是精工編織的藤靠背椅子，茶葉也講究，冬天有祁紅，春秋明前，龍井，大伏天是白菊，細巧的麵點茶食，隨叫隨到，圍棋，馬將，挖花，撲克，猜謎都有，更雅的要算唱崑曲，專從城裡請來曲師傳授，夏天在遍地綠蔭的老榆樹下，搭起高敞涼棚，在裡面唱《販馬記》、《遊園驚夢》，笛聲悠揚（此地也就叫「清涼社」），常客不過二三十人，老爺或少爺之輩，是上層人物聚會場所，吃茶不用現錢，論包月，到節上另有紅封包，鎮上警察局的巡官也不夠資格去的，若有事非去不可，只好站著恭恭敬敬地回話。次一等茶館就俗了，「得意樓」、「聚寶樓」，一式沿河的樓房，底層買紅梗茶，專供農民吃的，上樓雅座，骨牌凳，賣厚味的六安瓜片，低級花茶，是做南北山貨，醃貨店小商人常談生意的地方，清晨下午帶夜市，可賣一二百壺茶，也有「蟹殼黃」等點心，由堂口叫上來，送到桌上受用。最末等是航船埠頭的茶館，平房，一律是農民、木匠、泥水匠，染廠，油廠的師傅們的去處，吸旱菸，老刀牌金鼠牌，泥地上一片瓜子殼，豆殼和濃痰，野狗在茶客胯褲下鑽進轉出，清早五點就開門，因為來客起得早，天濛濛亮就停船上街了。下午這裡也設書場，只說《金槍傳》之類大書（評話），路上老遠就聽見先生驚堂木拍桌子的聲音，不說小書，「光裕社」先生是不肯去的（他們只到專設上中檔聽客的書場去說），生意不惡，一天下來也可以賣百十來壺茶，大都是夫妻老婆店，女人提著二十多斤的大銅壺，熟練地「一條線」沖茶，一邊同老茶客說說笑笑，有時故意打你一記，你吃了一半如果有事去辦的話，她會留茶，等回來再吃，不會把茶壺弄錯（雖然並沒有什麼標記）。總計全鎮大小茶館有十七八家之多，大都設在橋堍埠頭，東西南北中都有。

眼前這一段，還保留石子街，附近原有茶館，對面是糖色店，有花生糖，酒釀餅賣，記得童年在這裡吃餅，只咬了兩小口，落在地上，就被野狗叼走。「魚墩」橋還沒有變，看起來又矮又小，原來很高很高，每逢陰曆七月半「盂蘭盆」會，橋上要掛綠色的燈籠，陰風慘慘，河上也放水燈，一盞盞小小的綠燈籠釘在木板上，順流朝東氽去，如同鬼火，說是祭落水鬼的，很嚇人，他從來沒敢看。過了地藏皇菩薩的生日，八月初一，大家就要搶看橋燈，橋上搭個方框木架子，中間豎燈柱，掛一個大紅燈籠，用繩子串著滑葫蘆拉上去，懸在半空中，這叫橋燈，有專人看管，一直掛到八月半，出過「迎神賽會」才收下。還記得母親領他出來看燈，在黑糊糊的街上，抬頭看那紅色橋燈，倒映在水中，橋頭每夜擠滿了男女老少，哎，七十多年過去了……

綠漾漾的市河，把鎮分成兩半，南北伸出許多小港汊，鳥瞰是一張田字絲網，罩住這一千多户人家，二十五座石橋，來往各種木船，魚一樣擠在這裡，最小的船，只容一人站立，最大有三間平房面積，不使用櫓，以八支二三丈長，有釘鉤的大竹篙撐行，專供有錢人家「出棺材」的船，城裡就沒有。

他側身讓過下橋的人，走上橋頂，依靠橋欄，看看市河，水清爽得多，不見氽著死貓，死老鼠和垃圾蹤影，從前總經過這頂橋，腳下踏的石板，也許留有少年時代他的腳印，兩個腳印也許正好重合，有誰知道呢？灰色的水泥船多了，過來的這條還是木船，坐著幾個短髮的婦女，嘻嘻哈哈，有說有笑，仰臉望著兩岸行人，一點也不害臊，挺大方的……船頭朝西，嘩嘩的水聲，木櫓攪起一個個淡綠色漩渦，一團團水花向四周擴散，撞到駁岸上，便消失了，再過來一圈，又消失了……

忽然眼前一暗——有一片哭聲從河面上升起，橋頂上，石駁岸上擠滿圍觀的人頭，出什麼事啦？這嚎哭比送葬還淒厲，往心裡鑽，像割五臟六腑，他看準一條人縫擠進去，是一條不搭蘆席的小船，艙裡歪歪斜斜坐了五個女人，大的三十多歲，小的才十三四歲，一律是鄉下的尼姑，頭髮蓬亂，兩手掩臉，嚎啕痛哭……

附：金宇澄日記／二〇一三年六月二十九日

今早三點二十六分，父親去世了。天濛濛亮，我們給父親穿衣，我一直擔心他身體變硬，穿不上，心裡很急。母親與妹妹，急急忙忙從家裡拿來了衣服。護工阿姨說，不行不行，子孫滿堂的人，裡面怎麼能穿短襪、短褲子、短布衫子，要穿長袖，長的。我茫然。阿姨說，帽子呢，幹部不戴帽子，怎麼可以去呀，要戴帽子……家兄看到了眼鏡盒，我說，眼鏡？阿姨不語。最後我和家兄與醫工一起，抱父親上車，推到附近的太平間——醫院底層，門邊嵌有一塊墨字刻石「**備殮室，民國二十六年立**」。

父親生於一九一九年，民國二十六年，即一九三七年，那是他十八歲在二百公里外杭州大營盤軍訓的時候，也是他得知戰爭爆發消息的這一年，他應該不會知道，二百公里之遙的遠方，新建了這所陌生大房子，勒石銘文，會是七十六年以後，停放他遺體的所在……他曉得這所房子，看見過石上這兩行隸字嗎？

我和家兄扶父親送入抽屜……醫工說，現在磕三個頭。我和家兄跪在水泥地上磕頭。醫工四十多了，看看我們說，阿哥，總要意思意思吧。我給了他們每人一百元。

他曾名大鵬，乳名玖生，曾用名丁弢、丁楚三、小丁、程維德、久年、邊星、子翊等。

父母、我、大哥和姑媽（蘊姊，一九五一年去香港）合影，一九八〇年。

黎里祖屋天井，二〇〇九年。

上海・雲・上海

母親口述

「我不甘心沉淪，掙扎著不願被巨浪吞沒，
求生必須划到彼岸，
我沒有學會在激流中游泳，
覺得筋疲力盡，忽而沉下，忽而浮起，
需要切實的援手，來拉我一把。」
「去年一年痛苦，原想今年會好些，
但讓我失望。
如果他能回來，我什麼都不怕了，
拙筆不能道出我心情之萬一。」

上海

一

我曾名姚志新，一九二七年生於上海南市「篾竹弄」。

記得我年過五十時，母親對我說：「小時候你真壞，帶你到浦東『烊金子』，兩三歲左右，抱也抱不動，讓你走一段，一定要抱，甚至自己走回原地，再抱著走。」

我母親一八九八年生於南京，籍貫安徽銅陵。曾外祖父在「太平天國」當差，據說由洪秀全做媒指婚。印象裡，我外婆對「長毛」很反感，當年百姓吃觀音土，普通人家嚇唬孩子就講：「長毛來了，長毛來了！」天朝江河日下，曾外祖父曉得難以長久，在城外置了地，每天用荷葉水洗臉，面色發黃，佯裝病故，最後用「脫底棺材」抬出城外，抽底脫逃，從此以種植桃李為生。到我母親這一輩，她是家中最小的女兒，在私塾讀過《女兒經》等，也算識字，上有兩個姊姊，兄長開過扇子店。父兄死後，家道中落，大姊嫁在江寧縣，二姊嫁到南京白下路陳家。

一九一四年，母親隨我外婆從南京來滬謀生，舉目無親，住西藏中路愛文義路（今北京西路）旅店（現為大觀園某服務部），母親想出去做工，店主桑榮卿見她面貌端正，十分勤奮，就給我父親做了媒。當時我父親三十二歲，喪偶（無子女），母親十七歲，兩人相差十五歲。一九一五年，他們結為夫妻。

我父親生於一八八三年，祖籍浙江慈溪，後遷莊橋，讀過兩年私塾，十三虛歲在寧波銀樓當學徒，白天打雜，晚上練字、練算盤。冬天河面結冰，手上凍瘡潰爛，常黏住衣袖。幾年後，他輾轉來到上海，在南市小東門大同行「老慶雲」銀樓當夥計。銀樓業按資本大小，加入「大同行」、「新同行」、「小同行」等同業公會（滬上「大同行」：裘天寶、楊慶和、老鳳祥、老慶雲、方久霞）。本家「三阿伯」是大同行「楊慶和」銀樓「阿大先生」（即經理），事業有成，買下了南市多間住房，個子矮，人稱「小小阿伯」；我父親排行四，個子高，侄輩稱他「長長阿伯」。

我外婆一口南京話，母親婚後隨我父親講寧波上海話（當時上海話的「我」，曾是本地話「伲」——「我們」即「我伲」，之後「伲」就消失了，統一為寧波話「阿拉」）。住南市篾竹弄，父親住店，只能在春節回家住幾天，外婆和母親平時做零活，搭火柴盒，「撬力頭」（衣服縫邊）貼補家用。以後，我父親做了銀樓「跑街」，攜帶金銀首飾，進出上海大小公館，給小姐太太看貨。等我出生的一九二七年，銀樓老闆去世，因小老闆幼時頑皮被我父親打過，上任後就報復「回頭生意」——大年初四，銀樓業都要祭拜「接財神」，當晚沒叫到名字的夥計，意味著「捲鋪蓋」回家——我父親失業了。

父親那時想開一家小菸紙店，但母親不允說：「我不願天天掮『牌門板』。」——以前的商鋪沒捲簾門，每晚要插上一整排活動門板，白天脫卸。我父親四十四歲，已經在銀樓做了三十二年，經驗豐富，決定重操舊業，花費兩千銀元，在提籃橋茂海路（今海門路）「鳳生里」，開了「廉記老寶鳳」銀樓，初期借了底樓的兩開間店面，樓上住「羅宋」（白俄）人，之後租下了二樓——這是父親一生的轉折點，他當了老闆。

「老寶鳳」經營金銀飾品，也售賣銀盾、銀壺、銀果盤、碗筷盆盤、福祿壽三星、彌勒佛等各式銀件，兼收購、修復金銀器件，此外的金銀鎖片、項鍊、嵌寶戒、手鐲、嬰兒響鈴等技術複雜的品項，都需進貨。收購的戒指、鐲頭等等不便熔化，都是請製作行代辦，以後就能自烊了。全家住二樓前面兩間加一個後樓，雙亭子間當作坊，自製普通「小黃魚」（金條）、「韭菜」戒、印戒（刻名字）、線戒，戒內刻有「足赤」及店名字樣，貼有標明分量的小紅紙。也接受首飾的加工修理，金匠銼下的金、銀屑粉末、洗手留的「垃圾」都值錢，有專人上門來收。

「鳳生里」是位於今長治路、東大名路之間的一大片典型上海弄堂，兩個出口，「老寶鳳」近第一個弄口，大門左右設玻璃櫥窗，陳列大型銀器，進門幾步有櫃檯，賬檯略高，左首有玻璃檯面「拋馬櫥」，陳列「非足赤」、紅藍寶石的「嵌寶戒」等飾件，由顧客選看。

店夥計是一對兄弟，名金如意、金如海，包括學徒，都按規矩住店，每晚取出櫃櫥內被褥，睡店堂「打地鋪」。店後一小間客堂有窗，通「鳳生里」。後門是灶披間（廚房）、樓梯，亭子間是作坊，曬臺種了牽牛花、鳳仙花、雞冠花。我和父母弟弟住二樓一間，外婆、娘姨（即保姆）住另一間，大哥住後樓。按寧波稱謂，我叫父母「阿爸」、「阿姆」，叫長兄「大阿哥」（大我七歲，小名「毛人」），弟弟「阿弟弟」，全家叫我「阿囡囡」。

小客堂間裡，逐漸就有了沙發、「華生」電扇、「無線電」（收音機），播放「申曲」、寧波「攤簧」，有《大戲考》（刊登唱片戲詞，共出過十八版）；其時梅蘭芳、周信芳聲名大噪，大家都談論；電影《夜半歌聲》廣告最為驚駭，聽說嚇死過人；電影《姊妹花》也名聲響亮；我去東海電影院看卡通片（《米老鼠》）、林楚楚的《慈母淚》、《桃花扇》，放映前有人兜售炒米花；戲院對面是新開張的「美女牌」冰淇淋店，大冰磚要價一元，紫雪糕兩角，冰棒五分，「雙冰棍」一角，很貴。印象最深是電影

《全國運動會》，我第一次見識了各種運動項目。

母親平時梳髮髻，後來梳「香蕉頭」，由「梳頭娘姨」上門來梳，用「刨花水」。當時開始流行「電燙」，記得我兩個住周家嘴路的堂姊，慫恿母親去做過「電燙」。

幾個「鏡頭」一直留在眼前：我躺在床上，捧著奶瓶吸奶（奶粉沖的奶）；睡在父親腳後，父親常讓我幫他把長褲腳管拉直；帶我坐黃包車，一起去四馬路吃喜酒、買風琴，去南京路「拋球場」中國國貨公司，買深深淡淡的棕色羊毛外套。當時開始有「4000祥生」和「雲飛」計程車，有敞篷式的車，一次跟從大人們坐車兜風……

常聽見窗外後弄堂叫賣聲：「火腿粽子！」「白糖梅子！」「桂花赤豆湯！」「白糖蓮心粥！」「焐酥豆要哦！」「冰啊冰啊賣冰啊！」……還有「冷麵！」小攤販不斷在弄內穿過。

我和弄堂小孩玩，晚上還捉迷藏，時常聽到小孩吵架，大人出面相罵。有時我吃了虧告訴母親，她從不和鄰居理論，總說：「哇啦哇啦不好，算了，吃虧就是便宜。」

弄口的鑲牙店裡，有活動椅子，擺有兩三個大藥水瓶，裡面浸泡著死嬰，後門垃圾桶旁總有一大堆石膏牙齒模子，也見過被丟棄的死嬰，我很害怕。糧店門口擺了裝零售豆類、大米、「洋籼米」的竹筐。女工在茶葉店（讀初中才知，是周月星同學家開的）裡揀茶。三岔路口菸紙店櫃檯，正對馬路，冬天裝一排玻璃窗，留有可以開關的小窗做買賣。馬路斜對面是水果店，蘋果、梨都能零賣，夥計削好了遞過來，果皮仍完整包捲著。秋天，「糖炒栗子」煙氣熏天。有次聽說，炒栗子店隔壁的弄堂裡，開了一家東洋堂子（妓院），好像「轟」的一下，許多人跑去看。

父親說，我家馬路對面是巡捕房，很安全。顯眼的是頭纏紅布的印度「紅頭阿三」，巡捕常來我家店裡走動。

「鳳生里」十年，「老寶鳳」很有收益，我父親甚至做了虹口八埭頭「新泰源」綢布莊股東。

記得小時的舊曆年，我被人抱著，穿有亮晶晶珠片的綠綢面棉襖，戴絨線帽，腳上是四個扣子的綠色毛絨鞋。過年前，布店往往沒生意，鞋店則生意興隆。節日氣氛從舊曆十二月廿三日開始，家裡送了「灶君」，就準備年貨，去南貨店買胡桃、蜜棗、乾荔枝、桂圓、瓜子、花生、寸金糖、油棗（油炸麵食，狀如棗）、黑芝麻切片，各種水果，買十幾隻雞、大量魚肉。請人上門做年糕，帶了木製打槌，做熱騰騰的寧波式「年糕團」，有白糖豆沙餡、鹹菜肉絲餡，現做現吃，冷了就不好吃了；也做芝麻豬油白糖餡的寧波湯團，自家磨「水磨粉」，用白布袋吊著濾水。吃「年夜飯」是舊曆二十七這天，到二十八，是親戚們互請，到了除夕，店裡除幾個學徒之外，夥計們都放假回去

上｜家族照片。後排左四為我父親，前排左三為我大哥。

下｜母親（近四十歲）攝於提籃橋茂海路老寶鳳銀樓前的人行道，左面是華德路（現東長治路），對面即巡捕房，我家在此開店到「八一三」淞滬抗戰前。

滬西「大自鳴鐘」我家（勞勃生路三〇八號，英租界「鹽業銀行」舊址，一九三八年搬至此）三樓，鐵樓梯通往四樓曬臺，這架鐵梯後改造成木板扶梯。

了，大年初四再回店。

廳牆上掛了祖上穿朝服的畫像，合併兩張方桌，供奉雞鴨魚肉、什錦烤麩、豆芽菜，果盤裡有各種食品、水果，擺齊碗筷酒杯，兩邊點蠟燭，中間的香爐點香，全家祭拜。除夕夜守歲，大年初一可以晚起，大人和孩子都穿新衣，爆竹煙花不斷。這一天不可以掃地。在「年初頭上」，拜客不斷，家人要送上蓋碗茶，蓋子上放一對檀香橄欖，互相拱手，「恭賀新禧！」「恭喜發財！」走前放上紅包。小孩們都能拿到壓歲錢，這幾天，大人們可以「攤牌九」小賭，搓麻將。到了初四晚上，是「接財神」，門外也有「財神」扮演者，手舞足蹈沿店討錢。一直到元宵節點亮了各種紙燈，年才算結束。

那時過節都很認真。到「夏至」這一日，吃了紅蛋，就要用大秤「秤人」，每人縮緊了身子，輪流抓住秤勾，嘻嘻哈哈非常熱鬧。到「端午」，門口掛艾草，孩子臉上塗雄黃，大人們喝「雄黃酒」。七月十五「鬼節」，人行道的樹幹上連起長繩，紮有「白無常」、「黑無常」各種小鬼和白紙飄帶，隨風舞動，陰風慘慘。附近「下海廟」有廟會，眾人扮成「閻羅王」、「黑白無常」，以及「打入十八層地獄」的「大鬼小鬼」遊行。最嚇人是領頭數人（據說是贖罪的船民），用鐵鉤直接勾進手臂的皮肉（並不見血，不停朝手臂上噴水可以止痛），吊著很重的大香爐、鏜鑼，慢慢走過來。

「下海廟」供有「八仙」，父母把我「過繼」給了廟裡的「呂純陽」，每逢生日，廟裡就送來一個印有「長命富貴」四字的瓷碗，是一碗「八寶飯」，當然家裡不能白拿，要付錢。七月卅日，「地藏王菩薩生日」，人行道的街石縫裡插滿了點燃的香火，家家如此。中秋節「供月」，在門口點燃一個插滿各色紙旗的「香斗」，全家吃的蘇式、寧式月餅，是附近「野荸薺」食品店買的，細繩捆紮，覆有招牌紅紙，木片盒裡墊乾荷葉。一般不買廣式月餅。家裡請「廚房」上門做菜「擺幾桌」，自帶廚具和菜蔬，甚至「圓檯面」，這在一九三〇—一九四〇年代風行，報上常登廣告。家中除結婚辦喜酒，一般不上飯店。

二

那是個重男輕女的時代。記得「一．二八」（一九三二年，我五歲），全家從上海逃難到寧波，全家去莊橋祭拜祠堂，女孩子沒有份，不讓拜。一九三一年我妹妹出生，父母僱了奶媽，不久她就被奶媽帶到石浦鄉下撫養，直到一九三八年，才把她正式領回家，身上、頭髮裡全是蝨子……我自小則被父母打扮成男孩，在工部局東區小學讀到兩年級，學校要改辦女校，我是「男生」，就轉到男女同校的工部局華德路小學上課。一次體檢，老師才發現了我是女孩，通知我家，暑假後讀三年級，必須恢復女裝。那段時間我惶恐羞愧，戰戰兢兢，非常壓抑，只要看到老師們說話，感覺就是在議論我。在兩個月的暑假裡，我的頭髮僅留長了一點點，名字從「姚志新」改為「姚美珍」，每天硬著頭皮上學，很不是滋味，總覺得自己被大家當笑話議論。

工部局華德路小學在提籃橋監獄斜對面，進校門有一長條泥地，種滿紅豔豔的花，後來知道竟然是罌粟花。工部局小學強調理解，不背書，沒有家庭作業，用陳鶴琴編的課本，每人一張鐵木課桌。女生不用書包，抱著幾本書進出校門，男生是用帶子捆了書，掛在肩上，戴一種嵌有校徽的鴨舌帽，白襯衫，藍色背帶褲。女生戴「法蘭西帽」（扁圓狀有短辮子），也是白襯衫，秋季是藏青羊毛料子的背帶裙，冬天加一件毛衣，腳穿流行的黑漆皮皮鞋。每個教室都生火爐，圍有鐵柵，爐筒通到窗外。小學三年級起教英文。有專門音樂室，老師用鋼琴教課。操場很大，有雙槓、沙池、鞦韆。下課後，學生們都衝到操場活動，上課鈴一響，老師拿著戒尺守在教室門口，遲到的學生，每人罰打一記手心。我也被打過，回到座位，把手心貼在課桌內的鐵皮上解痛。很喜歡盪鞦韆、滾鐵環、「造房子」，集體跳繩是由兩個同學用力揮動大繩，我喜歡一個人跳繩。

通常上午近十時，肚子就餓了，校門外的過道上，有小販出售小羅宋麵包（可以夾果醬、春卷），零食有帶殼的芒果乾、一粒粒「紫酸」（一種蜜餞），生意不錯。

校門口常停有私家包車，明顯與一般黃包車不同，車夫穿著整齊，白毛巾掛在肩上，烏亮的車身兩邊，各有一盞玻璃車燈，座位搭有蘇格蘭花格子毛毯，冬天蓋在膝上，車拉起來很有精神。同學王美華家有包車接送，我家雖也有，但那是送大哥去荊州路工部局華童公學上學，順路時才接送我。

王美華父親是巡捕房「包打聽」，家住匯山路（今霍山路）帶廂房的石庫門里弄。有次暑假我去看望她，王家伯伯對我親熱，給我喝「荷蘭水」（汽水），這是我第一次喝這種飲料。我家到夏天，是買來冰塊加紅糖做冷飲，西瓜是一擔一擔買的，放在大方桌下，家人和店員學徒一起吃。瓜種有「老虎黃」、白籽白皮雪瓤的「三白」、三林塘「浜瓜」，這些品種以後就逐漸絕跡了。

很喜歡看書，訂《小朋友》、《兒童時代》，看過一本介紹西洋音樂家的書，初次知道貝多芬、莫札特、舒伯特的名字和故事，喜歡躺在靠窗的八仙桌上看，喜歡踏風琴，邊彈邊唱英文字母歌和兒歌：「……小老鼠，上燈臺，偷油吃，下不來，骨碌碌滾下來。」特別喜歡〈送別歌〉：「長亭外，古道邊……」

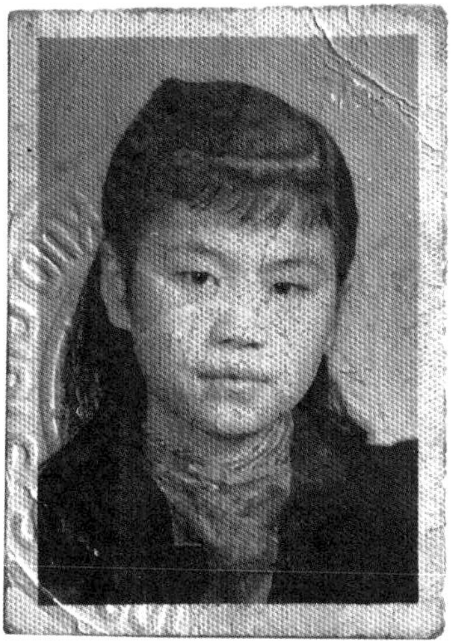

左上｜一九三九年攝於小學畢業前，時年十二歲。
右上｜頂樓曬臺。
左下｜在曬臺上抱著大哥的大女兒藹婷。
右下｜我十四歲，南陽路愛國女中的學生證照。

滬西「大自鳴鐘」，我家曬臺。

大哥比我大七歲，後樓有單獨房間，裡面有書櫥、寫字檯，他從不讓弟妹進去，外出就鎖門。我常常爬過門上柵欄，進去翻《良友畫報》、《電影畫報》和感興趣的書，時間差不多再爬出來。平時他對我和弟弟不親熱，我不服氣，不稱呼「大阿哥」，一直叫他「毛人」。

因為我出生前，有兩個姊姊夭折，父母一直疼愛我，尤其我出生這年，父親失業了，卻又做了老闆，生活大為改善，他認為遇到了好運，是我的命好。

我一歲，我父親已經四十四歲了，記得他五十歲生日那天，我家後門搭了戲臺「唱堂會」（當時習慣，家有喜事，可請戲班子、評彈、滑稽上門演出），邀宴來賓，請「廚房」上門做菜。我父親手巧，會做各種鷂子（風箏），懂工尺，喜歡吹竹簫，喜歡翻閱《本草綱目》。我一直不在意他的年齡，直到有天他來學校接我，忽然發覺他和其他家長不同，一般家長有穿西裝的，年紀都很輕，他總是長袍馬褂，戴瓜皮帽，他怎麼這麼老！

一九三七年「七七」事變後，我父母一直擔心日軍打進上海，尤其虹口，比「一．二八」的情況厲害，已成日本人的世界，全家肯定要逃難。整個社會都被發動起來，沸沸揚揚宣傳抗戰，鼓勵市民捐款。記得家裡買了好幾百個大餅（燒餅），用幾個麻袋裝著，我跟著大哥、夥計送去捐獻「支前」。不久，父親就借到了法租界拉都路（今襄陽南路）福履理路「拉都邨」二號的新式石庫門，八月初，全家陸續搬去避難。「老寶鳳」的金銀財寶，委託給了新華興業銀行保管。

不久就聽說，整個「鳳生里」全部被燒毀了（包括父母和我的照片），我們今後再也回不去了。

大世界附近丟了炸彈。

有天晚上，我父親見到裝屍體的車往南邊開。

拉都路福履理路以南，當年全是農地、墳地。有次去那邊蹓躂，見到一個外國人靠在墳上看報，我和外甥阿珍就用石子丟他，然後躲起來。

再往南，就是肇嘉浜，那時是一條河，有楓林橋、東廟橋及西廟橋（現都是路和路名了）。我堂姊常去肇嘉浜的船上買山芋，她有一雙高跟鞋，只要她離開「拉都邨」，我就穿上這雙鞋，在房裡來回走。

記得我清早到弄口買大餅油條，帶一根筷子，或是用攤上的稻草串著油條回家。

記得冷天清晨，我在「拉都邨」天井裡跳繩，穿一件毛巾布（當時流行）旗袍。

搬到「拉都邨」，大部分家具都留在「鳳生里」，只帶出一張大鐵床，一個八仙桌和幾張凳子，家裡一直亂糟糟的，堆著被褥鋪蓋，晚上打地鋪睡覺。做飯是用一種燒棉花秸稈的農家「行灶」。父親很節儉，發現樓下客堂的地板壞了，買了裝鹹魚的廉價木板箱，拆下木板補了幾塊，結果房間裡整天散發著鹹魚的臭氣。無收入，坐吃山空，父親開始張羅著復業。

我停學了一學期，大哥仍去梵皇渡路（今萬航渡路）的工部局聶中丞華童公學讀中學，每天走路來回。傍晚，全家等他回來一起吃飯，他到家很晚，在廚房裡聽到腳步聲，知道他到了。他常常從福履理路後門進來，我已飢腸轆轆（搬來這裡，我沒零食吃了）。

三

全家在「拉都邨」住了半年，經父親張羅奔走，一九三八年陰曆二月初七（大弟生日），我們搬到滬西英租界「鹽業銀行」舊址，勞勃生路（今長壽路）三〇八號，另一門牌是小沙渡路（今西康路）一一七七號。父親頂下了這幢十字路口的三層洋房，重開「廉記老寶鳳」。

這裡比提籃橋老店寬大考究得多，兩扇玻璃大門，三面臨馬路的櫥窗。盥洗室有浴缸、抽水馬桶。一樓二樓之間有一間原銀行庫房，厚厚的門，二樓四個房間，三樓有廚房，兩間臥室，一間作坊，一個鐵扶梯通屋頂大平臺，夏天可以乘涼。眺望四周，最顯眼的是馬路中間一座高塔，即有名的「大自鳴鐘」，又稱「川村紀念塔」，紀念一個叫川村利兵衛的「內外棉株式會社」日資老闆。此人在滬西設「內外棉」工廠十數家之多，一九二二年病逝，日商在此建「川村紀念計時塔」，成為這一帶區域的標誌性建築，也是十六、二十四路電車終點站，電車繞它的基座轉一個來回。一九五八年因「妨礙交通」拆除，鐘體建築堅固，須搭腳手架等等費時一年多才完成。上海人至今稱這裡為「大自鳴鐘」。

滬西一帶大小工廠極多，有「內外棉」紡織廠、榮家的中資紡織廠、麵粉廠，以及無數小工廠。窗外常看見的景致是年輕女工們坐的廉價獨輪車，來回往返，絡繹不絕。

銀樓生意很好，請來一些親戚幫忙。父母自小教育我們兄妹，見長輩要稱呼，伯伯嬷嬷阿姊阿哥，彬彬有禮，坐有坐相，立有立相，吃東西不出聲音，聚餐先離桌時要說「大家慢用」，勤懇做事，不得馬虎，節省，桌上一粒米飯也要拾起來吃掉，用功讀書，客廳牆上掛有《朱子家訓》。

母親坐賬檯、收賬，裡裡外外一把手。提籃橋老店對面有英租界工部局巡捕房，比較安全，搬來「大自鳴鐘」，地處滬西的交通要道，卻常有流氓進店尋釁搗亂「敲竹槓」，每到這時，母親就對父親說：你到後面去，我來對付，我一個女人家，不怕這種「赤佬」會怎樣?!一次幾個歹人進店滋事，竟然就把大哥當「小開」逮走了，父母囑我立刻趕到同學王美華家，求王家伯伯想辦法。那時王家剛從虹口搬到了康腦脫路（今康定路），最後，王家伯伯設法把我大哥放了回來。我父母覺得這裡的安全問題越來越嚴重，最後出一筆錢，求到了「海上聞人」虞洽卿、聞蘭亭具名的兩幅書法，鑲了大鏡框，掛在店堂正中做「保護傘」，才減少了許多麻煩。

租界成了「孤島」，各校只能自定教學課程，我讀的思源中學（江寧路分部）原是倉庫，時常是整個上午開課，或全部是下午的課，地方小，沒有活動場地。到一九四一年，我轉到南陽路愛國女中讀初三（上），學校很正規，有籃球排球場，也可以上音樂課，一直記得有一首「花非花，霧非霧，夜半來天明去……」以及「峨眉山月半輪秋，影入平羌江水流……」譜成的歌。「思源」教物理，愛國女中則是化學，我有點跟不上，但語文成績一直很好，特別是作文，深受楊明皓老師稱讚，總給我高分，我一直記得她的名字。

一九四一年十二月八日，太平洋戰爭爆發了，日本人進入租界，過完了一九四二年寒假，我到思源中學（總部）讀初三下。每天坐十六路電車去愛文義路上學。沒讀滿一個月，有一日本人在我家區域的「藥水弄」附近被殺，這一帶突然遭到日軍封鎖，圈地徹查，外面人進不來，裡面的人出不去。從我家窗口望下去，「大自鳴鐘」基座階梯上，沿街四周，整天坐有面黃肌瘦、蓬頭垢面、無精打采的人。封鎖後糧食是大問題，平時只能靠擠「戶口米」吃「六穀粉」，根本抵不了飢，只有餓肚子，據說餓死了不少人。

我三個星期無法到學校，悶在家裡看巴金《家》、《春》、《秋》，張天翼的小說，柯靈的《萬象》，讀魯迅的書。等解除戒嚴回校，上課不滿兩個月，校長被日軍逮捕，學校停課了。

當時我班的周月星、高三的汪樹榮，組織大家在校自習，高年級同學教低年級同學，也曾組織排練一次獨幕劇《歸來》在校演出。劇中兄妹角色，兄由高三的翁俊扮演，妹由我扮演。以後汪樹榮就被大家推選為校學生會主席，大家都叫他「汪主席」

（開玩笑而已，當時偽政府汪精衛已稱「汪主席」）。

汪樹榮的組織能力很強，我覺得他很了不起，對他有些好感。後來，周月星參加了共產黨，據說汪在東吳大學畢業，參加了國民黨。

等報考高中階段，父親執意要我去讀同德產科學校（位於山海關路），希望我在此校畢業，再讀醫科大學，希望我做西醫。

我母親生了十二個孩子，除大哥、我、妹妹、大弟和小弟外，其餘七個都夭折了。父親雖然喜歡看《本草綱目》，但依然深信西醫，在提籃橋老店，家人一旦有病，都是請中國醫院王伯元西醫診治，接生是請王醫生之妻袁惠玉，她是婦產科醫生。這樣，我就進了同德產校，主科產科學由留德醫生講授，包括助產士、如何鋪床疊被等課程。

我很不喜歡這些課程，越來越覺得乏味。一次產科學只考了三十分，老師甚是嚴厲，不及格必須複習重考，總算補考得到九十六分。

記得有一天，同學拉我到產房觀看接生，產婦陣痛當場大叫，嚇得我逃了出來（我只有十五歲），深感這樣讀書極不快樂。一次聽同學講，教國文的戴介民老師，是附近「建承中學」的校長，我很高興，鼓起勇氣找到戴老師，希望下學期能轉到他辦的中學讀高一（下），他一口答應了。

同德產校的劉克縈是我的好朋友，後來她也離校了，婚後住思南路。我們來往了數年，直到她去天津，才中斷了聯繫。她曾送我一張照片，我一直保留著，照片背面寫「她能算你的好朋友嗎？縈9．15」。

雲

一

小學時期，我改「姚志新」為「姚美珍」，仍然不怎麼喜歡，初二起改了單名「雲」，覺得這個字很美，是小說中的名字。幾十年後感覺，這個字有彷徨無定之意，名如其人。

一九四三年二月，我從同德產校轉到了建承中學讀高一（下），此校由戴介民夫婦出資創辦，位於白克路（今鳳陽路）一幢三層樓的里弄大宅。戴校長曾署名「巴克」出版《新哲學教程》，早年參加共產黨，該校教師都傾向共產黨，課程與其他學校不同，這裡曾是黨的地下據點，氣氛獨特。

我讀的文科，開始由桂寧遠先生（當時不稱老師）主教，高二改由蔣福儔（蔣錫金）先生教《古文觀止》、《離騷》、「國學概論」、「文藝思潮」、「創作方法」（包括魯迅的〈藥〉）。每週全體高中生上「公民課」，聽戴校長講「倫理學」，實際是講「唯物辯證法」。教導主任袁明吾講「政治經濟學」，在袁先生那裡，我看了〈在延安文藝座談會上的講話〉、《西行漫記》、《大眾哲學》，校圖書館可借到普希金、托爾斯泰、高爾基、巴爾札克、羅曼·羅蘭等人的作品。

我的文科成績不錯，平時的作文、週記分數都很高，我曾上臺獨唱過舒伯特的〈流浪者之歌〉，在高三擔任過「級長」，擔任「級聯會」主席。二樓的走廊，闢有很熱鬧的牆報，內容是短評、班級新聞、生活花絮等，每月按各班成績、秩序、禮貌、整潔評比，然後歸類到掛了飛機、火車、奔馬和烏龜的四張炭畫下。也舉行展覽，包括同學的文章、業餘手工，甚至繡花。我寫的一萬字雜記也被展出過。

每班有手抄本的「級刊」，我班命名為《煉》，為辦這個小刊，我往往要忙到晚上九時回家，為此一直受父親的責備，當時「燈火管制」，很不安全，我常常因為餓飯引發胃病。

蔣錫金先生、朱維基先生對我們很親切，常參加我班的讀書會，細心講解文章背景。寒假裡，我們一起到朱惟新同學家，聽蔣先生講魯迅的《且介亭雜文》，記得那天大家買的是山東羌餅和花生米當午餐。大家也去赫德路民厚里蔣先生家，聽講魯迅〈摩

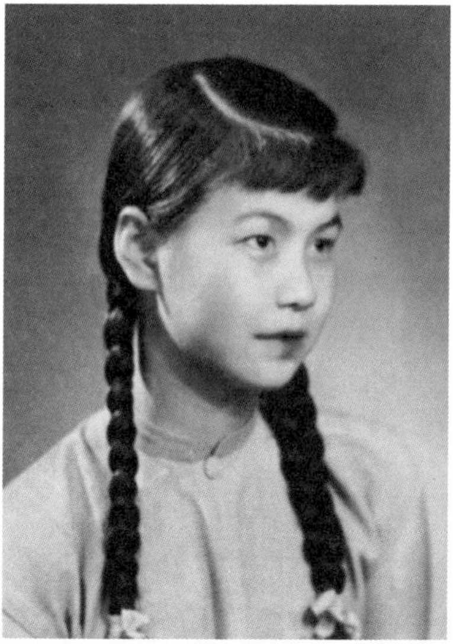

左｜淡綠色旗袍，低領，鈕扣屬新式，不是盤鈕。此時我已改名為「雲」。
右｜在赫德路「覺園」。（申懷琪攝）

羅詩力說〉。去朱先生家，他為大家講拜倫、雪萊的詩。有一次蔣先生帶了柴可夫斯基《悲愴交響曲》唱片和留聲機（唱機），在教室播放講解。班裡組織過關於《悲愴》的討論。一次是蔣先生和我們去高三董喆池家開元旦聯歡會，去仲志士家包餃子。暑假時，我們騎腳踏車到閔行同學夏誠希家、廟行徐洪良家玩，去江灣郊遊。

有一次，大家騎車到真如郊遊，路過三官堂橋，橋堍邊停著一輛一輛黃包車，地上一排長長的把桿，顧雅珍剛學會騎車，大概是剎不住車，竟然從這排長長的把桿上輾過，車夫大為吃驚。傍晚回到市區，經過杜美路（今東湖路）延慶路轉彎處，她又把一輛三輪車撞了，同時撞翻了客人掃墓帶回的祭品。蔣先生出面交涉、道歉再三，總算過了關，我心裡覺得很對不起人家。

一九四四年除夕，有件特別難忘的事。

這天上午，蔣、朱兩位先生和董喆池、朱惟新、田杰人、申懷琪、柴宏孚等同學，相約到南市民國路（今人民路）趙南山家聚會，趙父開診所，是一座面朝馬路帶廂房的舊宅。蔣先生發現我沒參加，讓趙南山撥通我家電話說，大家都在等我，一定要我來。我說路太遠了，又下著雨。蔣先生一遍又一遍地電話催我，結果我只能冒雨趕去。大家圍坐一張大圓桌子用餐、喝酒，很熱鬧。結束後，蔣、朱兩位先生說，帶大家去訪問翻譯家傅雷，我們就隨他倆去了。

傅家在法國公園（今復興公園）附近的「巴黎新邨」，一幢新式里弄房子，敲門進去，傅雷夫人非常和氣，請大家把雨傘、雨衣放在客廳前的門廊地上。這是除夕的下午，我們待在客廳裡，她上樓去通報，顯然這群不速之客惹怒了傅雷先生，他沒有露面，我們只聽到樓上傳來一陣陣的大罵，顯然是趕大家走，我們覺得不可思議。當時蔣、朱先生很尷尬，真有焦頭爛額、無可奈何之感，只能領我們悻悻離開，但出了門，他倆並不在意，仍然興致很高地說，我們去淮海路一家著名的咖啡館喝咖啡吧！一路上，大家你一句我一句，大罵傅雷「有什麼了不起的」等等。這天喝完咖啡，大家嘻嘻哈哈聊了一會，走出店門。蔣先生忽然回頭對我說：「你剛才坐在我對面，你的鞋怎麼一直踏在我腳上？」我渾然不知說：「是嗎？那為什麼不早提出來？現又怪我?!」蔣先生是個很風趣的人。

四月初，學校照例放春假三天，申懷琪、趙南山、田杰人提議，不參加全班的集體春遊，我們改去松江踏青如何？據說那地方有一棵幾個人合抱的大樹云云。我同意，並邀了我的初中女同學葛智華一起去。等大家到達了北火車站，他們又和我商量說，不如改去杭州如何？申懷琪的父親是律師，有個同鄉在杭州開商號，可以找到這位老先生幫

十六歲在「覺園」，一九四三年。（此照曾送給唐凌生。）

助接待我們。大家同意了，但都說沒帶什麼錢。葛說：我有一些，大約夠用了。於是大家擠上了火車，到杭州已是下午四時，就按地址找到了這家商號的住房，開門者卻說，此地並無此人。我們大失所望，無奈走出巷外，不知如何是好。正在發呆，忽聽到身後有人招呼，房主讓一個佣人跑來喚我們回去。

那是一幢有天井的大房子，晚飯桌子就擺在寬敞的天井裡，屋主姓翟，對我們很客氣，請吃晚飯，還給每人倒了一杯白酒。我從來沒喝過白酒，趁他不注意，偷偷把酒倒在身後的落水溝裡。晚飯後，翟老先生陪我們到吳山，去雲居山寺廟借宿，三個男學生住前間，我和葛住後間。第二天清晨起來，我們就到山上各處蹓躂，四周鬱鬱蔥蔥，空氣清新，靜謐中不時聽到鳥鳴陣陣，大家對群山喊叫了多次，都有回聲，山景實在太美了，心情舒暢之極。我們經過附近一間靜室，向裡張望，窺見幾個和尚正在打坐，覺得十分好奇。

廟裡的早餐很豐盛，稀飯、饅頭，甚至有皮蛋、火腿和肉鬆。飯後，老先生就陪我們去西湖各處遊玩，「上天竺」的遊客不少，已經是中午了，路邊搭有一個個棚子的小餐館招攬顧客，我們就在一個小棚裡吃午餐，點了一桌子菜餚，實際是為了答謝翟老先生，付賬時大家傾囊而出，餘錢已剩無幾。玩了一天回到居處，大家議論說，假如明日再讓主人來陪，是非常過意不去的，再在外面吃午飯，已付不起錢，加上早起時，有人不慎打碎了一只熱水瓶，怎麼辦？商量來商量去，決定還是溜走為好。

第二天一早起來，大家不吃早餐，給主人留了感謝條，悄悄地不告而別。然後直接去西湖划船，湖中遊人不多，最後我們卻划到了一個很荒涼的地方，遊興很是低落，也因為沒錢，早餐每人只在路邊吃了一個粽子，中午吃了兩三塊小餅，口袋裡只剩回程票的錢。等我們趕到杭州車站，只見人山人海，乘客如潮水般湧來湧去，差不多要把我們擠散。總算上車後五人在一起了，等火車到達上海西站，已是晚上十點鐘，都沒吃晚飯，肚子咕咕叫，渾身乏力，身上沒錢，只能步行。走到我家門口已接近午夜了，我立刻敲門上樓取了錢，讓他們三個男生坐三輪車回家，葛先走了，她家就在附近的「草鞋浜」。

第二天，申懷琪說他倒在三輪車上，滿眼仍舊是西湖的景色，人幾乎餓昏了。這次難忘的離群飢餓旅行，受到老師嚴厲的批評。

一九四三年我讀高一時，對高二高三的同學不熟，有一次上大課，坐在後排的高二同學趙南山，拉了我辮子一下，我很憤怒地回頭說：「幹什麼？」他說：「我知道你名字，你會演戲嗎？」他身旁是高三的唐凌生。他倆說：「想請你參加話劇社。」為籌備這年四月二十七日的校慶，我們排練了曹禺《原野》序幕，我演金子，唐凌

左上｜演出後的合影，身後是錫金先生。
左下｜唐凌生（左前）演仇虎，趙竑（右前）演白傻子，申懷琪（左後）演焦大星。
右｜話劇《原野》序幕，我演金子。

左上｜普希金銅像，兩個陌生外國小女孩主動跑來合影。那時銅像的位置處於下方，比較親民。一九四五年。

右上｜高中時在兆豐公園（今中山公園）。

中｜我與葛智華。

下｜杭州春遊合影。

生演仇虎，申懷琪演焦大星，趙竑演白傻子，申懷琪兼導演，趙南山當劇務。記得演出之後，唐不知怎麼割破手流血了，我在後臺掏出手帕為他包紮。

我們成了好朋友。唐和申有弟妹多人，大家總在一起玩，經常聚會說話的地點，是靜安寺路（今南京西路）仙樂斯舞宮前一大塊空地上。

記得這年暑假，我跟唐凌生、申懷琪等話劇團的朋友，輪流去金城大戲院後面廈門路一個「弄堂識字」班，義務教女工們識字。當時我十六歲，所教的女工們都是二十多歲，她們都在附近一帶的工廠裡上工。這期間，唐高中畢業了，不久他就離開上海，參加了浙東的新四軍。

一年後，即一九四四年校慶，我們排演了獨幕劇《教訓》，之後因為物價飛漲，校方為貧寒同學募捐助學金，決定由蔣錫金先生主持，排演五幕劇《慾魔》（托爾斯泰原著《黑暗的勢力》，歐陽予倩改編），於七月份在金城大戲院演出，票由學生們分頭推銷給親友。蔣先生請了戲劇家蔡芳信擔任導演，美術家劉汝醴設計。男女角由申懷琪和我扮演，課餘排練。蔡先生對人物的一舉一動嚴格挑剔，我的坐姿，往往不知覺中稍有點彎腰，他就立刻要我糾正。申懷琪也特意第一次來我家，借了我父親的長袍馬褂，我則穿了嫂子陪嫁的繡花衣演出。

二

我和唐凌生相處，前後不到四個月，初次和他說話，是在學校一樓到二樓的轉彎牆角處，以後我們常在此地交談，總有講不完的話。他和申懷琪關係密切，我們三人曾到靜安寺的百樂商場（現第九百貨）「桃園」麵館吃大排麵，這是我第一次和男同學在外用餐。大排有骨頭，我覺得啃骨頭樣子難看，就把它分開夾到他倆碗裡。他們嘻嘻哈哈說，這是「桃園三結義」。

唐是廣東人，性格豪爽開朗，讀書成績好，個子比我略高，面容英俊，思想進步，喜愛文學、寫詩。他主動接近我，我對他也有好感。有個星期天，他約我一起去外灘公園，我去了。他送了我一首自己寫的詩，我送給他幾片夾在書裡的紅楓葉，一直聊到了中午，他送我到江西路（今江西中路）十六路電車終點站上車。

我回到家，臉上紅紅的，這是我第一次和男生約會，有點激動，初中同學葛智華正在我家，我忍不住把上午的事告訴她。第二天我到學校，遇到申懷琪，他笑著對我說：「你和唐昨天去了外灘公園？」我說：「你怎麼知道的？你怎麼不招呼我們？」他說：「我是在外白渡橋上看到你倆的。」後來知道，是唐忍不住告訴他的。此後，我和唐曾去過「蘭維納」公園（今襄陽公園）、兆豐公園，就是談話，天南地北地談，後來還去江寧路一家餐館吃麵。

這樣，我和唐算是談上了戀愛，雖然只有三個多月時間，等唐凌生高中畢業，他絲毫沒提上大學的事。八月的某天，他忽然對我說，準備參加浙東新四軍游擊隊（已有幾批學生陸續參加新四軍）。我立即很天真地說，我跟你去。他說，這次你不要去，以後再去吧。

我送了他一張在「覺園」手扶欄杆的照片，以及照相館拍的照片。臨別時，給了他一雙銀筷子，兩根筷子由銀鏈子連著，是我從家裡拿的。（幾十年後重逢，他提起這事，我才想起。）

他到四明山以後，寄來好幾封信，我也一直去信保持聯繫。到了一九四四年暑假的一天，他忽然回滬，打電話約我會面。他父親是上海自來水公司的工頭，屬於工人家庭出身，獲得組織上的信任，派他來滬動員進步學生，參加他所在的浙東新四軍三五支隊。

對於是否去浙東，我一時拿不定主意，感覺在「建承」讀書很快樂，有點捨不得離開，猶豫再三後決定，等高中畢業後再去。我對蔣先生談及此事，他也認為，我還是讀完高中為好。蔣先生說，他自己也是從根據地來的，「你去了那裡，在文學上學不到東西」。

我與唐見面那天，他從江西路的家，趕來滬西大自鳴鐘「悅來芳」食品店（十六路車站）門口等我，那是我們約好的地點，但那天父母知道我去見唐，堅決不讓出門，最後是由我妹妹出面，帶給他一個口信：改日在外灘見。

這一次見面，已沒有曾經的氣氛，唐詳細介紹了浙東的情況，他的談話主題，就是動員我隨他離開上海。我講了自己的決定，我說，這一次不打算去了，以後再去，婉拒了去浙東的計畫。聽我這麼講，他表現出很不高興的樣子。記得他當時哼著蘇聯國歌，板著臉，沒說幾句話就告別了。他對我的態度和一年前不一樣了。我也很不高興。

以後，再也不見他來信，而我沒有忘記他，半年後（一九四五年春），我從同校讀書的唐凌志（唐的弟弟）處知道，浙東有人要來，託他帶了一支自來水鋼筆給唐，還寫了一封長信，沒有回音。

一九四五年五月十五日上午，學校發生一件大事。我們正溫習功課，準備迎接畢業考，忽然聽說有數個日本憲兵衝進了學校，進入教師辦公室搜查，翻得亂七八糟。唐凌志、我班的班長、級聯會主席夏誠希等多人，都被叫去問話，校長也被叫去反覆查問，據說這些日本憲兵，是專門來捕捉唐凌志的，昨晚已去過他家，適逢他住到學校對面的徐洪良家。憲兵查抄了唐家，第二天再到學校捕他，發現學校的級刊牆報有明顯的抗日內容，接近中午，搜查還在繼續，因為樓下有小學部，到了中午，憲兵不得不放全體同學回家吃飯。

我心裡清楚，抓唐凌志一定是與其兄在新四軍有關（後知道，確實是因為有信落入敵手），我想到曾經在一九四三年下半年與唐凌生連續通信，有一次他在信中很不謹慎，明目張膽把新四軍寫成「N.4」，我估計兄弟二人同樣不慎，引起了日本人注意，也想到了曾經贈照予唐，照片很可能仍在他家，包括我給他的信，如果查到的話，我就有危險。

我唯恐被牽連，忐忑不安，如被日寇抓去，結果難以想像。上午總算熬過去了，我出校立刻去找申懷琪，他與唐的關係最密切，很擔心他也被牽涉。到他就讀的東吳大學（江寧路梅隴鎮酒家的弄堂）通知了他，然後我們一起趕到赫德路，找到了無課在家的蔣先生，通知他學校發生的事，讓他下午千萬別去學校。蔣當時正在寫稿，手拿著稿子就從家出來，三人一路商量，學校發生這事，我們以後怎麼辦。正在路上走，一位初中同學叫住了我說：「聽人講東洋人提到了你的名字！千萬別進學校！憲兵在學校還沒走。」（後知道蔣父也被叫去問話，憲兵共捕去師生八人。）於是，三人急急忙忙在西藏路吃了麵，決定暫時躲避為好。申因為下午有事先走（後知他直接去了家鄉河北，直到抗戰勝利後才回滬）。

蔣和我先到一位靠得住的詩歌「行列社」（蔣舉辦的詩歌團體）老朋友諸敏家落腳。天近黃昏，他打電話請我大哥出來，在南京路「新雅」吃蓋澆飯，講了學校發生的事，決定先送我到他的朋友諸敏處暫避，請大哥回家告訴父母，請他們放心。這樣，我們就和大哥分手了。

諸敏住今石門一路上一幢幢英式洋房弄內最後一幢，屬於日本某新聞檢查機關，諸就在此工作，樓上有一間二十平米的房間，是諸和妻子茅肖梅的家。茅正懷孕，挺著肚子，房內有獨用盥洗室。我和茅睡床，蔣與諸打地鋪。樓下住著兩個日本人，據說是該機關負責人。這幢房子常有幾個年輕男子進出，諸敏較信任其中一位名叫張汀的青年，當夜我們就在一起商量，最後決定，我和蔣還是去安徽天長的新四軍軍部，於是找了詩歌「行列社」成員的老黨員沈孟先，請他設法接通關係，辦妥組織介紹信等。這事由張汀聯繫，要花好幾天時間。我們暫時不便外出，只能玩撲克牌。樓下兩個日本人也時常上來，表示友好，雙方語言不通就用筆談，我心中甚是厭惡他們。

幾天後得到消息，到安徽去，一路上要經過幾個關卡，路不熟，不如準備一些被褥鋪蓋，請當地的腳夫挑著引路，才可以走通。至於路費，蔣把匆忙中帶出的半部《星

一九四六年秋天攝於滬西「老寶鳳」居所。

上｜高中同學合影，兆豐公園大理石音樂堂。
下｜兆豐公園野餐，高一，一九四三年三月。建承中學為戴介民夫婦出資創辦，曾被稱為「孤島」的「抗大」。左面梳辮子的是我，戴禮帽者是校長戴介民。

象》書稿，給了「永祥印書館」的范泉，暫領到一些稿酬。我把手上一枚金戒指換成了現錢，還去附近的「南京理髮店」剪了短髮。

十九日下午，諸敏陪了我坐三輪車去葛智華家，打算請她到我家拿取被褥，但葛不在（葛家困苦，當時她是去「跑單幫」販米），我只能打電話請同班的顧雅珍幫忙，顧住虬江路，家裡也開銀樓，我和顧就在西藏路「和平電影院」旁的「和平咖啡館」見面。諸敏說他有事去辦，再三叮囑我，一定要等他來接，千萬別離開。

我和顧雅珍坐下，她就告訴我學校發生的種種後續。我提出請她幫忙去家裡取被褥，她則勸我要冷靜，說我父母如何著急，勸我一定別跟著蔣走，而且，蔣是有家室孩子的人，影響不好，不如以後再去。我說不管這些了，已經決定了，我和蔣到了那邊，肯定是各管各的，我的目的是去參加革命……正說到這裡，我大哥忽然走進咖啡館，不說一句話，一把抓住我不放，立刻就拉我走，我實在掙不脫，只能對他說，讓我寫一個便條（請服務生轉交給諸敏）。我在留條上寫：「明日下午一時在此見。」事後知道，開初我與顧通話時，顧的弟弟就在她身旁，顧弟和我大哥有來往，就立刻給我大哥打了電話。

當天下午，大哥帶我到新閘路，走進他熟稔的王伯元開的小醫院，借三樓無人病房住宿，一直在規勸我不能走。不久，父母和阿嫂（正在懷孕）全來了，哭哭啼啼，不許我離開他們。第二天，阿嫂又陪我到大連路印刷廠，這是大哥好友周祥林家的企業，進大門穿過工廠就是周家。阿嫂一直緊跟著我，寸步不離，我不能推也不能搡，根本不允許我打電話，我的留條之約，只能失敗。後聽說這天下午，諸敏和張汀在咖啡館從下午一點等到三點。

在周家住了五天，我和阿嫂二十五日傍晚回到「大自鳴鐘」的家。父母說，近日店外常有陌生人徘徊，覺得我回家不安全，蔣父也曾來店打聽錫金下落，稱憲兵一直逼蔣去自首。當時我卻是想去諸家道歉，對失約的事總要有個交代，我只能再三向父母保證不再離滬。晚上，我去見了諸敏，從諸處得知，蔣已於昨日（二十四日）離滬。

當夜，我住到周家嘴路的堂姊阿菊、阿麗姊妹家裡，石庫門房子，我睡後客堂，白天只能在亭子間看書寫字，滿屋炎熱的太陽，在無聊不安中熬日子，幾次外出，是去諸家看望、送禮感謝，樓下兩個日本人對我挺客氣，就這樣一直住到八月初，我才回家。

抗戰勝利後，我去諸家，他們的孩子已經出生，我碰到了樓下那兩個日本人，他們請我坐，我們的交談仍舊是在紙上寫字，他們寫「以後有便，請來日本玩」，還寫了各自的地址。我寫了一句：「你們侵略中國，終於把你們打敗了！」吐了口惡氣。

我見到了戴校長，雖然我未經考試，他仍然給我頒發了高中畢業文憑，寫了「品學服務均甲」的評語。我們沒有談到日寇來校事件。直到四十年後，我在《建承中學校慶紀念刊》中得知，戴校長為保護師生和學校，忍受了日寇嚴刑。（「文革」時期，戴在華師大含冤去世。我記得曾在中山北路六十九路車站上，遠遠見他走去的背影，非常憔悴。）

一九四五年秋，上海各大學自主招生，學費很貴，考試時間各定。初一同學馬瑞麗與姜桂英，拉我報考聖約翰大學，我雖然英文差，沒信心，也勉強去考了，結果三人都沒有被錄取（此校英文要求極高）。九月十五日，考私立復旦大學，我與顧雅珍、吳鳳英三人同往，我投考中國文學系，十七日考作文，記得題目是「成功之路」，十八日考其他科目，二十日揭曉。我和吳鳳英被錄取了。

私立復旦在赫德路近新聞路一幢大洋房裡，門前空地甚小。有好幾個系，教室內外人擠人，各系教室交換上課。中文系主任應功九和文學院長應成一是兄弟倆。開課第一天上英文，老師是顧仲彝。周予同先生教中國通史。我每天騎腳踏車上學，不久認識了外系學生王丹心和鮑靜佩，我不記得怎麼認識的，以後知道，他們是中共學生黨支部的成員。

此時，老同學申懷琪已從河北返回上海，考取了上海法學院（以後轉到上海戲劇學院），趙南山畢業後去新四軍根據地，此時也突然返滬，三人相遇。適逢蔣介石從重慶回到南京，記得是十月十日「國慶日」這天，我們三人同逛南京路，滿街飄揚「青天白日滿地紅」旗。蔣介石像陳列在各店的櫥窗，身穿戎裝，掛著無數勳章，好不威風。路上擠滿了面露喜悅的人們，我們從成都路一直步行到外灘「軋鬧猛」，這真是個萬眾歡騰的日子，這是萬分難忘的日子，抗戰勝利了！日本投降了！中國人揚眉吐氣了！

三

朱維基先生是本地人，住在離我家不遠的星加坡路（今餘姚路），我騎腳踏車去復旦上學，總路過他家附近。十月下旬的一天，我順路去看望，見他正和一陌生男子敘談。朱先生介紹說，他叫程維德。

那天我沒說什麼（也是插不上嘴），只聽他們聊，感覺眼前的程很爽朗，社會經驗豐富，是個大齡青年。

此後，朱先生常約我和其他朋友聚會，程維德也參加。當時朱在籌備辦《綜合》雜誌，有時請大家去瑞金大戲院對面小酒館喝酒，去西藏中路「青梅居」——北方人開的「賣火燒」（火燒即燒餅）簡陋小店，店裡也可喝酒，或者去「新雅」喝下午茶，去平安電影院南面一家小咖啡館「吉士」聊天，大家還一起去看劉汝醴在國際飯店的畫展。我印象中，程維德常在朋友們聚會還沒散時候，就離席先走了（實際是去威海路「達巷」與組織聯繫）。

朱先生不止一次告訴大家，程維德是一九四二年他在南市監獄的難友，當時程很關心獄友們的生活，為此和獄方激烈交涉，肯定是左傾進步人士，人品好，文章寫得好，可能是共產黨……諸如此類。我為朱主辦的《綜合》雜誌寫過一篇巴金《憩園》的讀後感，也看到了程寫的幾篇社論和散文，筆名「邊星」，讀了幾遍，的確寫得好，但看不透他過去的經歷。

程維德當時住星加坡路「星邨」，那是他朋友蕭心正姊姊蕭慕湘的家，離朱先生家不遠。記得小學同學王美華去世，我和吳鳳英騎腳踏車去安樂殯儀館祭奠，順路把兩輛車寄放在程住處。取車時，吳鳳英有事先回，我和程閒談了一會，記得談到了《一〇一首西洋名曲》，一起翻閱，我還哼了幾句〈夜鶯〉。

我和程維德的交往，與以往我和男同學們接觸那樣平常。有次我和程維德、朱先生、朱的朋友李毅夫等幾個人在「青梅居」喝酒，轉到西摩路（今陝西北路）「吉士」，程已經醉了。我就坐他的對面，才第一次毫無顧忌地端詳他，覺得他英俊端正，只是個子稍矮些。以後，他談到對我的初次印象，說他倒不嫌我個子高，感覺我為人真誠，氣質好，初以為我是個小學教員，穿藍布（陰丹士林布）旗袍，沉默寡言，樸素，就開始注意我，曾數次在路上遇見我，卻沒有招呼——清早他總在附近小沙渡路海防路口的小攤吃豆漿，幾次見我騎車經過。

接觸多了以後，他常常給我電話，事由是借書、還書，我感覺這樣下去，可能會進一步發展，怎麼辦？曾想中止與他的聯繫，把他介紹給顧雅珍，思想有過鬥爭，反覆思考，最後決定任其自然。

當時他在《時事新報》當記者，跑新聞。一九四六年，學校即將迎接重慶北碚「復旦」返滬，遷回江灣原址，走讀將改為住宿。因家裡沒有小型衣箱，他陪我到江西路「中央商場」購得一舊皮箱。也曾隨他一起參加國民黨市府的記者招待會，去過他的新住處——報社宿舍（今延安東路），那是機聲隆隆的印報車間旁一個小間，當時我想，周圍這麼嘈雜，晚上怎麼睡覺？看他西裝革履，整整齊齊的樣子，覺得他的日子並不好過。

從初中到高中，我接觸的男同學不少，對待他們，就像是對朋友的那種「同學之交」，僅對唐淩生產生過短暫的感情。對程維德也一樣，認為他只不過大我七八歲，富有社會經驗而已，在這種自然交往裡，卻不知不覺產生了好感。

一九四六年暑期，朱維基先生已去山東根據地，程維德住膠州路康腦脫路一間平房，我去看過他數次，談得很投機，感覺他有不平凡的經歷，性格堅毅，待人和藹可親，社會經驗豐富，讀書比我多，文筆老練，對文學有共同愛好，對一些事情的觀點也相似。程維德家從盛到衰，我家則相反；我只是單純的學生，他有複雜的經歷。在我們的談論中，他很少談及曾經有過的艱辛痛苦。我心裡絲毫沒有想過他家有沒有錢。我不懂生活的艱辛，即使最困難的敵偽時期，物價飛漲，民眾吃「六穀粉」，我家仍然衣食無憂，只是不吃大米了，每餐改為一冷就發硬的「洋秈米」，我沒嘗過吃不上飯的滋味。

以後略微知道，在吳江黎里鎮家中，他還有母親要供養，知道他有個好友蕭心正，他們傾向共產黨，至於目下究竟幹些什麼，不甚清楚。

有一天我倆閒談時，突然走進一男一女，男的年齡稍大，女青年秀氣美麗。程維德介紹說，都是他的同鄉老友，以後才知道，抗戰爆發時，這位女青年與他一起參加「武抗」（華東人民抗日武裝義勇軍），後因病回滬治療，他們當年曾是戀人，後來分開了。

這年暑假，我常常隔幾天就和程維德相會聊天，總是在中飯後，太陽熱辣辣的，僱一輪黃包車去他居處。有一天傍晚，我們從膠州路步行到靜安寺。人行道上擺著不少地攤，叫賣質高價廉的美軍剩餘物資，有罐頭午餐肉、「克寧」奶粉、軍用皮帶、水壺，記得我買了一個墨綠色的軍用錢夾，布料結實別緻，用了它很多年。

那個時期，組織上介紹程在《時事新報》當記者，不久卻遇到報社發不出工資，全體記者罷工。這期間該報載文，特別提到一記者因幾月拿不到工資餓肚子的事，所指的就是他。當時報紙主編是唐納（江青前夫），經理為夏其言。

也在這階段，我知道了程的本名大鵬，但一直自稱程維德，在《時事新報》改名金子翊，我則一直稱他「維德」，每次通信的稱呼都寫「V.D.」。一九四九年後他改名若望，彷彿與「湯若望」相同，別人會認定他是基督徒，他解釋說是來自《孟子》「若大旱之望雲霓」。

四

抗戰勝利後，「老寶鳳」生意很好，滬西一帶的工廠女工，拿到工資就來我家買金器保值，買小金條（時稱「小黃魚」，重一兩，「大黃魚」十兩）、各式戒指。忙到來

左上、右下｜有石梯的兩張，是在亞爾培路新居，抱著大哥的孩子正庭。
右上、左下｜襄陽公園，一九四五年。

一九四八年秋天在「蘭維納」(今「襄陽」)公園，朱維基長子朱銀漢攝。

不及在戒指內貼注有分量的小紅紙，店裡常加班開夜工，每日售出三百兩黃金，賺了不少錢。

在全店員工忙上忙下之時，我的大弟突患「粟粒性肺結核」，這病在當年沒有特效藥，於一九四七年二月在家中去世。接著是大哥患肺病大吐血，去虹橋療養院（即今徐匯區中心醫院）住單間頭等病房療養，阿嫂陪他，後住鉅鹿路（今巨鹿路）大華醫院。我父親覺得，住院即長期療養，價格昂貴，不如自家買一幢房子。開初他是和夥計阿王去看房，之後是我陪著他（後來陪他多次買家具，買我喜歡的書櫥、搖椅，父親從不上餐館，也只有我和他在「美新」吃過一次晚餐），看過虹橋路一幢有空地的大洋房，淮海西路滿牆薔薇的別墅，以及富民路的「裕華新村」，最後花費近五十根大條子（金條），買下了亞爾培路（今陝西南路）六十三弄某號（三連體別墅）。此處交通方便，二十四路無軌電車可直達西康路「大自鳴鐘」。

此屋面積近五百平米，原業主是鼎新百貨商店老闆，底樓為廚房、汽車間和佣人房，朝南是圍有竹籬的小院子，大門有一石扶梯直達二層，朝南是左右兩大間（有紗質大吊燈、壁爐和水汀），中為走廊、盥洗室。朝北的房間大小各一，大間隔有活動門，拉開門，南北房間相通，可作大飯廳兼客廳，有升降設備，樓下廚房可送飯到二樓壁龕

（後用來置放電話）。三樓布局與二樓相近，有陽臺，有大浴缸。稍事裝修一下，大哥就搬來三樓療養。

記得尚未入住的初夏，葛智華生日，我請維德、中懷琪、趙南山、邵鴻英等同學好友來新居，那次大家都喝了酒，熱鬧一陣，一直講話到天亮。維德醉了睡在後客廳地板上，大家則在他四周放了酒瓶，他醒來一驚——眾人開懷大笑。此後，我們常常在這裡聚首。

那時我常去虹橋療養院的高級病房，探望大哥，他獨住一大間，底樓住七八位貧窮的青年患者，我很同情他們，有時給他們送雞蛋和營養品，其中一位叫秦中俊，是淮海路雁蕩路三聯書店店員，我常去此店買書，經人介紹認識了，之後秦曾到亞爾培路我家閒談。秦說，我是小說《鋼鐵是怎樣煉成的》裡那個富有的姑娘。以後書店奉當局命令停辦，他偕同仁來我家開過祕密會議。一九四八年，秦去了濟南解放區。（一九八〇年代任中圖進出口公司經理，法文好，比我小一歲，來滬特意來我家看望，相互通信，可惜英年早逝。）

復旦渝滬二校合併到江灣原址後，起先把女生宿舍安排在面對操場的一幢大樓，房間很大，可以擺十幾張床，以後大樓改作教室，女生宿舍再度搬到後面一幢樓，男生宿

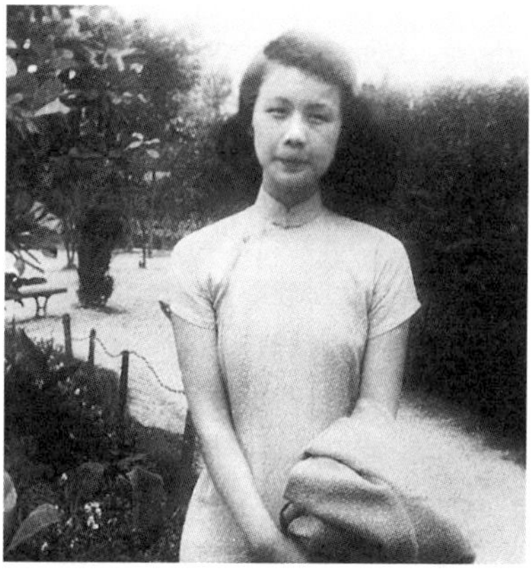

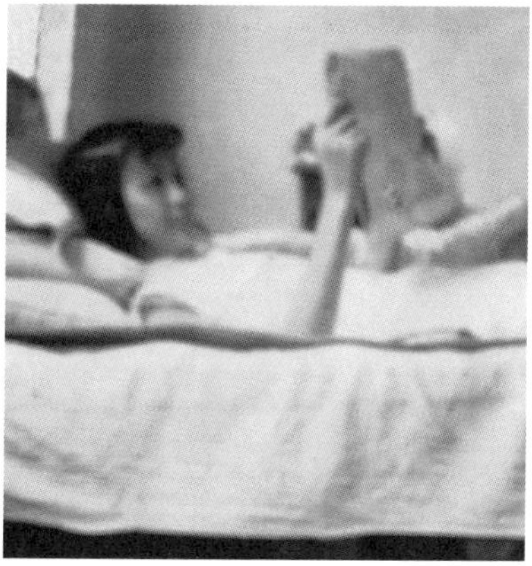

左上｜十八歲，考入私立復旦大學中國文學系。
右上｜膠州公園，一九四五年秋。
下｜復旦遷入江灣之初，攝於女生臨時宿舍內外。

上｜和來自重慶的復旦同學合影，一九四七年春。重慶復旦校部遷回江灣原址，改私立為國立，校園裡來了很多講四川話的同學。

左下｜和同學們在校門口，一九四七年。

右下｜於子彬院前留影。

舍遷到了校外。之後，復旦改為「國立」，不需學費，甚至吃飯也不需飯錢。食堂每餐只有一個菜，每月打一次「牙祭」，有十幾個菜，大家站著，圍著圓桌吃。學校還送一批美軍救濟總署的多餘物資給重慶同學。因為物價飛漲，米價也跟著飛漲，唯恐伙房糧食有貪，校方讓同學們輪流去「監廚」——這是一九四七年的事。

我的宿舍住八人，四張上下鋪，中間放自帶的寫字桌，我睡靠窗上鋪，除我和虞和靜是上海人以外，其他六位是重慶來滬的女同學。記得宿舍一件趣事，有一天半夜，我突然連人帶被子從上鋪滾了下來，落在地上，竟然毫髮無損，驚醒了睡夢中的大家，引為笑談。

復旦禮堂以前在子彬院，地方小，當時郭沫若來講演，周小燕來唱歌，都是在子彬院禮堂，同學擠得滿滿的，有些人只能坐在窗臺上。一九四八年，校園內造了一座大禮堂，名「登輝堂」（紀念復旦老校長李登輝），做過考試會場，改名「相輝堂」是以後的事（馬相伯為創辦者）。中文系主任是陳子展，很和善。教授有李青崖、方令儒、周予同、周谷城、趙景深先生等，側重《昭明文選》、音韻學、訓詁學、哲學和中國文學史。上課不點名，學生缺席與否，教授們也不在乎，學生只要考試及格，修滿學分就可畢業。教授與學生有些距離，親近隨和的是章靳以先生，他講「文學論」，態度和藹耐心，我經常請教他。我的興趣一直在現代文學，也感覺大學不如高中那麼快樂，談得來的同學也沒高中那麼多，一度想轉新聞系，考慮再三，覺得轉系麻煩，思想上有些得過且過，有閒就坐校車回家。

以後因家中變故，心情低落，此時常與維德會面。一九四六年夏季以後，我和維德的戀情心照不宣，一九四八年完全確定，談起戀愛。書還在讀，「學運」也算積極參加，如參加基督教青年會團契活動、「反飢餓反內戰」遊行，但在校時間卻沒以前那麼多了。記得同學王丹心曾鼓動我參加共產黨，我認為不自由，沒有表態。

到老年時，我曾對虞和靜說，我在復旦時一事無成。她說：「你找到了一個好老公，是你的一大收穫。」（虞一九四六年時就認識維德。）

一九四七年春假，我和維德一起去無錫，遊惠山，玩了兩天，照了不少相。我愛的人和他愛的人在一起，覺得幸福、欣喜。

天近黃昏，我們回到旅店，晚餐豐盛，房間是很小的頂樓，兩張單人床，上有天窗。我們爬到窗外屋頂上，坐在瓦片上向四周眺望，燈光暗淡，空氣清新，傳來河上的櫓聲，別有一番風光。維德說吳江黎里鎮河岸邊，景色比此地更美，太浦河也寬大得多。而我在上海長大，覺得眼前夜景是第一次見到，應該是最美的。

遊鼋頭渚這天，我帶著相機，穿紫紅色的開衫、薄呢旗袍、白色長襪，另帶了一套

遊惠山。我愛的人和他愛的人在一起，幸福欣喜。一九四七年。

上、中｜去蘇州看他租的新宅，一九四九年。這是一段陽光明媚的回憶。他自稱程維德，我一直稱他「維德」，通信稱呼寫「V.D.」。
下｜這件扶手沙發椅，在「文革」時被抄走。

淡灰西裝裙、白絲圍巾和手套。紫紅皮包是新近在永安公司買的。天晴，氣候溫暖，見到了遼闊的太湖，請「代客攝影」者為我倆合影。

當時維德已經離開《時事新報》（同事集體辭職，他只能辭職），有三個月左右沒有職業。他怎麼過，我想他總會有辦法，我沒有問，問他也不會說。他告訴我，將去一輪船公司任職，上海、福州兩地來回。（後知是王紹鏊介紹。王是吳江同里人，與程同屬黨的情報系統，解放後以民主黨派面貌出現，任商業部副部長，一九七〇年含冤去世，十一年後才公布共產黨員的身分。）

我心裡總牽掛著他，相互通信，每次他回滬也立刻給我電話。

這幾年，包括朱維基先生在滬時，我和維德一直在平安大戲院附近的「吉士」小咖啡館會面，通常是喝咖啡，吃過一兩次西餐，咖啡館老闆已認識我和他這兩張熟面孔。「平安」右邊的茶室很大，從電影院大玻璃窗看進去，熱鬧非凡，裡面都是談生意的人。記得有一次，我們走進成都路福熙路「浦東大樓」對面一個咖啡館，裡面極暗，沒一點燈光，擺有一排排高背封閉式的雙人座，我們只能跑出來，最喜歡的仍然是「吉士」咖啡館明亮幽靜、沒幾張座位的環境。我和他一直懷念這地方，幾年後雖不去了，路過時總要看它幾眼。

維德到昌興輪船公司任職，常去廈門、福州，回滬都帶禮物給我，很多物品已經記不得了，印象最深的是兩雙綴有五顏六色珠子的拖鞋，我送了一雙給阿嫂，大家都感到新奇。但他僅做了七個月就失業了。我雖問過他在滬為黨做什麼工作，一次他說，是做空軍「策反」工作。他的職業一直不穩定，時而在滬，時而在外，用錢出手大方，一段時間住他二姊蘊玉位於公平路的亭子間，我曾去看過他。那次他說要去臺灣，我不置可否，後來沒去。對於經濟、生活，對於吃飯問題，我從沒想過要為他操心，總認為他有辦法。我是一名學生，沒有社會關係可以幫他，家裡開銀樓確實可以安置，但我不願讓家人看低他，他當然也不會願意。

多年後得知，維德由情報系統的吳成方領導，出獄後，轉由劉人壽領導，情況不太一樣，後者總認為他活動力強，給他造成了不少的困難。

以下是維德在一九四七年給友人的一封信，當時蕭心正見了喜歡，抄了下來（一直保留到「文革」後才交還我們）。維德回憶說，這信當時是寫給誰，有沒有寫完，有沒有寄出，已完全忘記了。當年信中提及的人名，蕭抄寫時只留空格，故不明是誰了。五十年之後重讀此信，若非蕭說明經過，他根本不認識這是自己所寫，但對猛烈批評沈從文這一點，維德記憶猶新。

維德舊信

□□很好，幾個有限的老朋友，仍舊拖了一身毛病，活在這古老的土地上。所謂一身毛病，也無非是人生年齡的增加中起些變化，好像同樣一條小青蟲，有的變成花蝴蝶，有的變成黑色、花白的或甚至非常醜惡的種種顏色——寫這信的時候，我的情感跟隨著手指的顫動而揚起波瀾，我不懂得為什麼最近自己的內心常常有一種類乎憤懣和厭惡的波浪擊撞著，一浪去了，又一浪來了，它們在我心房的岩石下，撿著石縫空隙打進去，於是只要小小的幾尺水，就能發出轟然大響，岩石上的泥土果然洗刷掉了，青苔和海藻也打得不知去向，可是岩石卻呈現著黑色。正如你看見一件古兵器一樣的色彩，使人一望就感到陰鬱得難受——那麼我陰鬱嗎？也並不如此，即使多少存留一點，也是為了陰鬱（原文如此）而來的。

我憤懣什麼？這些情感作用也很難在簡單的書信上表達，總之一句話就是，我看不慣各人抱著自己現在的環境而把一切看得美麗或是都看得醜惡。人類有一種擅長的本領，就是「擅忘」和「擅醉」，吃得飽一些的人，他們行為和思想都同飢餓的人有顯明的差別，所以，在文學上，某一個時代，某一個階層，一定有他們自己欣賞的範圍和代表的作品，這些都是起變化的，假如他們從某一種人跳到另一等人的話，他們的行動和思想以至對藝術的看法，或生活的意義，立刻有了明顯的差別。以寫文章的人來說，則莫如沈從文之流變得下流而可憐，當他混在窮人堆裡的時候，他的文章還有些火藥氣，可是後來他有了洋房，混在一群沒有背脊骨的教授們中，他竟把描寫女性來消遣筆信，甚至用了他的腦汁大肆描寫女人的生殖器，細膩之至。從這件事上看沈從文依然姓沈，寫文章依然寫文章，似乎沒有變，可是他的文章內容變了，人無恥了——為了什麼，因為他發揮了人類的「擅忘」和「擅醉」的長處，壓根兒忘記了他過去是一個什麼人，是這一個緣故，他把自己醉在洋房和沙發中，似乎洋房和沙發命令他要沉醉一樣，這是非常自然的。知識分子，只要稍有些聰明的人，立刻懂得這個，古人稱之為及時行樂，今人稱之為利用環境。如此而已，可是我覺得非常難受。

十年來我看清了自己的能力和性格，我的能力非常低，可是我的性格和骨頭還是沒有因為顛沛而喪盡，我對自己常常是不滿意的，正如對人家也不怎麼滿意，這是老實話。我常想，難道我活下來就這麼想求得一個安安穩穩蔭蔽之地，找一個老婆弄個兒子，於是每天吃飯，到老嘆出最後一口氣、死掉……難道這就是我的生活嗎？老朋友，但願我們有限的幾個人都不要活得像這樣可憐。

我們的學問、經濟狀況和辦事能力是可憐的，但是我們的腦子和嚮往至少不能可憐。人性，人性，我是倔強到底的，雖然我自己壓在生活的重軛下，受著鞭答和嘲弄，我也確如老牛一樣忍受著，但是我的腦子和行為上，絕對沒有變得失去彈性，或變為平平穩穩的生活願望。實在講，在這個天地中，你要平平穩穩做事情，你要舒舒服服把自己幻想的種子結成花朵是不可能的。

人比作是老薑，也要有辣味，人比作是酒，也要有酒性。否則，所謂老薑和酒又是什麼東西了呢。

我變得很厲害，連對僅有的朋友××和××也各有不等的態度上的變化，我只有慨嘆自己失掉的意志和他們的童心。不過僅有童心是不夠的，這裡我所指的童心者，僅是當初蘭墩打游擊時的各人的神采。總之，生活確是受些影響，在一些朋友中以我的生活最不安定是事實——我並不嫉妒他們，但願他們能生活得好，我只要把我的個性保護得很好。如果我的武器是長矛的刺，那麼刺呵，你就更尖銳和鋒利些，如果我的個性是老薑，那麼你更辣些，薑辣之至老彌烈。人就要如此，也需注意的就是刺得方向正，辣得味道不酸就是了。

我的老朋友，我永遠永遠不能忘記你是我朋友中值得記憶的一個。可是生活的重軛，生活的銼刀，生活的暴風疾雨，生活的醜相和臭味，把你的頸項、肩背、眼睛和鼻子耳朵完全給弄毀了、打碎了。你在黝暗的地層下或是煤層下，爬著，爬著，哪裡是花？哪裡是清流？哪裡有挺著背脊行走的人，哪裡有溫醇的酒一般的笑聲呵？假如你找不到的話，那麼你捧一握岩洞中掉下來的水按在額上清涼一下，你就會知道——等挖煤的時間過去後，你從幾十丈的升降機上爬出煤洞的時候，太陽，花朵，和一切你看了會大笑的景物，在向你哄然爆出笑聲來。老朋友，你的信條，在地下永遠沒有的，只有在陽光照得到的地方才存在，多著呢，多著呢！我就知道，而且看見過。

你存在著的，是知識分子的毛病，我們大家都害病，只要大家沒有失掉人性，總可以治癒的。人可以謙虛，但是不要自卑，人不可以狂妄，但不需畏縮，我就如此。所以，雖然我一無成就，我也不肯馬上掉手。我不願意在求得一個溫飽的機會中丟掉我具有的活力，請你相信我，我們心胸中的憤懣和厭惡，正可以激起我們強碩的正義感。

你同×通信吧，他是一個太溫醇的人，我時常責備他的溫情的作風，他很少能把自己的感受，化作暴風巨濤掃蕩出巨聲來。我對他這個性很抱憾，因為我滿身火辣氣和強烈的愛憎是不能強加到他身上去的。也許他以為我稚弱，但是我寧可稚弱，我始終要這樣的，誰也不能勸慰。我這有什麼辦法呢。我們這一群苦難永遠追踵著的人，我只要你安安穩穩的境遇下，讓活力、彈性以及胸中的火種一起重新跳動和燃燒。你還沒有把掩護的旗舉起來，那麼舉起來。年輕的，我們是年輕的，我們會幸福，會有一天駕駛著一條小白帆船在碧玉色的海中飛揚歌唱。

一九四八年五月，維德去看望蘇州老友鄭巴奮。一九四三年他在日偽杭州監獄關押，鄭不時與他通信，資助和關心他，他們建立了友誼。鄭給他的一封信上曾這麼寫：「你們像一盞明亮的燈把我前面的路照亮了，我將以一顆潔白的善良的心，誠摯地接受你們給我對於人類的愛……」可以說是患難之交。此時鄭在《蘇報》當記者，關係很多，認識的人多，介紹他就任蘇州稅務局分處主任一職。

一次去蘇州，我和維德、鄭三人坐在沈志痕（國民黨縣政府祕書）的汽艇上，甲板上有幾個衛兵守護，沿蘇州外圈各城門的河道遊覽，欣賞湖光山色。經過一個城門邊時，我們驚訝地發現，城門上方掛著一個木籠，內有一個人頭。沈說，這是一個共產黨游擊隊員，我們抓住後砍頭示眾的。這情景令我心驚肉跳，毛骨悚然，不忍直視！

沈志痕是鄭的朋友，文謅謅的，高高的個子，書法很好，他妻子也姓姚。沈對我的印象很好，到上海還來過亞爾培路的家裡做客，他給我寫過信。（解放後「肅反」，沈被「鎮壓」。）

父母對我找對象的事，一直很著急。我虛齡十六七歲時，就有人就做媒介紹，我都拒絕了，此時我已虛齡二十二歲。有一天，我把維德二十三歲時一張照片給我母親看，說他姓金。母親端詳了一會開玩笑說，他長相不錯，臉架子有點像「黃金瓜」（一種橢圓形甜瓜）。母親說，幾時帶他來，讓我和阿爸看看。

記得是九月下旬，維德託人從蘇州送來兩大蒲包的大閘蟹，令家人大為驚愕：「怎麼這麼多，一下子怎麼吃得了？時間放長了都要瘦了！」我父親每天中、晚兩餐都喝紹興酒，這次足足買了十甕（這些酒多年後打開，酒香橫溢，往往濃縮成了半甕），準備請這位未來女婿同飲。

還記得維德第一次來我家的樣子，他與父母談笑風生，贏得全家的好感和認可。我倆在金門大戲院買了八張《清宮祕史》電影票，共三百二十元，次日請父母等家人觀看。也記得那天，我們順路走進了一家西式古董店，維德買了一個木雕舊果盤（內嵌八音鐘），給我買了一個皮夾。他喜歡「淘」舊貨，曾經在中央商場等地買來英式藍花瓷盆、白瓷大茶壺、糖缸、日式套盒，以及宣德爐和一對日本舊畫——直接畫在留有白樺皮的木段上。

有一次，維德來信說，在蘇州買了一張紅木舊床，四把雕花法式沙發椅（其中兩把有扶手），一個法式長沙發，一張柚木圓桌，另一張是桌圍和四腿透雕梅花的大圓桌，這些家具都請店家翻新。雙人長沙發椅新做了深藍色絲絨面，配本白鏤空花朵的沙發椅套，並稱已經借了房子，打理後運去了家具。另告訴我，他母親在黎里鎮的老宅，騰出了樓上房間，也買了三件沙發請船家運去了，我們婚後也可以去那裡住。

這些舊家具中，幾件單人沙發屬於稀有樣式，我們婚後一直使用。記得我女兒幼時，晚飯後常常蜷縮在這椅子上睡去，它們都在「文革」中消失，只在照片中永遠留了下來。

五

一九四七春天，復旦的進步社團有了很大發展。五月份在「爭取民主」的口號下，開始了「學生自治會」的競選，通過各系推薦商討，正式提名十七位候選人，組成「五院聯合競選團」，都是各系品學兼優的學生，我系李自昆[1]為其中之一。國民黨三青團一批學生，也成立了「不談政治競選團」，鬥爭激烈。

「五院聯合競選團」開展大量的宣傳工作，並請校外一位畫家，把競選同學的人像畫在大黑板上，各人佔一面，有黑板的五分之三大，下方寫簡單介紹，然後把黑板醒目地擺在學校門口，誰都看得到，在校園裡裝了幾個廣播大喇叭，反覆宣傳競選人，播放有關歌曲，做了細緻的個別聯繫和動員。

「不講政治競選團」擔心自身宣傳力量不足，因此到處請客、吃飯、送衣料、許願「下學期可以完全享受公費」等。在將近投票前，「不講政治競選團」忽然在一〇一教室訓導處前，貼了一張大字報，說「五院競選團」的競選人之一袁永寶，有政治背景，是「共產黨李先念部隊」的政治部主任云云。

在五月十二、十三兩日，全校三千多名同學百分之七十參加了投票，氣氛緊張熱烈。為防止作弊，雙方言定：投票者必須具名。投票箱很大，雙方及校方各有開箱鑰匙，兩邊又都怕出意外，日夜守在箱子旁，甚至睡在箱子上。

那時我住在第二宿舍B7，我們八個同學，包括虞和靜等人都衷心擁護「五競」，希望能取得最後的勝利。宣傳十七個候選人的十七塊大黑板，都是我們八人在天黑後搬進宿舍，第二天一早又搬回原處，連續數天。

投票結束的次日，五月十五日就要唱票、開票。我們興奮又緊張，為能早一點進會場佔位子，那天一早四點鐘，天未亮，虞和靜就把我推醒了，我們立即起床，其他同學也都醒來，到其他房間叫醒同學鮑靜佩、顏煥珍等，我們拿了一大疊報紙向「子彬院」一〇一會場走去，發現大門緊鎖，於是搬來長凳，我和鮑靜佩首先從會場窗口爬進去，其他人也陸續爬進來，把一張張報紙放在每個椅子上佔座位，一直忙到天明，我們都坐在座位上等候。近八點時，工友開啟了大門，走進會場一看都驚呆了，全場八百個座位幾乎都被人和報紙佔滿了。

唱票分三個組同時進行，接近中午，很多同學都在會場內吃點心、麵包等充飢，不離現場。雙方的票數在開初不相上下，勢均力敵，下午兩三點鐘，「五競」的票數開始不斷上升，再過兩小時，「五競」完全佔優勢，我們的心都放了下來，高興極了。天將黑時，會場突然騷動起來，場外湧進來大批「三青團」成員，霎時塞滿了走道和每個窗檻，他們大聲高喊，干擾唱票。「五競」骨幹就把校長章益、教聯主席張志讓先生請了來，請他們壓陣，請他們講話，強調學生會是民主選舉，應維護民主，總算順利進行到

1. 同系同宿舍的好友，我和她無話不談。她在重慶經新聞系張廉雲（張自忠之女）介紹入黨，一九四八年夏畢業後與張廉雲去北平，在鄉村學校教書，解放後在北京師範大學任教。一九八〇年代重逢贈句：「想起當年事，相約永相知，剎那風雲變，你我各東西，如今鬢已白，想念難相見。」

了最後，開票結果是：「五競」勝利了。

一九四八年這一年，物價飛漲，蔣經國來滬「打老虎」，規定黃金、白銀、美元必須兌換為金圓券，銀樓業經手的就是黃金白銀，因此引發全上海銀樓關門停業。父親也關了店，非常憂慮，為日後生計，打算改營綢布店，通過新泰源綢布店的關係（我阿嫂的長兄），購進了一批布匹，卻也因滬西「大自鳴鐘」周圍本有恆大、寶大、陸正大三家綢布店，恐有不利，在舉棋不定和無奈中，父親憂心如焚，突發心臟病，家庭醫生黃鐘急來治療，建議父母暫去亞爾培路新屋休養幾天。我記得這天是十一月十七日早晨，父親自覺好轉，打算回「大自鳴鐘」的家。當時他從三樓下來，經過我房門，聽到他的腳步聲，我躺在床上看《蝦球傳》，大聲說：「阿爸，我不出來送你了！」到了下午四點，我正在溫習功課，母親來電話說：「阿爸不好了！趕緊過來！」我坐上三輪車急匆匆前去，到家裡二樓，見父親躺在沙發上，人已故去。

母親說，父親午睡醒來，坐在沙發上說，他覺得氣悶，不舒服，要一張凳子給他擱腳，再沒有說什麼話，就過世了。那年他六十五周歲，母親五十歲，我二十一歲。我一直握著他的手，整整一夜守在他身邊，悔恨自己沒有開房門，沒有見到他生前最後一面。

維德得知我父親去世的消息，趕來上海，在父親遺體前下跪磕頭。喪事期間，稅務局人員到我家放話，索要巨額遺產稅，母親和大哥難以應付，多虧維德出面交涉，他講究傳統，接連洽談了幾次，最後得到妥善解決。父親入葬虹橋公墓的事，家人非常滿意。近讀到他的筆記：

姚父過世，辦喪事於玉佛寺，我請了自嚴老來「點硃」，他是吳江人，末代翰林，抗戰期間寓滬，所謂「點硃」，是于死者「木主」（俗稱牌位）「某某公神王之位」的「王」字上，添加硃色的一點，成為「主」字即可，必須是有「功名」者執筆為儀。一九四八年老先生以此聊補收入，可見生活之不易也。據《藝林散葉》記，自嚴（錢崇威）老居滬上南昌路，文革初被毆，氣鬱而死，清代翰林之最後一人，年九十有九。

母親和兄嫂從此都稱呼維德為「老金」，子侄一直稱他「金伯伯」，對他尊重有加。

父親故世後，我家就不再住亞爾培路了。這期間發生了一個小插曲：

日記：一九四九年一月九日

今是某某結婚，很晚才起來，下午到亞爾培路梳妝。從「新新」出來，走了一大段路，高跟鞋也不難行，人更高了，覺得很不錯，幾時一定再去買一雙。

婚禮再俗氣也沒有，冷清清沒一點熱鬧的氣氛，新娘低著頭，給人拖來拖去，為什麼不大方一些。如果再這樣下去，真要把自己悶死了。散後大家來我家，互相開玩笑，講零碎事，國家大事。寒假接著要來了。

突然想到，我為什麼現在才想到，可以辦一個義務學校？大家草草商量起來。我家草鞋浜的房子可以利用，教師沒有問題，經費哪裡來？還要去教育局登記。

明天請徐瑞來問問。

日記：一九四九年一月十日

晚飯後，南山與徐瑞來。徐說，還是辦正式小學。如果可以辦，這就是我未來的事業？徐講了教育界的事，校長怎樣剋扣薪水。我們辦小學，可以收半費，或者做晚上的義校，成人的教育。對啊，可以這麼辦，經費，我有五兩金子，準備試問媽媽看看。只是覺得徐有點市俗，不大可以信託。我們要提防他，然而也不放棄他。

日記：一九四九年一月十一日

昨晚太興奮，睡不好。下午上了英文回家。晚上申、趙來，一起去草鞋浜看了房子，天晚看不仔細，面積很大，可以上課，地段是四通八達的，可惜媽今天

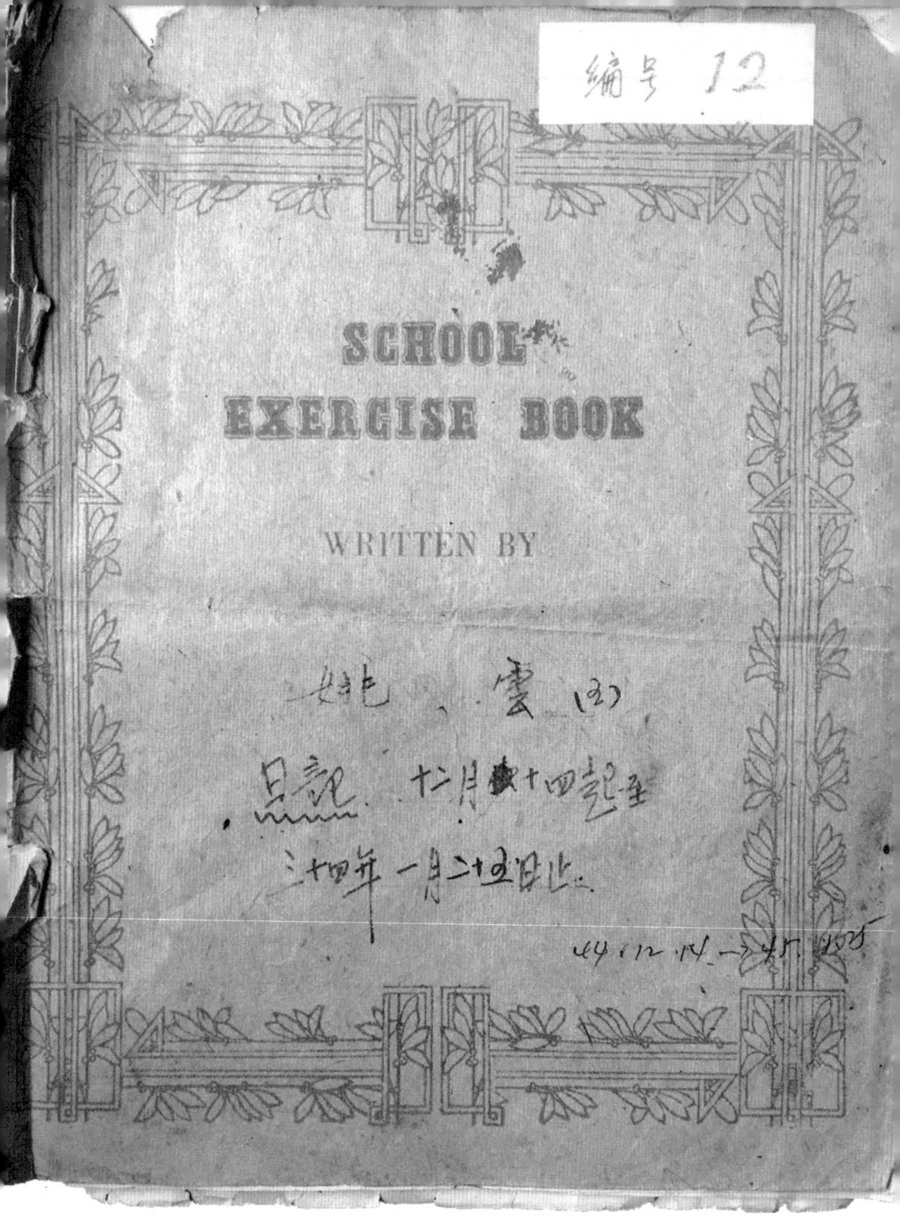

母親的日記封面。（右上角貼字「編號 12」，為一九六六年抄家時編號。）

上｜為李自昆送行時復旦同學合影，一九四八年夏。
左下｜同學張家姊妹家，延安西路一大宅內，一九四八年除夕。
右下｜重逢，一九四五年。左是申懷琪，剛從河北返滬，右為趙南山，畢業後曾去新四軍根據地，此時二人突然返滬，我喜出望外。

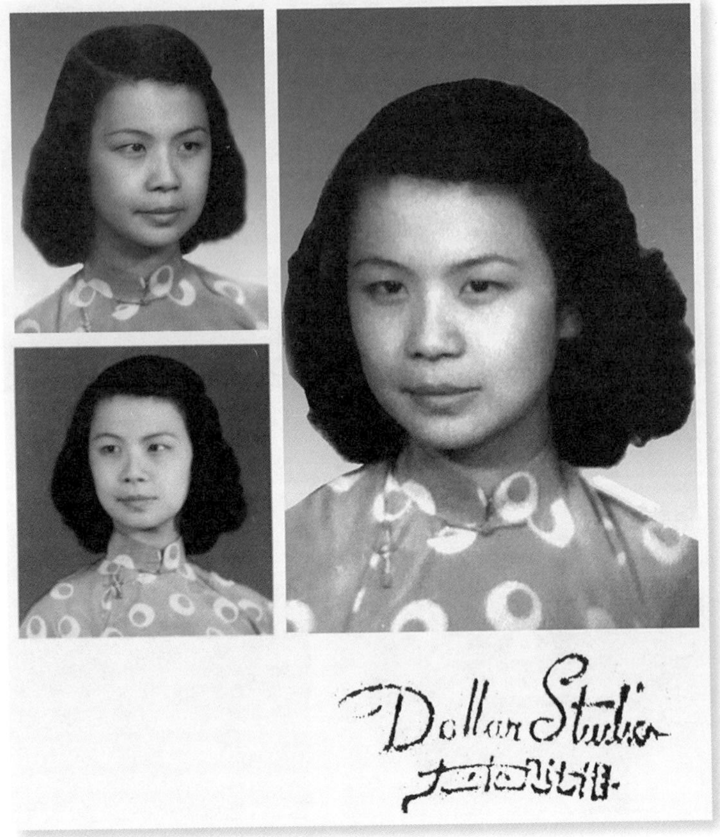

粉底白圈的旗袍，一九四八年攝於大來照相館。

太忙，沒有機會與她說。

趙很起勁，說他表弟是鄉下小學的校長，可幫助我們的地方極多。

可以一面辦登記，一面開始招生，把房子粉刷一下，下星期就可以去辦公？昨還想去「建承」問老戴，比如招生廣告和報名等等，要做馬上就做。最起勁的，是我和南山兩人。很晚了南山還來電話，他是這樣的興奮。

日記：一九四九年一月十三日

下午好悶，辦學校事情可以說有了頭緒，媽一萬分的反對，我怎麼辦？

日記：一九四九年一月十六日

早上看書。心裡好悶。有人來，是附近的校長。黃昏王丹心來，談出一點眉目，但經費怎麼辦？

日記：一九四九年一月十七日

徐來電話，說預算肯定成功，他可以做會計主任。我實在不敢相信他。但不信他，信王的朋友嗎？

日記：一九四九年一月二十日

辦學校的事簡直有點氣餒。我的確有點消沉。決定不靠徐，我們自己來，應該有辦法的。

日記：一九四九年一月二十一日

我又快樂起來了。這一星期什麼也沒做，真是很浪費，昏了頭，一定要等王，但他們又非得下星期來。準備請葛去找泥水匠，南山買課桌，明晚大家來寫招生廣告，下星期一開始招生是再好也沒有了，這事不能再鬆懈了。我覺得我們有希望，一定會成功。

日記：一九四九年一月二十二日

昨天還寄他一信，想不到今天V.D.來了，是為辦學校的事而來，說錢是一點沒問題的，最大的問題是人事問題，把事情都託給別人做，這樣在工作中就失去了意義，徒有虛名。這盆冷水澆得我好失望。他的話是對的，我沒有真正知心、親心的朋友？

我和維德的關係，在這年日記中曾有這樣的話：

迎接新的一年，與V.D.在一起是快樂的，似乎永遠不能使我滿足（總是離離聚聚）。但我肯定，無論現在和將來，我倆的日子會比任何朋友過得美滿、幸福快樂。他也說，追憶的日子是美好的，將來會更美好。

當時維德已經三十歲了，他這麼大年齡還沒結婚，在過去是稀見的。

一九四九年三月十九日，一場大風大雨之後，我在維德不知的情況下，去蘇州看他租的新宅。天色已晚，我對門房說找金先生（他化名金子翊），對方說沒有此人。難道是地址弄錯了？我轉身，茫然不知所措，忽然聽到有人叫我——是維德，他的房間離大門不遠，聽到我的聲音立刻跑了出來。我非常高興，這是一段陽光明媚的回憶。

這個階段，我在復旦讀四年級下，形勢動盪，上課很不正常，有時只因為老師請假，學生只能回來。到了四月初，國民黨軍隊開進了復旦，責令學校緊急疏散，強制師生們當天三時必須撤離學校。我是事後才得到這消息，請申懷琪陪我到校，想把鋪蓋搬回家，誰知校內已看不到人，宿舍一片狼藉，我的兩條被子、床單、墊褥和枕頭不翼而飛，匆忙中只能把散落一地的衣架和虞和靜留下的小書桌搬回來，這就是我遲去一步的結果。

到四月二十日，傳說解放軍已渡過長江，此時的上海，每到晚上十時就實行「戒嚴」了。

我很惦念在蘇州的維德，知道蕭心正、倪子朴常和他相聚。但是電話已經打不通。

直到四月二十四日，為迎接上海解放，他從蘇州辭職回到上海，在我家暫住，母親兄嫂很歡迎他，一張席夢思沙發，抽出下面一層鋼絲床，鋪上被子就可以睡。

這段時間我倆發生了小爭執，我希望他能寫作，成為一個作家。他卻總是講一些大道理，也顯得煩躁不安。在五月十九日一次談話中，他說自己雖然愛好文學（這是我倆相同的愛好和話題），但不會成為作家的，寫作不是他唯一的愛好，他對社會更有興趣。我似乎恍然明白了什麼，但他究竟為「社會」幹些什麼？沒有深究，只知道他經歷的這些年，一直很不安定，但是他從不講箇中內情，究竟從事什麼祕密之事，我仍然沒有過問。

隨後是五月了。我和維德迎來了上海的解放。

日記：一九四九年五月二十五日

炮聲響了一夜，天還沒有大亮，就被喚醒起來，窗外、店門前都坐滿了士兵。家人七嘴八舌說是國民黨的敗兵，心裡挺緊張，倒是媽看出來，他們的軍帽和軍服不同，顏色也不同。正說著，樓下敲門，媽下去開，我們在門旁，知道是人民解放軍，真有這樣的事嗎？

我的心歡喜得呆了，是感動，引起無數思緒，終於到了這麼一天了。

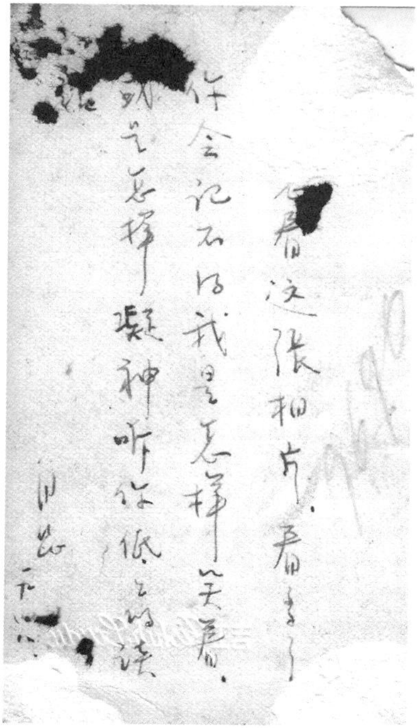

左｜好友李自昆。

右｜背文：「□看這張相片，看多了，你會記不得我是怎樣笑著，或是怎樣凝神聽你低低的談話。」

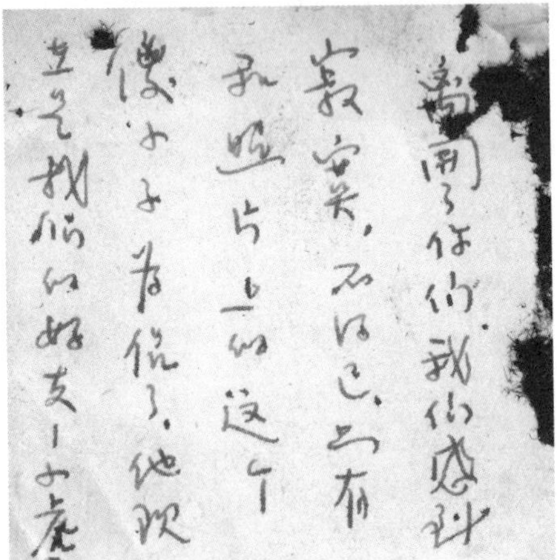

上｜好友李自昆（圖左）、張廉雲（張治中的女兒）。
下｜背文：「離開了你們，我們感到寂寞，不得已只有和照片上的這個傻小子為侶了，他現在是我們的好友——小虎子。」

日記：一九四九年五月三十日

今天送V.D.去蘇州，火車站是從未有的擁擠，看他擠進售票處，我就回去了。回來後感到空虛，他走了更增加這樣的氣氛。

在這萬眾歡騰的日子裡，我歡欣鼓舞，也若即若離，總是心神不定。我不合群，沒有全心全意投入學生運動，自以為是「左傾」進步學生，可家裡生活富裕。正在談戀愛，他的生活又如此不安定……大學不比高中，是寬廣的天地，但我卻有無所適從之感，我沒有邁向群體，最使我悔恨的是，以前有人讓我扮演《雷雨》中的繁漪，被我婉拒，參加學校活動太少了，讀書不專心，熱衷自己的小天地（雖身陷小天地中，然而並不真正快樂，苦悶不斷，心中常常忐忑），陷入戀愛的深淵中而無法自拔。大學很自由，願意住就住，不住就回家，走讀有校車，只要讀滿學分，沒人管你。從小到大，父母其實並不管我讀書成績好壞，我的學分沒有讀完，還須繼續——但這次我下定了決心，不再繼續讀下去了，文憑也不要了。我準備去哪兒呢？

此時，唐凌生回到了上海，申懷琪通知我倆見面。唐是某部隊文工團指導員，駐紮在今延安西路一幢洋房裡，他的宿舍即辦公室。我們見面前，申事先已經告訴他，說我有了對象。唐對我舊情不忘，本意是要我加入文工團。我和唐在路上邊走邊談，談雙方別後的經歷。他沒有對象，沒忘記我。我當然也只能和他到此為止。

蔣錫金、朱維基先生在京參加第一次文代會後回到上海，朱送我一張照片，蔣寫了一信，推薦我去《解放日報》找惲逸群，我沒去。申懷琪和上海戲劇學校同學王敢泊、呂寧參加上海總工會文工團，讓我六月去總工會填了表，我到蓬萊路會部去了一天，見這些人吵吵鬧鬧的，我有些難受，感覺待不下去，第二天就再不去了。

此時我已決定不再繼續復旦的學業，到校開了肄業證書，遇到本系低一級同學陳魁榮（後改名陳華），他遞來一張「新民主主義青年團」（校內第一次公開成立的）入團申請書，讓我填了表。他說：「希望你繼續讀書，做團的工作，以後轉黨。」不久，我看到報上的廣告：號召青年學生參加「南下服務團」，報考「青年幹部訓練班」，結業後可去各機關工作。我報考「北平新華社幹部訓練班」，同時也報了華東軍事政治大學的「短期訓練班」（接受大專學歷以上者），學時四個月。以往因我沒有離滬，影響了投身革命的熱情，這次要下決心改造思想，適應形勢，就要離開上海，離開維德。今後會怎麼樣，一時難以考慮。但我心裡有他，相信以後我們總會在一起的。維德沒有反對。等到軍大短訓班的成績揭曉，我被錄取了。

六

全體學員坐悶罐車開行一個晚上，於次日晨到達南京，改坐卡車前往學校所在地，人們敲鑼打鼓歡迎大家到來。第二天看報紙，發現「北平新華社幹部訓練班」公布的錄取名單中也有我的名字，就向班幹部提出離校的請求，身邊有兩人也和我同樣情況，結果我們都未獲校方同意，只能留下了。

短訓班由華東軍事政治大學政治部直屬，所在地在中山門城牆旁的半山園，走過荒蕪的原中央博物院，就見到原國民黨政府鹽務局舊址。這裡有一大批房子，政治部機關也設在此，規模很大，校本部在黃埔路，規模更大。學員住原鹽務局一幢二層樓房，樓上打地鋪，樓下是學習室，每個人發一個小凳子，聽報告、討論都坐這小凳。全體一共五個中隊，四個中隊都是男生，五中隊是男女混合，每個中隊分為八至九個班，我們女生從六到九班，男生是一到五班，每班約十至十二人，男生多於女生。每三個班設兩名區隊長，都是政治部委任的黨員幹部。

開班不久，數千名學員集合在校本部大操場，舉行開學典禮，聽陳毅校長「為人民服務」的報告，他嗓音洪亮，如敘家常。記得他做了一個比喻：你們要像關公一樣，過五關斬六將，臨近現在，是參加革命，是過第一關……給我留下深刻的印象。

第二次去校本部，是中華人民共和國成立日，整個上午開大會，下午到晚上，參加市裡的慶祝大遊行。

每個學員穿軍裝打綁腿，填寫「入伍志願書」。全班學習的課目是「社會發展史」、「從猿到人」，最後階段是「思想改造」。各班選有班長，負責抓班內生活，學習班長主持每天的學習和每星期一次的「批評與自我批評」會，改造思想，批判小資產階級思想，樹立無產階級思想。我壓制自己的脾氣和「尊嚴」，接受了他人的批評，檢查自己的思想作風，當然同時也批評別人，大家都很認真。

我被選為班長，後來當學習班長，每天收取班內的學習討論情況，向中隊彙報，班裡配有「互助組」，區隊長輪流過來參加。這裡繼承了「抗大」的傳統校風，即「團結緊張，嚴肅活潑」。時常唱〈國際歌〉、校歌。每月發津貼二至四元，小賣部有牙刷牙膏，包括花生米出售。

就讀於南京華東軍事政治大學，一九四九年九月。

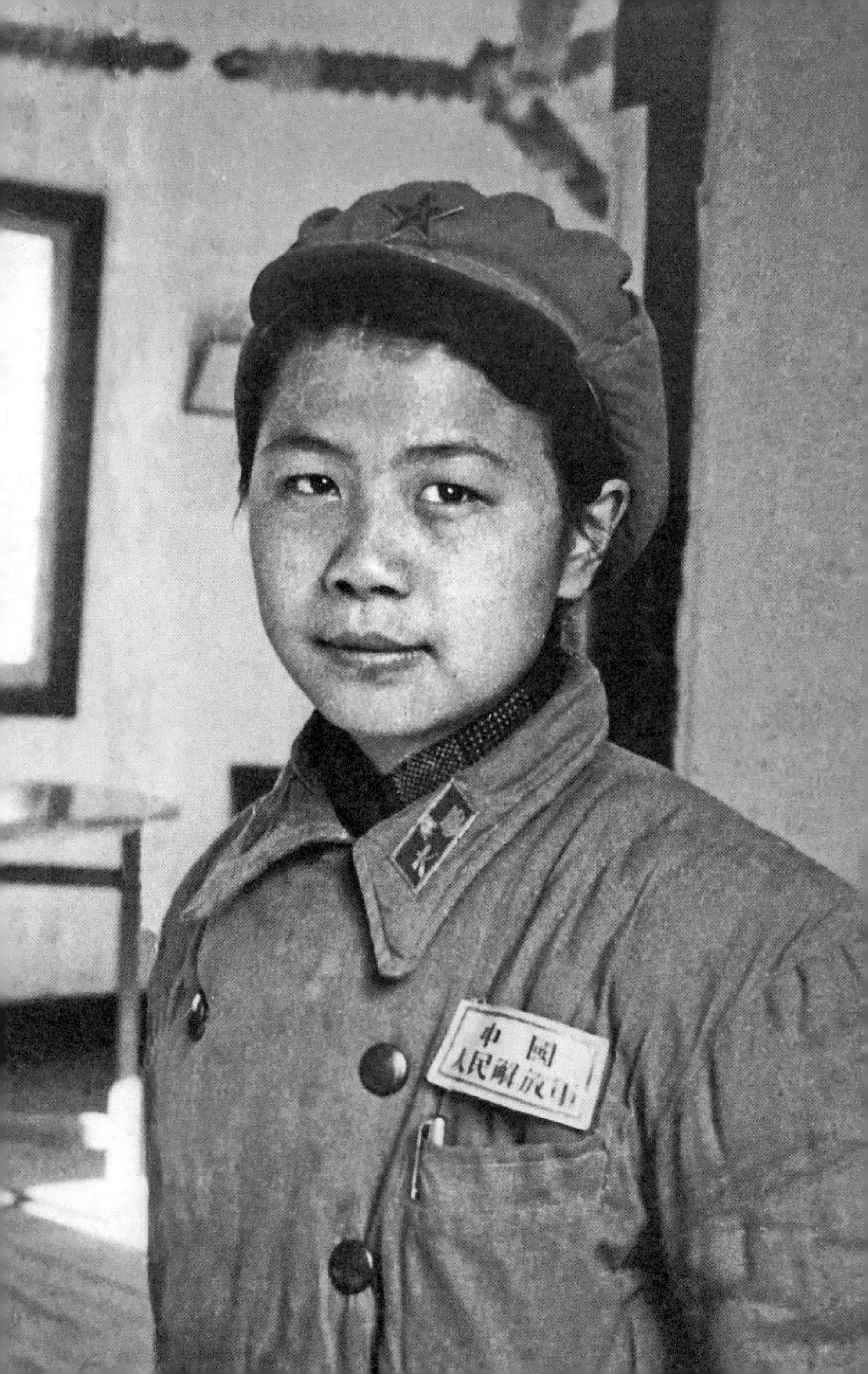
中國
人民解放軍

每天的出操和飯前，都要集合，早操學習檢閱的正步。每餐飯菜，由值日生到食堂裝入大盆裡，再給大家分食，完全是部隊的生活。一九五〇年元旦，也留給我甚是驚駭的印象，我們正在早操，為改善伙食，在這天清早食堂殺豬，為了免遭受殺身之禍，豬不斷地奔逃，牠們的叫聲淒慘高亢，打開了我的眼界，也讓我感到極為不安。

班裡同學都有各自的經歷，比較蕪雜，年齡大的竟然是四十歲，也有三十歲的。有當過銀行襄理的、結過婚的、生有子女的、原一直當教師的，也有畢業於聖約翰大學的，工作幾年的技術員，以及工程師，早年到延安再被派去香港做情報工作、與組織失去聯繫的夫婦等等。校方雖要求學員的學歷是大專以上，但個別高中生也收了。

星期日放假，我去新街口玩、拍照，坐的是馬車，也去白下路看過二姨母。後一次也在新街口，遇到了一身軍裝的顧麗娟，她是我初中同學，家住膠州路長壽路口，初二時參加了新四軍，臨行時在我家住了一夜，我也是第一次聽到新四軍這個名稱。記得在匆忙中，我們沒有多談，以後再無聯繫。隨後又碰到了劉景儂，也是一身軍裝，他是我大學同學，曾經借走了我的吉他一直沒有還，我們在路邊談了幾句，也就告別了。

這年十一月十二日，班裡同學去中山陵，遇到了宋慶齡，而我在這天卻去了玄武湖。後來又有了新規定，兩人以上出門都要排隊，不可在路上喧嘩嬉笑，軍人要有軍人的樣子。

一直參加集體活動，去農村訪問、到中華門外修機場、排演活報劇，在中山陵音樂臺開團員合唱大會。冬天是集體列隊去南京一家浴室洗澡。

剛來不久，校裡發生了兩件事。我所在的五中隊，有兩個男同學和一個叫鄒佩英的女同學，三人相約離校出逃，引起了轟動。同學們到處打聽他們的消息，後得知這三人被班部派人追回了，其中的白姓男同學，因有「嚴重的歷史問題」，聽說在「肅反」時被槍決。另一件事是，其他中隊一男同學的愛人來校探望，隊部把她安排在單獨的宿舍裡，居然有另一男同學悄悄爬窗進去，最後被發現，結果逃掉了。為了抓住這個同學，大家好幾個晚上都輪流值班，躲藏在暗處，等候他再出現，結果卻沒等到，不了了之。

在「思想改造學習」的最後階段，學校進行了大規模的「訴苦大會」，鼓勵大家「吐苦水」，說出在反動派統治時如何受到迫害和奴役，有的女同學甚至把隱私都坦白出來……這樣的活動，是為了說明一個道理：只有在共產黨毛主席領導下，我們才有挺起腰板做人的日子。學員都非常認真，在這最後的學習階段，希望向黨透露心聲，把這看作對黨的忠誠。

上｜去農村訪問演出。
左下｜在宿舍外留影。
右下｜在室外草地上互助組學習。

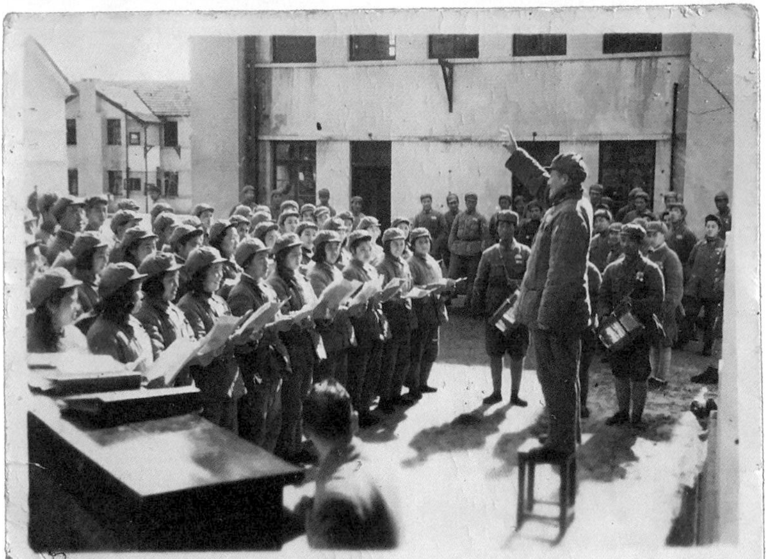

左上｜小組生活會。
右上｜蘇式軍裝照。
下｜合唱團排練。

關於女同學交代隱私事，一九九〇年某同學來滬聚會，談起時還有不滿——當時就是鼓勵大家講嘛，都是革命同志，應該暢所欲言，什麼都可以說、都應該說，每人要發言，過程都有紀錄，並允許同學提出疑問，發言人必須回答，因此有些女同學，甚至說出了個人情感糾葛、隱私等等最具體的細節，並被一一記錄在案。某同學一次經過辦公室，發現兩個幹部在查看這些紀錄，竟然邊看邊嬉笑、譏諷。

來南京以後，我很少給維德寫信，也很少給家裡去信，卻很想念他們。

維德來南京看過我兩次，一次是十一月初，我剛到學校不久，他突然從上海趕來，走進鹽務局宿舍我班的所在地，請人找到了我。然後一起去他住的秦淮河旅社。記得那天我脫了軍裝，穿一件紅毛衣，和他到市裡逛了一個下午。第二次，大約是一九五〇年初，正好是個假日，我去白下路他所在旅社。他坐的夜車，凌晨三時才到，正在休息。我去旅社樓下接待處詢問，店方回說：查無此人。就如上次我去蘇州一般，我在茫然中走出大門，沒走幾步，維德就在二樓陽臺喊住了我。這次見面非常高興，下午他就回滬了，我則按時回班。也是在這一次，我得知他已在上海總工會工作，說等我結業後，設法調我回滬。對今後的生活，我們充滿了希望，感覺幸福的人生就近在眼前。

當時維德已三十一歲了，上總女工部的同志總給他介紹對象，他說已經有「愛人」

了，這二字是新社會的說法，到四月份我將結業，他就打了報告，作為結婚對象，要求調我回滬並分配工作。

結業階段，調出了不少的同學，留下的同學轉「政教班」，學習「中國革命史」，我仍然是學習班長。學習生活依舊，心裡則開始默默等待調令。南京熱得早，每天幾身汗，校裡卻有奇怪的規定，洗澡不得用自來水，必須去河邊挑水。每晚我盡可能挑有風的地方睡，甚至睡到門口，心裡特別想離開這裡，雖平時的學習、發言如前，內心卻開始焦慮不安。等了很久，直到七月十五日這天，教導員找我談話，通知我調動的事，居然還認真地問我，願不願意回滬？我說我願意。心想我怎麼會不願意？後來知道，這是按規定的問話，必須要有本人的表態。

於是我領了車費，向班小組通報，也與接近的同學們一一告別。我與高次竹很談得來，小資產階級情趣相投，臨走前的黃昏，我倆買了花生米邊走邊談，坐在宿舍一個角落，她居然因我離去而哭泣起來，我很感動。

次日上午，我洗了頭髮，領到錢，買了幾個茶葉蛋。天氣很熱，太陽曬得皮膚發痛，我向林敏教導員道別，同學們也都在等著送我，我流了淚，坐上三輪車時，教導員紅著眼。我與高次竹同坐一輛車，霍起秀、李彬另一輛，她們和我都有很深的感情，送我去火車站。

三輪車在廣闊的大道上馳騁，回望紫金山石頭城的政治部大院、中央博物院、田野綠樹，漸漸離我遠去。別了，我留戀你們，你們將永遠留在我的記憶中，這是我人生的一個轉折點，我滿懷空虛到了這裡，面對你們曾經多麼陌生，一切將改變了，過去的不再復回。

我上了火車。當時李彬說：「那就永遠不再見了？」我說：「我不相信，有一天我們會重逢，人不會永遠固定在一個地方，也難以永遠廝守一起，但你們都曾在我心中開過花……」兩點鐘，火車就要開動了，我緊緊握她們的手，而後不停地揮手，直到她們從我眼中消失。

我身著戎裝，戴蘇式大簷帽，在上海火車站下了車，然後僱了三輪車，車夫看看我的打扮，判斷我新到上海，付車費時敲了我竹槓。晚上九時到家，我飛也似的上樓。我知道此後，我將迎接全新的未來。

上海

一

日記：一九五〇年七月二十四日

回家了，我像小鳥一樣飛上樓梯，和家人們團聚，一連兩天沒有出門。昨天早上，我拿著自己的檔案袋，到華東局轉關係，組織部一女同志接待了我，換了新環境，一定要安心工作，虛心學習。

今天，維德陪我和母親一起去虹橋吉安公墓上墳，父親離世已經兩年了，我在墳前，輕輕地告訴阿爸，我將參加工作了，將要和維德結婚，女兒有靠，您可以安心了。

七月廿九日，我去上海總工會文教部報到，因八月一日將在跑馬廳（現人民廣場）舉行「八一建軍節」大遊行，部長李家齊派我去大會籌備處工作，我當了一次信使，先

去國際飯店給一位領導幹部送信，然後穿過南京西路，趕到對面的大會籌備處。總公會是工人階級組織，當年非常紅火，辦公室人頭攢動，副主席沈涵在此主持工作，動員全市產業工會，組織群眾參加遊行，工作人員有序而忙碌，顯出了我的手足無措。「八一」全市大遊行結束後，我回到上總機關。

上總在外灘十四號（原交通銀行舊址），底樓為勞動出版社，二樓除總務處外，幾乎空置（常作為機關「交誼舞」場地），有一扇門，進門即電梯，有警衛值班；三樓是主席、祕書長和行政辦公室，包括維德工作的調查研究室。文教部在五樓，部長李家齊，不到四十歲，是解放前郵電系統的地下黨，曾出席「全國第六次勞工大會」，工作嚴謹，寫一手好字，不苟言笑。副部長王若望來自延安，儒雅和藹，待人親切。文教部下設五個科室，負責工人業餘教育、宣傳，管理市工人文化宮、全市各區工人俱樂部、工會文工團、電影放映隊等，範圍甚廣。我被分配做部長室文書，文書室連我共四人，工作是上報下達、擬稿、發通知、做會議紀錄等，雜事甚多。有時來不及吃早飯，請同事老張到後門漢口路「大壺春」買點心，大餅三分一個，油酥餅貴一些要五分錢。

文教部的同志，黨員居多，各種學歷的都有。當年進入市級黨政機關，不需文化測試，不注重是否名校畢業，只要有熟人介紹，本人政治清白，中等文化程度亦可錄用。

機關實行「供給制」，按時發服裝，女為列寧裝，男為中山裝，食堂分大中小三灶，個人不花一分錢。一般幹部吃大灶，處級幹部吃中灶，小灶供應正副領導。每星期有葷腥，印象最深的是經常吃大白菜燒油豆腐，吃得我很生厭。每月二至四元津貼，可以買牙膏牙刷、針頭線腦之類，如家中父母無收入，每月補助十元，也會配給老人小孩大罐的「克寧」奶粉（美軍剩餘物資），保姆、奶媽也給費用。大家對物質的需求很低，甘願接受這種戰時共產主義分配制度，有歸屬感和榮譽感（也聽說引起其他機關「薪金制」人員的羨慕，要求都改成「供給制」）。每週上六天班，晚飯後都自動加班，回家一般要九點後。常收到週末、假日的各類演出贈票，去文化廣場觀看著名的蘇聯芭蕾舞劇、蘇聯體育團的演出，文化生活豐富。

一九五〇年國慶後，維德向機關黨委提交的結婚報告獲得了批准，他三十一歲才結婚，當年少有。他的同事們開了一個茶話會，把我叫到三樓調查研究室，圍坐在一起，熱熱鬧鬧，祝賀我倆結為夫婦，婚禮就這麼簡單[2]。我給自己的同事發了一些黑棗嵌胡桃（寧波婚俗，黑棗去核，嵌入胡桃仁，暗含早生貴子之意）。

日記：一九五一年十月十二日

今早遇家齊同志，他見我就拉下面孔說：結婚的事為什麼不向部裡彙報？那麼沒有組織觀念！剋了我一頓，我很尷尬，無言以答[3]。下午，副部長王若望也

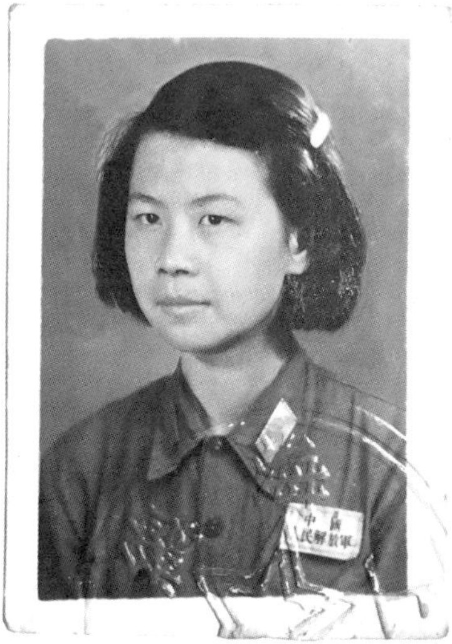

左｜一九五〇年國慶日的上海總工會外貌。
右｜一九五〇年七月二十九日，上總文教部證件照。父親去世不久拍的，白髮夾是為父親戴孝。

一九五〇年國慶後拍的新式婚照，喬士照相館攝。我們穿制服，不西裝革履、不披婚紗。取照時，店方建議照片放大到二十四吋，在櫥窗內展示。我們覺得影響不好，沒同意。

知道了，跑到我辦公室，一進門笑呵呵地說：「小姚啊，保密工作做得那麼好，你和老金結婚了，也不告訴我，要罰。」我給了他一把黑棗嵌胡桃，他當場吃了一顆，連聲說好，還問我要，我說就這麼多了。他不信，我把抽屜打開給他看了，只得作罷。他為人謙和，不擺領導架子，由此可見一斑。

機關分配的婚房在溧陽路一一一一號，原國民黨「黃色工會」所在地，解放後改為機關宿舍。三層英式洋房，我們住三樓，南北兩間，明亮寬敞，落地壁櫥，長條打蠟地板，盥洗室也鋪木地板，廚房在二樓（我因不燒飯從未去過）。那時生活家具都由公家提供，一應俱全，無需添置，但我還是搬去一套絲絨沙發，引起鄰居注目。

婆婆送來了她做的「南瓜團子」，黎里風味，我們吃了好幾天也吃不完。

母親在陝西南路的房子裡也為我布置了新房，擺一套昂貴的雕花紅木家具[4]，是一九

---

2. 一九五一年元旦，家中雙方在青海路（近南京西路）康樂酒家辦了幾桌。維德的舊同事（原《時事新報》後轉《解放日報》的鄭巴奮、夏其言等數位）也來賀喜，酒席費由他們自付。

3. 夫婦共在機關工作的並不只我一例，李部長愛人相桀恩是總務處辦公室打字員，魏靜嘉丈夫馮伯樂，英文極佳，上總「工運史料委員會」即調他過來任英文編輯。

四八年我陪阿爸在南京路「虹廟弄」買的。母親送我的嫁妝是一張兩千元銀行存單，一根十兩重金條，一些銀元「壓箱錢」，兩只大樟木箱裡放了一大堆銀器：一座六十公分高的銀寶塔，一對瓜型銀果盤，「福祿壽星」，銀製兒童玩具，如小汽車、「阿王打年糕」（一撥會動）等，以及碗筷盆碟、酒壺等純銀餐具（十人套，俗稱「銀檯面」）。箱子裝得滿滿的，一九六六年之前，我幾乎沒有打開過。除此之外，另有十六條真絲被面，其中一條蘇繡軟緞被面，繡有華麗精美的「百子圖」，嫩綠色背景，布滿一百個嬉戲的古裝小孩，姿態各異，五彩繽紛。這些財物，明顯與樸素的機關宿舍不合拍，全留在陝西南路的房子裡，我從不把它們放在心上。

每天早上七點半前，我和維德出門，在晨風裡走到北四川路，乘有軌電車去外灘上班。經常乘後尾的三等車廂，乘客太多，才改乘一等車，票價雖貴一些，乘客少，視野開闊。司機穿深色制服，手套雪白，直立在車頭前，雙手控制黃銅曲柄，不時踩踏金屬踏板，發出叮叮噹噹的車鈴聲，每個司機踩出的鈴聲不同，一般是單調的「叮噹，叮噹」，難得會聽到一連串更有節奏的叮叮噹噹聲，令人愉快……如果出門晚了，只能坐三輪車。那時期早出晚歸，忙碌又快樂。

秋天我懷孕了，去威海衛路（今威海路）七四五號公費醫院（後改名上海兒童保健院）做檢查。記得一九五一年夏天特別炎熱，太陽像火球，柏油馬路快要融化。二十四日下午二時開始陣痛，我大汗淋漓，去醫院待產，醫生再三囑咐，痛時不能亂動身子，會影響胎兒，說同室一產婦因為動得厲害，翻來翻去，胎兒產出已死，是「動」死的。七月二十四日晚，母親和維德在室外坐了一個晚上，直到第二天早上八點才生下來，是個男孩，重八斤多，很健康。家人守候了一夜，都鬆了口氣，非常高興。那時工作極忙，生孩子又忙上加忙，我倆不假思索，給孩子取名「芒芒」（忙忙）。

婆婆得悉喜訊，立即和小姑惠珍帶著箱籠細軟，鍋碗瓢盆，從黎里鎮興沖沖來滬。她們住大間，我倆住小間，另僱一娘姨（保姆）買菜燒飯。惠珍的孩子還未斷奶，表示可給芒芒餵奶，熱熱鬧鬧一大家子人，就這樣在溧陽路住了下來。

我們幾乎把所有時間都用在工作上，晚飯不回家吃，其實公事並不算多，但是會議

4．此套家具在新祥弟結婚時給了他，換用了另一套紅木舊家具（據說是大哥朋友抵債的），覺得也不錯。維德則不喜歡紅木，說爬有蟑螂也看不出來。

多、報告多，各科室每天到部長辦公室彙報情況，都要記錄。李家齊要求嚴格，常在彙報時當場批評人。有一天忽然讓我搬去他辦公室，交給我一大堆有關基層工會職工業餘教育的總結材料，要我看，我不清楚用意，對這類工作非常陌生，硬著頭皮看了一個下午，看得雲山霧罩，昏昏沉沉，直想打瞌睡。他見我如此反應，有些失望，讓我打道回府，仍然調回五〇二室。

二

一九五一年底，部裡派我到文化廣場籌備「愛國主義教育展覽會」，離溧陽路很遠，早上七點前必須出門，乘一路有軌電車到北京西路下，再換二十四路無軌電車，八點前趕到。籌備工作進展緩慢，常無所事事。文化廣場（即過去跑狗場）空空蕩蕩，有一架孤零零的鋼琴，我常去彈著玩，有時就這樣消磨一個下午，周圍看不到人。到了一九五二年，全國開展轟轟烈烈的「三反」（反貪污、反浪費、反官僚主義），我被召回機關，參加運動。

左起，我、陶家荃、陳禾山、文化宮的馬肇瑾，都是上海姑娘，剪統一的短髮，穿公家棉布列寧裝，新舊顏色不同，鬆鬆垮垮，又肥又大，布鞋布襪是當年流行裝束，一看就知我們吃「公家飯」。

上｜我的辦公桌，每天埋頭看文件，忙得不可開交。窗外熱鬧的外灘也沒工夫看上一眼。
下｜平臺下即黃浦江，遠景浦東，阡陌交通，雞犬相聞，一片田園風光。市文化宮攝影師葉德馨來辦公室，帶著羅萊克斯照相機，我們就請他拍照，先在辦公室，午飯後上七樓平臺，都是年輕人，嘻嘻哈哈地拍了多張，大過拍照癮。

這年二月，維德被借調到市委，擔任「政法大隊增產節約檢查組」組長，進駐上海公安局及提籃橋監獄調查搞「三反」。該獄關押了包括汪精衛妻陳璧君等很多重犯，是市裡「打老虎」的重點。監獄對維德來說十分熟悉，這回他竟遇到了十年前南市監獄的獄卒，經歷日偽、國共變更，此人一直在獄中執勤，現在戴大蓋帽，一身人民警察的制服，已認不出面前的他。維德發現監獄留用大批舊警員和看守，此人不是孤例。

維德就監獄的人事制度提出不少改進方案，局長許建國（後任副市長），尤其副局長揚帆十分讚賞他（一九四五年維德去淮南根據地情報部過組織生活，與揚的愛人李瓊熟悉），調查報告提出的建議全部被採納。工作接近結束，他們熱情挽留維德調市公安局工作，領導新成立的偵察一處（負責外國間諜案），後據說副市長潘漢年也表示同意，維德也願意留下，但上總不同意，市局只能無奈地歡送他回去。俗話說塞翁失馬焉知非福，三年後「潘揚案」發，公安系統大批人員如經歷煉獄。如果他當時留在局裡，必將遭遇更大的災禍。

「五反」同樣開展得如火如荼，四月，我參加工作組，進入一批私營五金小廠「搞運動」，地處周家嘴路，小廠密布，一家連一家，五金工會主席馬小弟主持這項工作。小老闆們每天都來工作組交代問題，有否偷稅漏稅，是否行賄幹部，是否偷工減料，個個唯唯諾諾，低頭哈腰，有時痛哭流涕。我在一旁做筆錄，常也覺得於心不忍，但工作還是要堅持做。

六月，調去郭氏的永安棉紡三廠搞「民主改革」。這是私營大廠，地處西蘇州路，那一帶全是紡織廠，機器轟鳴，震耳欲聾，工人們「六進六出」，一天工作十二個小時，每到上下班時間，女工們步履匆匆，蘇州河邊人流如織。工作組由紡織工會顧龍桂領導，我負責細紗車間民改，旨在廢除舊制度，建立相應的民主管理制度，動員女工訴苦，控訴「那摩溫」（工頭）欺壓工人的行為，聽取改進生產的建議。在我工作的車間，工人兩班倒，我經常跟班，往往到晚上十二點才能結束，急匆匆趕乘十九路末班車，到家差不多凌晨一點。此時我已懷上第二個孩子，肚子逐漸明顯，仍然在車間找女工談話，眼前的懷孕女工也比比皆是，她們每天照樣上下班，非常辛苦，我與她們相處，不把懷孕當回事。

日記：一九五二年八月七日

> 昨天下車間，時間太晚，錯過了末班車，索性住廠裡，宿舍區在二樓，職員宿舍要優越得多，我住的女工臨時住宿大房間，六七個雙層床，半夜還是人來人往，川流不息，女工們嗓門大，哇啦哇啦大聲説笑，百無禁忌，只有幾個上鋪空

著，我挑了一個靠牆的床位，小心爬了上去，儘量把身子往牆邊靠，就怕熟睡後翻身掉下來，在復旦上學曾有過從上鋪摔下的經歷，這次可不能再出錯，自己不要緊，傷了肚子裡的孩子怎麼得了。周邊女工們的呼嚕聲此起彼伏，我很擔心，一晚沒睡好，迷迷糊糊捱到天亮。

第一次體驗到紡織女工的辛苦，尤其織布車間，梭子在機器中穿梭，噪音震耳，講話要貼近耳邊，高八度才能聽清。女工們個個練就大嗓門，手腳麻利，腳步不停，在織機中來回巡視，每天要走十多里路，勞動強度非常之大，我常在車間和她們接觸，感同身受。夏去冬來，近六個月了，民改工作一時結束不了，到了近生產，我行動不便，提前請假，這次順利生下了第二個孩子，與上次相比，真是天壤之別。

日記：一九五二年十二月十日

八日清早腹痛，八時許和維德坐公家車出門，一路陣痛不斷，車到北京西路銅仁路公費醫療醫院，就被推進產房。我對他說：「去上班吧，一時半會不會生的，到時電話通知。」不料這次非常順利。他剛走不久，短短幾次陣痛，孩子就呱呱墜地了，與上次（去年七月二十五日）生芒芒的強烈痛苦比較，天差地別，舒舒服服，是老天眷顧我。嬰兒發出了哭聲，又是一個男孩，我趕忙請護士給單位打電話，同事說，老金還沒有到辦公室呢。

我和病房裡三個產婦談笑風生，覺得很快樂。維德每天下班就來看望，帶益民廠紙包蛋糕或「沙利文」點心，因這一次生產舒服順利，我們為孩子取名「舒舒」。

當年一般家庭生五六個孩子很普遍，我們曾決定，生三個孩子就足夠了，最好兩男一女。又生一男孩，和我倆的預計一樣，只是事情來得實在太快，生芒芒相隔不到兩年就懷上了。工作忙得不可開交，曾經我想，孩子就不要了吧。吃過一陣活血的「月月紅」不見效，也有意無意騎腳踏車，如果流產了，就順其自然，但胎兒絲毫不受影響，他這麼任性，這麼堅定不移，在我肚子裡結結實實待了近十個月，直到健康地誕生。

我從醫院出來，我們家已從溧陽路遷到了江蘇路三八九弄二一號「均樂邨」機關宿舍，底樓朝南一個大統間，加一亭子間，有盥洗室，我倆住亭子間，婆婆和惠珍（她還帶了自己的兩個孩子）住朝南大間，窗外有小天井。我出院回到新家，芒芒將滿一歲半，穿一件格子罩衫，看到我就蹣跚著走來，搖搖晃晃，跌跌撞撞，可愛至極。我急忙抱起他，哈，他會走路了。我好高興。

孩子們由婆婆和惠珍照顧，小孩衣服，包括毛線衣之類都是惠珍做的，另僱了保姆秀英。芒芒斷了奶，還要餵奶粉。那年冬天非常冷，北窗結有薄冰，一早我們出門上班，常見惠珍圍攏棉被抱著孩子，婆婆卻從溫暖的被窩裡下床，披衣為孩子沖奶，她老人家年近七十，身體又不好，這場景印象深刻，讓我十分感動。嚴冬季節，一次舒舒發了四十度高燒，痙攣抽搐，送到公費醫療醫院，當即住院，護士用一罩子罩住病床，插一條軟管輸入蒸汽，不知是一種什麼療法，緩解了病情，幾天後，他就恢復健康回家了。

我休完產假回單位，已接近一九五三年春節，機關倡議節日期間，有家室的同志要請未成家的單身漢吃團圓飯，我邀請了科裡錢治培、淩風等幾位來家聚餐，並告訴了婆婆。想不到她老人家竟燒了一大桌子江南家鄉菜，其中有一道「蝦圓」，製作頗費工夫，活河蝦剝成蝦仁，加少量豬油，在小石臼裡舂成蝦泥，擠成圓子，汆熟，然後高湯勾芡，鮮嫩異常。這小石臼是個傳家老物，光滑異常，有百年的歷史，婆婆從黎里鎮老宅帶來（至今還在）。她老人家十五歲起就吃長素，不食葷腥，但燒得一手好菜。遺憾的是，同志們吃完沒一句讚譽。告辭後，我記得婆婆幽默地說：「阿是做媚眼撥（給）瞎子看？」她說的這一句是黎里話。

一九五三年三月初，史達林逝世，機關抽調多名幹部下廠，了解搜集工人的思想反映，我被派往紡織廠工會，最後寫出書面情況彙報。

到該年五月，總務處通知我們搬家，新址在盧灣區長樂路四六〇弄，近陝西南路口，隔壁就是「紅房子」西餐館，路對面是「長樂邨」（舊名「凡爾登花園」），東鄰「蘭心」大戲院，進弄堂是個大院子，十幢三層的「鋼窗蠟地」新式里弄，院內遍植花木，房子竣工在解放前，據說一直空置，就被闢為上總的機關宿舍。園內第一幢是文化宮電影放映隊辦公室，我們住最後一幢，科長住一樓，二樓三樓給處長住。廚房在一樓，二樓走廊有公用電話和衛生間，包括浴缸、抽水馬桶。全樓住戶洗澡，都要到二樓。我們住三樓大小兩間，加一亭子間。當時南京飯店被上總合併，機關裡就多出不少飯店的家具，我們挑了一張銅床，幾個櫥櫃。小姑惠珍當時已搬去虹口，婆婆和小孩住小間，保姆秀英、奶媽小鳳住亭子間，房間都不大，記得教育科一位女同志來看我說，這房子怎麼和輪船裡差不多。

芒芒已經兩歲半，按規定「全托」，機關托兒所設在五原路近常熟路一棟花園洋房內，設施優越。週一早晨，所裡派一輛三輪車到每家接孩子，週六沿途送回。三輪車是改制的，圍有一米多高的木欄柵，上有棚，可遮陽擋雨，漆成天藍色，後有兩扇小門方便孩子進出。到了冬天，車身圍了厚棉毯保暖，一車可運送五六個孩子，車夫約四十上下年紀，風雨無阻，每週按時到達，家長們都很放心。托兒所一日三餐，下午點心，芒芒都喜歡，去了兩個月，已經長高了。一切費用由公家負擔。

上｜我們第一個孩子芒芒，三個半月大了，非常健康。一九五一年十一月三日攝於溧陽路我家附近照相館。

中｜江蘇路三八九弄二一號（均樂邨），原中共中央上海局機關舊址，上海地下黨許多重要會議在此舉行。一九五二年十二月至一九五三年五月我們居住於此。這是我家南窗外的照片，沿窗擺了沙發，我倆住北面亭子間，南房外有小天井，左側有通到弄堂的小鐵門。

下｜我二十四歲，一九五一年。

閘北「聯義山莊」賞秋，一九五一年十月。
此地有潘公展、阮玲玉等墓塋，占地兩百多畝，松柏蒼翠，秋景怡人，是當年上海人秋遊的好去處，巧遇復旦章靳以先生，喜盈盈地問我離校後情況，他正與巴金先生籌辦文學刊物，問我是否願意去工作，我說已在上總工作了，已熟悉了環境。他說如果願意，隨時都歡迎。記得之後在陝西南路也遇到他幾次，都停下來親切交談，我非常尊敬他，可惜一九五九年（五十歲）英年早逝。

這一年十二月二十日，我在長樂路婦嬰保健院生下女兒小冬，也是一早進入產房，十一時生產，原以為可像生舒舒那麼順利，不料有些痛苦。產後回家，我住小房間，小冬緊緊依偎在身旁，稍有離開，就會啼哭，好不容易過了產假要上班，只能僱了奶媽蓮花，諸暨人，不到三十歲，小冬非常依賴她。那時物價便宜，人工低廉，保姆月薪只十元左右，奶媽稍貴，一般為十二元，全國還沒實行糧食統購統銷政策，戶籍制度也沒以後那麼嚴格，城鄉人口流動頻繁。

一九五三年冬，維德進駐市公安局的工作結束，回到上總，調任水上區工會主任。第二年四月，水上區正式成立（轄區包括黃浦江、蘇州河兩大幹流及沿江河支流等水網地帶）。范達夫任區委書記，范是新四軍南下幹部，愛好文學，善賦詩詞，他和維德投緣，建立了深厚的友誼（這友誼一直延續到多年後，我才意識到有多珍貴）。

日記：一九五四年十月二日

今天是建國五週年，晚上有水上遊行。我帶芒芒趕到黃浦公園邊的水上飯店，V.D. 負責這場活動，上下忙碌。飯店樓頂設觀禮臺，放有桌椅和招待茶點，已坐不少人。我們找空桌子剛坐下，江上鼓樂聲齊鳴，黃浦江波光粼粼，大小船隻張燈結綵，五光十色，船分排幾路縱隊，由陸家嘴向十六鋪方向進發，擊鼓鳴金，彩旗獵獵，海關大樓、和平飯店、外白渡橋邊以及上海大廈都插國旗掛彩燈，與巡遊船隻交相輝映。外灘人山人海，熱鬧非常。禮炮「轟隆隆」響起，在頭頂變為巨大的花朵，開放在深邃的夜空裡。我目不暇接，心情愉悅。可不知怎麼，芒芒神態不佳，後才知晚飯時不小心哽了魚刺，一副很難受的樣子，我有點擔心，此時正好有一吉普去錦江飯店辦事，搭車回家。慶幸是回家後他就恢復了。

平安祥和的一九五四年過去了。我們有了三個可愛的孩子，家庭幸福，我工作有了進步，維德也極為忙碌充實。

三

一九五五年四月，維德由水上區調回，在華東海員工會當祕書長。五月，全國開展「肅反」運動，五月十三日《人民日報》陸續發表關於「胡風反革命集團」的三批材料，後與《人民日報》「六六社論」編在一起，供大家批判。我們天天參加學習，熱火朝天。建國後短短的六年，大小運動搞了六次，平均每年一次，人們習以為常，熱衷參加，我也積極參加，我沒有政治問題，以為遠離旋渦，不知就在火山近旁，岩漿、烈焰已慢慢地燒來。

六月七日這天下班時分，我在樓下遇見維德，他穿著藏青色中山裝，正要去主席室，有些匆忙，我沒在意。晚飯後聽報告，回家已是九點多了，抬頭望望三樓沒有燈光，這麼晚他還沒回？上樓到房裡，看到他留的字條，稱有要事出差。沒寫去哪裡。婆婆說，有人陪他一同來，拿了替換的衣物，急匆匆走了，像是去北京，大約十天半月就可回家。

出差是常態，我不在意，不料這一去，如斷線風箏，二十多天杳無音訊。我每晚回家，遠遠就抬頭望三樓，盼望著能見到熟悉的燈光，表明他在樓上，無數次總是失望。

六月廿八日，家裡忽然來了陌生人，給我一封沒有封口的信，打開看是他的字跡，迫不及待地看完，鬆了口氣，終於收到他的來信了，我告訴了婆婆，給她報了平安。

維德來信：一九五五年六月二十四日

雲：

七日晚我去主席室（樓下你碰到我時，我尚不了解，因而也沒有給你談），被告知有件突發任務，組織上臨時決定派我外出，也不能預先通知我，車票已經購好，所以連找你的時間也沒有，匆匆回家弄點行裝走了。那晚你歸來，諒必見字條奇怪了，我也覺得有些匆忙，但這是組織任務，不是去玩，去看戲，可去可不去的。這兩天想，你一定非常惦念我，告訴你，我很忙，以至不能馬上給你寫信，儘管稍有空暇時，就會想到你、孩子和媽媽。臨時突擊的情況你也經歷過，我相信你會理解的，我多次經歷過這樣的生活，覺得比循規蹈矩坐辦公室要愜意得多。

臨走時告訴媽，還是要將舒送托兒所，條上也說明此點，不知是否照辦。你也很忙，就勉為其難，抽出個小時把孩子送去，免得他在家讓媽太辛苦。

又及：此信乘同事有便回滬帶給你，想快些，他如沒空，就擬請他付郵了。

望6．24

信不郵寄，託人帶來，我有一絲不安，到底是什麼緊急任務？保密，也不告訴住址。組織紀律提醒我，不能隨便問，雖心中有這些疑慮，我還是很高興。來人沉默寡言，讓我寫好回信，約定第二天來取。當晚我就寫了回信，寫上我的思念，讓他放心。

我的信：一九五五年六月二十八日

……舒舒六月九日就送托兒所了，他好動，合群，與芒芒同班，兩人一起吃早飯，玩得高興。星期六回來，他喉嚨啞了，問他托兒所可好，他說好，阿姨也好，星期一就很高興去了。現已經快有三個星期了，有趣的是，他回家看見我和你媽，都叫「阿姨」，飯也自己吃，吃得很好，很多……

上星期托兒所開家長會，將要開始試行半托，連醫藥費、車費，只需十元。芒芒很好，很能說，看你不在，也不吵著要你，但有一個星期六晚上，我牽著他一起在門口散步，看到一個男同志長得有些像你，就掙脫我的手跑過喊他「爸爸」，讓我有些尷尬。上個星期天，陪他去看過一次電影（《山間鈴響馬幫來》），這星期陪孩子們到襄陽公園玩了一次，為了節約，這星期日連買菜在內只用了兩元錢。

小冬很好，身體很棒，東西也吃得下，牙牙學語，會講好幾句話了，給她做了一條裙子，穿了很好看……

雲6·28

信被帶走了，又開始了漫長的等待。

一九五五年起，糧食和副食品供應日益趨緊，機關經歷了「供給制」、「包幹制」，最後轉為「工資制」，食堂實行新制度，吃飯隔日登記，當日付錢買飯，最貴的菜每份一角五分，如炒鱔絲、紅燒肉、糖醋魚等，其次一檔，鹹帶魚一角，素菜基本是五分，米飯三分一碗，也算方便稱心，有時一頓飯只要一角就夠了。實行了工資制，兩人收入合起來雖然有兩百元左右，仍必須節約，如晚上沒會議，我就回家吃飯。全家有七八個人，外加房租、水電煤和保姆奶媽工資，每月開銷是不小的數目，有入不敷出、捉襟見肘之感，從沒有為衣食犯愁的我，不得不打起了算盤。

我的信：一九五五年七月三日

……昨天完成這月「核減用糧計畫」，你不在，上月糧食有餘，這月就定了四十斤，我心中有數，你不必擔心。秀清（保姆）還是臨時戶口，上海動員多餘人口回鄉生產，這月她未能領到糧，而且根本不可以領了，我正四處找人幫忙。據說上面已有新規定，一九五二年以後來上海的常住戶口，糧食關係不能轉移，也是動員回鄉的對象，這就麻煩了。

改了工資制後，相對開支增加了很多，我最擔心的是房租。下個月要開始實行工資制，如果要每月三十元就糟了。我想，我們住兩間房就夠了，退掉一間亭子間，可以省一點錢。你八月份總該回來了吧？我們一定要好好商量一下。組織部已向我調查了家庭開支情況，開始我很急，現在也倒反而不急了，五一年實行供給制時，你我津貼加上保姆津貼總共只有四十元錢，家裡人員也差不多少，過得也很好，現在只要精打細算，計畫用錢，日子也一定會過得下去。

你那兒伙食可好？胃口怎樣？要注意營養，一定要記著：別在吃上節省（在吃的方面，我並未過分苛刻自己）。早上有豆漿嗎？菸可以少抽一些，這對身體有害，你總是不肯聽……

雲7．3

維德來信：一九五五年七月二日

雲：

星期天我不在家，你要照顧三個孩子，估計比工作還累，看上海報紙的電影廣告，那個《海軍上將烏沙科夫》電影看了嗎？等我回來，好好去看一次電影，跟孩子們盡興地玩一次。

現在已是入夜，滿天星斗，一鉤斜照，我想該是你哄孩子們入睡、倚床看書的時候了。你最近工作狀態如何？是否還很晚回來？一定要好好休息，我每天起碼睡八小時以上，比在家時睡得更好些，一側頭，稍稍翻翻書，眼皮就闔上了。

包幹制改工資制後，大家都在精打細算，特別是多子女的人，用錢更要有計畫些，你也許已經算過幾遍，以至我想像得出，你坐在桌前打算盤的神態，計算著每月的柴米油鹽。我知道你最大的憂慮，是怕孩子們看醫生再不能享受公費醫療，實際上，孩子生病是偶然的，而孩子的生活用品、衣著零食則是經常要買的，計算時只要抓住這一關鍵環節就好。如果我在上海，看你那麼絞盡腦汁、千算萬算的，一定會取笑你，會引起一場小小的爭端，現在只通信不見面，兩人就抬不起槓來了，你說是不是？這月的工資你可代我領取，順便把我的黨費繳了，六月份我在上總食堂只吃了幾天飯，伙食費大部分應該可以退還。另外，你在計畫的時候，可得把我這次外出期間的伙食費留出來，下次託來人帶給我，我在這裡做事、吃飯，都還掛著公家的賬呢……

我的信：一九五五年七月十五日

……原先由於自己思想上過多地考慮個人問題，情緒不穩定，一度影響了對學習的積極性，黨小組長已經與我談過，對我的入黨補充報告提了些意見，讓我寫出母親在我結婚時候給的財物詳細清單，我無論如何在下星期內要寫完，交給他審查。

近來工作較閒，祕書室是否需要這麼多人（祕書共六人），總是有事就忙一

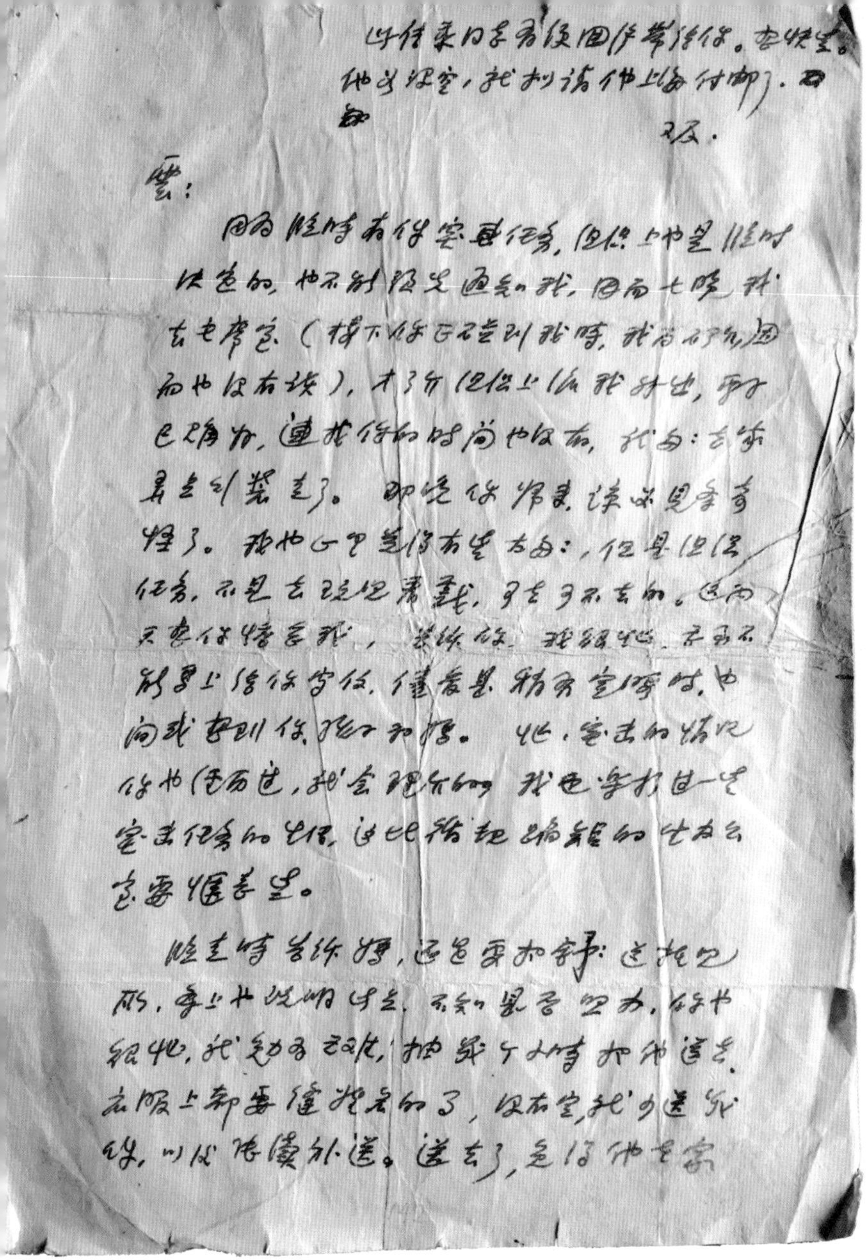

父親隔離審查時寄給母親的第一封信，一九五五年。

陣，無事閒得無聊，很不正常。空閒時候我就會想念你，前些日子，因為接不到你的信，引起我很大的不安，最近好了，收到了你的信，但回來的日子你又講得含糊不清，使我不安，希望下次來信一定把回來時間說得再明確一些（去年那次你去北京，原說兩個月，但四星期不到就回來了），好讓我放心。

保姆問題還沒有解決，我找來找去找了七八個人，這樣不好那樣不好，又要政治上沒問題，又要手腳靈活人老實，星期天再去薦頭店（編者注：僱工介紹所）看一下，是否有合適人選。

明天晚上又是孩子們的世界，每個禮拜都借一些連環畫給他們看，兩個哥哥最高興，小冬也擠上來，芒芒看《渡江偵察記》和《鐵道游擊隊》愛不釋手，眼睛睜得很大，很認真。阿姨說，舒舒在托兒所最愛看書，愛看花，玩具一玩就厭，但在家搭積木很認真。上星期日天熱，沒領他們出去，他們就把椅子拼起來玩開火車，一起唱了很多歌。舒舒現在很會講話，對新鮮事總要刨根問底，上星期日抱去看醫生，看到有人牽一匹白馬走過，他盯著馬看很久，睡午覺問我一連串問題：馬為什麼白顏色？有綠顏色的馬嗎？拉牠到哪裡去？為什麼馬要背一只袋袋呢？袋袋裡有什麼東西……

學習之餘就看小說，最近冒險小說很流行，但苦於借不到。這星期日上午去大光明看《偉大的公民》（團體票，集體觀看），平時演新片子，獨自一人很不願去，等你回來，我們要去補看幾次才好。

機關很多女同志都穿起了裙子，同志們都讓我做，我把去年買的那塊薄花呢拿去做了，穿了幾次，覺得有些短，去店裡改，店裡不肯，差一點吵起來，但又有人說這裙子做長了，我無所適從。機關裡有些人做連衫裙，我覺得自己穿了不一定好看，還是穿半截裙適宜。最近路上很多人穿旗袍，我想把以前的旗袍拿出來穿。是否太趕時髦了，想聽聽你的意見。

你說要買東西回來，應該好好地核計一下，不大手大腳花錢，要接受上次教訓，給同志們帶一些，給孩子帶一些，多考慮節約，用錢的地方多著呢，時間長著呢……

講到這裡，已經十時半了，收到你來信時再寫吧，平時總是先把信寫好，等接到你信，託來人帶回，這樣會快一些收到。

多注意身體，注意休息，晚上不要太貪涼。

雲 7．15

都是預先寫信，接到來函，即交該人帶走，以為最多兩三個星期他便可以回家，但事情急轉直下，就在寫完上一封信的第二天，我經歷了一生中最痛苦難忘的場面。當年我二十八歲，三個孩子的年輕媽媽，風暴終於降臨在我頭上。

日記：一九五五年七月十七日

昨天傍晚下班到家，有三人在家等我，我感到奇怪，特別是其中一領頭的，鐵板著臉，冷漠無情，一副凶相，不願和我多說，要我把維德所有書信、照片、筆記交給他們，兀自翻動房內物品，查看書籍，從晚七時，一直待到十時才離開（等於小抄家），臨走時那人冷冷地說了句：「你愛人涉及潘漢年案」著實讓我吃驚不小，當晚翻來覆去沒有睡好。今天報紙公布「潘漢年、揚帆反革命集團案」有關文章，明確提到七月十六日經全國人大批准，已將潘漢年、胡風兩代表逮捕審判。我震驚，深感意外，潘漢年是副市長，當年上海地下黨的領導，為革命出生入死奮鬥數十年的老黨員，怎麼會是內奸、反革命？和維德又有什麼關係？十分驚詫不解。

維德怎會涉及這個大案？我日思夜想，怎麼也想不明白。我們相識十年，以我對他的了解，他不可能是反革命。這些年他常常對我說，真是幸運，不解放我們的日子就不可能如此幸福。他怎麼會做反革命的事？他母親似乎也感到事情蹊蹺（一直說他去北京出差），每天求佛保佑。我覺得恐懼，萬一真出事，三個孩子怎麼辦？他們都還小，叫我如何是好？各種想法在腦海裡翻滾，請來他朋友鄭巴奮[5]、蕭心正[6]分析形勢，回顧往事和他的為人，他們都寬慰我，說看不出他有什麼問題，一定是誤會。我的心又輕鬆起來，我想中秋、國慶，他總可以回來了吧。疑慮、焦躁不安，始終在腦際盤旋，直到收到了他的下一封信。

八月十二日收到他的來信，是一封輕鬆的來信，信中談天說地，洋洋灑灑，看不出有一絲煩惱，使我緊張的心情放鬆了很多，心裡燃起了希望的火花。

維德來信：一九五五年八月八日

雲：

這二天一直等著你的信，等到我快失望時，忽然信到來了，意外的驚喜總是使人格外高興。

……夏天到底比冬天方便不少，晚上洗澡、洗衣均方便，內衣每天更換，討厭的是有蚊子，但我有辦法，那是我在十五六歲念書時練就的，睡覺時把頭包起來，只露出兩個鼻孔透氣，聽不到蚊蟲叫，就能酣睡。昨晚，大家像消防員一樣，點上多盤蚊香，驅趕蚊蟲，已至於煙霧瀰天，也把自己當成蚊子熏了，當夜就很舒服，沒有困擾。

……前幾天，我在花園裡見到一隻大蚱蜢背著小蚱蜢，就像媽媽背著孩子一樣，很是有趣，馬上就聯想到你，離家後，這一個時期辛苦你了，幸而我們只有三個孩子，心裡還是惦念你的時候多，這也是很自然的。

……不要老記掛著等我回來。請想想他們吧：那些遠離家人去戈壁沙漠的地質勘探人員；那些正在享受甜蜜初戀，而決然選擇報名去邊陲從事建設的青年們；那些告別了妻兒和家中溫暖的壁爐爐火，在東北冰原上工作的蘇聯科學家們。他們是那麼偉大，令人感動，與他們相比，我們暫時的離別就顯得是多麼平常而有愧，這不只是對你說的話，也是對自己說的，有時候太想念你時，一想到這些，心境就會豁然開朗起來。

……記得媽缺少夏天衣服，我也沒時間給她買，你問問看，如你不問她，她

5．鄭巴奮，《解放日報》記者，因被發現箱中有發報機（友人代存），離婚去青海勞改。唐山地震期間來滬看病，維德託人給他六十元（當時維德的月工資僅三十元）。後病故。

6．蕭心正，一九四八年曾經告訴維德，組織上要派他去臺灣，後又說不去了。一九四九年後調紡織局，任局長張承宗祕書。

是不會向你開口的，你給她買，她一定會很高興，她自己對生活上的要求非常低。你告訴她，我現在身體很好，吃得下睡得著。此外，她吃長素，家裡食油如果不夠，你們可買些豬油燒菜，免得吃掉她的素油，讓她保持營養。

……我的文娛活動是下棋，晚上下個兩三盤，很有興趣，似乎比打「杜洛克」（一種撲克牌玩法）好多了。每次被對手「將軍」，就會很著急，一旦贏了棋，就像小孩般高興，下棋時旁邊不時還有人當參謀，指指點點的，但不像打牌那麼吵，頗得靜趣。

現在天降暴雨，剛才突發驚雷，有人嚇得牌都抖到地上，我要去洗澡了，不知你現在已經回家否？願你閱後覺得愉快。

V.D. 8．8夜

我反覆看了好幾遍，舒暢很多，信尾的一段話卻讓我疑竇頓起，記起八月八日那天晚上，上海下了暴雨，晚上九點左右，天空突然響了一個暴雷，巨大的雷聲驚天動地，讓我戰慄，奇怪的是他在信裡說，那天也遇到了驚雷。難道世上竟有這麼巧的事情？我判定他不在外地，一定在上海，如果他在上海，為什麼不能回家？為什麼要隱瞞實情？我的頭腦混亂起來，又開始胡思亂想了。

我的信：一九五五年八月十二日

V.D.：

那天正在吃晚飯的時候，收到你的信，來人在旁邊等回信，唯恐他久等，我就把前一天寫了一半的信草草寫完，讓他帶走，所以有好些事、好些話沒寫，今天就把這些話講給你聽。

收到你的來信，心裡的陰霾一掃而空，我的憂慮是完全不必要的，想得太多，徒然自添煩惱。但有些話不得不講：這麼多天來，你到底在哪裡？是學習還是工作？你是在外地還是在上海？八日上海有雷雨，那天晚上我睡在床上，天上突然打了一個驚雷，奇怪的是，你給我的信也提到那晚巨大的雷聲，天下怎麼會有這種巧事發生？我判斷你肯定是在上海！如果在上海，別人可以回家，你為什麼不可以？這些問題已提了多次，明知問了你也不會回答，今後我決定不再問了，但你也知道我的脾氣，我有什麼要說什麼……

你來信太少了，你寄給我的這幾封信，我已經翻來覆去不知看過多少遍了，甚至還翻看以前你的信，我要再三地在這些信中找尋你的感情，我有時會突然感到不了解你，感到你的陌生，感到你這次離家非比尋常，感到見面的日子還很遙遠，有時想得很可怕，甚至感到幸福的日子已經遠去，今後的日子將會不再愉快了。你說這次到外地工作，領導尚須挽留你一些時間，八月份不能回來，要一個多月，那麼到底是一個半月，還是一個月廿九天呢？如果真的明確了時間，我也就放心了，我將用美好的期待盼望你的歸來。

……自從你走後，新出的電影一次也沒有去看過，只陪孩子看了幾次老片子，獨自一人去看興致不高，上次印度文化藝術代表團、蒙古人民軍歌舞團來滬演出，也有票子，同志們都去了，我感到沒他們的好心情，提不起興趣，也沒有去……

阿姨說芒芒頑皮、活潑，唱起歌來聲音非常好聽。他的確懂事多了，昨晚陪他去錦江飯店附近玩，我對他說，芒芒將來長得比爸爸和媽媽還要高。他說，我長得這樣高，那麼爸爸長得多高呢？我說那時候爸爸老了，爸爸要變老公公了，不會長高了。他聽了有些失望。一路上，他問了不少問題，很響亮。你不會相信，舒舒現在長得有多結實，小手小腿粗粗壯壯的，外形太像你了，動作也像，據托兒所阿姨說，他比所有的小朋友長得都高，阿姨很喜歡他，因為他一點不怕生，很爽直。小冬穿了小裙子，很好看，她每天早晨總要騎馬給我看，在學說話了，叫「哥哥」，還會說「排排坐吃果果」。因為天熱，我不大帶孩子們出去，

我和兩個孩子在長樂路我家大門口合影，
當時我二十六歲。一九五三年春。

左上｜在長樂路我家南窗邊攝，微風吹拂頭髮，笑看鏡頭，剛搬來，房間不大。
右上｜外灘公園，背景是上海大廈，那時我正懷著小冬。一九五三年秋。
下｜家住長樂路時期最快樂的、也是唯一的全家合影。一九五四年冬。

昨天陪他們去復興公園玩了一次，給孩子們買了一盒蠟筆、一盒積木。

昨天早上，媽出其不意地問你的近況，她非常惦念你，有些焦慮，怕你出什麼事，我對她做了很多解釋，講了許久，她才安下心來，神色正常了。

……保姆帶小冬，兩人感情很好，小冬很黏她。明後天要給她去轉户口，她和我年齡差不多，是農村童養媳，已與男人離婚，無親屬，又是吃素的，老實本分，找一個好的保姆真是不容易，大概一共看過十幾個人，都不合適，這次總算是找了個稱心的……

現已經十點了，家裡很靜，全家都睡了，就我一人伏在小圓桌上給你寫信，今年夏天很涼快，是一個舒適的夏天，但是見到你，恐怕夏天已經過去了吧。真心希望我們能夠共度今年的國慶日，自然我更希望過了八月份，你就出現在我的面前。

寄上的二十五元已經收到了吧，你說伙食費太貴，要省，我看不必，還是吃得好一些，你不在家住，每天來去的車費總可以省下，何況你身體不大好，因此不能再省，答應我。菸少抽一點，但可以抽好一點。

雲8．12

美好嚮往是一個個肥皂泡，飄在空中，飄在陽光下，不久就被擊碎，我跌入漆黑的深淵。

十月八日這天，宣傳部長找我談話，對我宣布，維德是「潘案」成員，已被正式逮捕，並開除黨籍，工資停發。天崩地裂的消息，令我全身發冷，四個多月的日思夜盼，等來的卻是這個結果，我有生以來最大的痛苦和遭遇。我是天下最不幸的人，更不幸是還有三個孩子、體弱慈祥的婆婆，她已經六十五歲，她的獨子維德三十六歲，我二十八歲，一家子忽然沒有他，天塌了下來，今後日子怎麼過？他又會是什麼樣結果？

我可以對誰訴說？誰能幫助我？連續幾天，一陣又一陣心痛，我似乎變成了一個重病患者。環顧四周，家人親友之中，無一人可以傾訴。在當時的形勢下，人人對政治高度敏感，一切服從黨，相信組織，任何人都不會同情我，沒人相信我的眼淚。經歷了一場狂風暴雨，人人都對我關上了大門，為了家庭和孩子，多給自己勇氣，否則怎麼生活下去！堅強才是唯一的出路。我把這些感受寫在日記本上，勉勵自己，堅信維德是被冤枉的，組織上一定會調查清楚，但要等到哪一天呢？

日記：一九五五年十月十五日

……星期日帶孩子們去公園玩，他們天真地玩這玩那，跳躍、唱歌，我卻提不起勁來。晚上看到孩子們熟睡的臉龐，不禁淚流滿面。

我想了解他事情的全部，但無處可問，已不再有信送來，誰能告訴我他現在怎麼樣？一切無從得知。我還得照樣工作，強顏歡笑，我有預感，長樂路肯定住不下去了，我必須處理好生活，未雨綢繆，還得及早準備。

機關的一般幹部，當時住江西中路一個大雜院，能去住嗎？他的事還沒公開，我如果搬去，人家會怎麼想？臉面又往哪兒擱？想到陝西南路房子一直空著，決定還是搬到那兒去！上周我去大自鳴鐘對阿姆說，維德調到北京，長樂路不便再住，我要搬回到陝西南路去住。母親和兄長都點了頭。有這個退路，情緒稍稍好受了一些。果不其然，總務處前天來電話，通知我搬家了。我回答說，十月底前我一定搬出。昨天一早，我到文化廣場附近一家「老虎塌車」店，僱了車和兩個工人，上午趁著鄰居上班，把東西分兩趟搬出，公家櫥櫃之類都留了，只搬去一張大床和小床。身邊尚留有結婚時母親給我用剩的五百元……

日記：一九五五年十一月二日

……得知曾引為知己的×××，去京參加政法學習班已經回滬，我去電話請她來陝西南路，向她傾訴近來的遭遇，期待她的慰藉。我實在是過於天真了，她的態度全變了，冷漠至極，讓我傷心不已。我們同窗多年，她父母早亡，家境貧寒，高一輟學即肩負生活的重擔，我父母非常同情她的境遇，一直幫助她，包括為她弟弟當學徒做鋪保，我也曾多次拿出壓歲錢助她弟妹上學，一九四九年我妹妹發展她入黨……那時我們親密無間，無話不談。解放後，她做私營統一紗廠的工會主席，我去該廠調查工會宣傳工作，就發覺她有「高大」之感，但我不在意，不相信她已經變了，我們的感情畢竟是深厚的。我忘了我們之間已發生了政治關係，她是令人尊敬的工人階級，我是資產階級出身的小姐。在我最痛苦、最需要安慰的時候，她避之不及，急於和我劃清界線。為此我非常痛苦懊悔，並下了決心，不能妨礙她，不讓她為難，從此一刀兩斷吧……

日記：一九五五年十一月十日

……以前下班回家，心中煩躁會看小說解悶，五日晚在床上看《列寧格勒發生的故事》，忽聽到婆婆的氣喘聲，她的哮喘病發作了。以前發病，都由維德揹下樓，叫三輪車送醫院。記得有一次他手忙腳亂，一腳穿自己拖鞋，一腳穿我的紅拖鞋出門。今天，這副擔子由我來挑了，上下跑了幾次，叫了三輪車，送到附近的淮海醫院輸氧。午夜一時逐漸好轉，三時半放下氧氣。六日出院回家……

日記：一九五五年十一月十二日

……時常心痛，魔鬼一樣糾纏。最近時常下廠，晚上回到家，一輪明月，萬家燈火，人人闔家團聚，唯我形隻影單，在渺茫中苦苦度日。不知要持續多久？他無影無蹤，總該有個結果吧。還能有見面的一天嗎？要多少年？兩年還是三年，心中要有個盼頭啊……

神祕信使從此不再出現，再沒有片紙來函。十二月了，西風陣陣，黃葉飄零。忽然有一天，我接到了給維德送冬衣的通知。我和他的老友鄭巴奮，按地址找到了南市車站路監獄，門衛室有一個小窗口，我把衣物遞了進去，報上維德的名字，窗內人毫無表情，一言不發地收下。我不知他是否被關在這裡，當時什麼也沒問，知道問了也不會告訴我。多年後維德說，南市車站路監獄是一九四三年至一九四四年他被日偽關押過的地方，這一次他被關押的實際地點，是建國中路公安局看守所。

自一九五五年十一月起，單位停發了他的工資，我為省錢，孩子不送托兒所，每月工資七十四元，應付全家六七個人，常常捉襟見肘。當時我已調入宣傳科，因此向領導反映生活困難，要求補助。領導稱，按規定每人每月生活費十元以下，才可補助，我已超過了標準，但是不久，也就安排我下班後給機關勤雜人員上語文課，每週三次，每次一個半小時，每月可得十元補貼。我接受了這份工作。

不祥的一九五五年，在磨難和焦慮中過去，我在忐忑不安中迎來了喧鬧的一九五六年，無舵的小船，隨波逐流，不知漂向何方。

日記：一九五六年一月二十日

十七日，全市在文化廣場開工人代表大會，實行對私企的改造，場面熱烈。

十八日，郊區農民全部成立了高級社，下午敲鑼打鼓到總工會報喜。

十九日，全市手工業行業成立合作社，晚上工商界家屬子弟也來報喜，

二十日之前，全市私企亦將完成公私合營，我們到樓下列隊歡迎，明天要遊行，全市聯歡三天，市工人文化宮、各區俱樂部請老闆們一起聯歡，人人都在歡欣鼓舞，整個上海要進入社會主義社會了。

我很激動，國家欣欣向榮，前景一片美好，與此相比，我個人這些痛苦又算得了什麼？雖家庭遭遇不幸，生活水平降低，但不能由此影響對祖國的愛，否則我將變成什麼樣的人？要鼓勵自己。在這歡騰的日子裡，我的內心感慨而遺憾……

春節應該歡快，初一向母親拜年，初二到農村訪問，帶孩子們看了場電影，陪他們去第一百貨商店乘自動扶梯。令我快慰的是，機關給我提了一級，每月工資增加到八十

三元，這樣，加上教書費十元，我每月有九十三元的收入，家中窘困得以緩解，可以應付開支了。

這年上半年，宣傳科在打浦路工會幹校，舉辦了一次工會宣傳幹部學習班，我擔任組長，寫了一篇工會讀報組的調查報告，在學習班上宣講，得到十元獎勵，學習班結束後，路過淮海路婦女用品商店，我給自己買了一件卡其高支棉的藏青色外衣，花掉了這十元錢。

不久，全總邀請東北作家一行赴各地參觀，十月到達上海，上總負責接待，在名單中我看到熟悉的名字「蔣錫金」，當晚上總六樓開歡迎會，我託人帶口信，請他來辦公室，蔣見到我非常高興。

翌日晚飯後，陪蔣先生去淮海路購物，他在婦女用品商店給夫人買了幾件服裝，我買了個小皮包，然後去附近一家咖啡店敘談。一九四五年他倉促離滬去解放區時，我把手上一枚金戒指換成現錢，後來我沒去成，此錢給他當了路費[7]。如今他是東北師範大

7. 錫金《新文學史料》第四輯（一九七九年八月）：「我的關於埃及《亡靈書》的譯稿，也是由那時參加『行列社』活動的姚雲同志保存下來，上海解放後她又寄給我。」

學二級教授，工資兩百多元，手拿「司的克」（手杖），絲綢襯衫，風度翩翩。七年後的師生重逢，像有很多話要說，也不知從何談起。他已不是當年建承中學的老師，我也不是天真爛漫的高中女生。一年多來，我已歷經風雨，見識人情冷暖、世態炎涼，內心已更堅強，不需要托出不幸，博取他者的同情。我只說是不湊巧，維德去京出差了，不然認識一下該有多好。這話顯然不只是對蔣說，每當親友相聚，我總會不由自主地想起維德。不知今日此時，他在何方。

那年晚秋，母親和兄嫂侄輩一家邀請我和芒芒，一起到魯迅公園遊玩。芒穿了一件改做的綠色薄呢大衣，和大家玩得非常高興。中午，大家在四川路一家餐館吃飯，侍者送菜上桌，菜湯不小心潑到他肩袖上，衣服弄髒了，還好沒有燙傷，大家非常掃興。難得的出遊，內心的陰影每時每刻都追隨著我，心裡既歡喜又難受，顧及家人，我只能把一切裝在心裡。

四

一九五六年即將過去，我每天都在等他歸來，但無期無蹤。那晚我把思念寫下來：

日記：一九五六年十二月二十七日

去年他母親病重住院，今年又病得不輕。上週日住院，至今不見起色，我擔憂不已，不知下週能否痊癒出院，讓我焦頭爛額，愁上加愁。

去年一年痛苦，原想今年會好些，但讓我失望。如果他能回來，我什麼都不怕了，拙筆不能道出我心情之萬一。

哪天他回來了，就會給全家帶來歡樂，我還得等，等很長的日子……希望就在明天，他在我眼前出現，可能嗎？好漫長的日子，好窒息的日子！

時時刻刻思念你，想得好揪心，夢見你多次，醒來淚流滿面，最好一直生活在夢中，不要醒來。

多麼需要他，孩子們需要他，媽媽需要他，家需要他！

他一定也需要我們的！

上天知道我的哀怨，有了感應，在淒風苦雨的一九五六年將要結束的最後兩天，終於放晴了。

十二月三十日，我隨科長到蘇州河對岸的大隆機器廠調研。中午在蘇州河岸邊一個麵攤，吃菠菜肉絲湯麵，回到工廠，接到上總宣傳部找我的電話，通知我立即回家，維德回來了！

我的手在顫抖，心在歡笑，偷偷抹去眼角的淚水，我盼到了他，他終於回到我的身邊了。我急忙往家裡趕，在弄堂口的「時季花店」門旁，正好遇見了他，他還穿著那件離家時的藏青色中山裝，顏色已洗得發白，右手拎著一個網線袋，臉色黝黑，身形消瘦，微笑著向我走來，我倆四目相對，雙手緊緊相握，默然無語。

我們馬上去淮海醫院探望他母親，又去西康路「大自鳴鐘」我娘家，接回芒芒。見面後，孩子一下愣住了，可憐的孩子，已有一年半沒見到爸爸，怯生生看著他，彷彿見到陌生人，我在一旁心酸不已。

真是喜悅啊，他回到我們身邊，令人快慰、慶幸，一家人終於可以團圓。

我以為一切會恢復原狀，想得過於簡單了。維德的結案，留了一條長長的尾巴，他在地下工作期間屬潘漢年系統，就有了牽連，雖查不出與「潘案」有更具體的內容，仍然被開除了黨籍，調輕工業工會當一般幹部。

維德日記摘抄

「日子是幸福的，也是痛苦的，我能和家人團聚，能有緊張的勞動和安謐的休息，再也沒有比這更好的了；痛苦的是揹負著那些日子的回憶，不斷地給我以刺激，幾乎每天自我責備，每天都提醒自己受了嚴重的處分，在苦痛中煎熬。」

「想著先賢的教益，沉重的石塊就會被搬開，心裡漸趨安逸，不管人們如何鄙視與議論，總覺得有一隻溫暖的手緊緊地抓住我，給我指出方向，給我以無限鼓勵。我彷彿換了一個人似的，變得那麼快，也那麼強大，我所走的道路是不平坦的……考驗無止境，我有足夠信心，會工作得很好、很愉快、很滿足。打碎一切腐朽的東西，重新建立起的會更好些，人沒有希望怎麼生活呢？」

「二月十八日正式去工作，迄今兩個星期，一切那麼生疏，開始很焦急，現在總算安定下來……兩週中下了好幾個廠：新華橡膠廠，泰康食品廠，大中橡膠廠，了解工廠的生產過程，觀看工人的緊張操作，他們特有的坦率談吐，使我覺得溫暖與愉快……生活在工人中間會實際得多。」

「如何安排自己的時間，看辯證唯物論後對哲學產生較濃厚的興趣，學習與研究古典文學，主要是詩，對它有興趣，從研究杜甫著手……三月份抽時間去圖書館找材料，上半年一定把方向確定。」

「回家四個月，工作兩月十天，五一節就要來到，去年此日，聞〈國際歌〉而默然下淚，今年要好好度過這一日。」

這一年，「反右」運動如火如荼地展開，機關號召大家積極參加，對黨提意見，大鳴大放，寫大字報，維德卻不慎跌傷右臂，在家療養。這件壞事，卻成了好事，他避開了反右運動的高峰期。

維德日記摘抄

「中秋前夕，雲與孩子參加晚會，我獨坐在家頗有情趣，窗外皓月一輪，確是良夜。損右臂已兩週（後弄堂有口井，晚上回家不慎跘到井沿，摔倒，手臂扭傷甚重，請假看醫生，無法上班），近稍癒已能寫字，申訴報告日前送出，靜等回音。這幾個月開展的反右派整風運動，單位的鳴放、批判都未能參加。」

「整風已進入爭辯階段，十一月二十八日正式銷假，手未癒，吊著右膀上下車，極不便。爭辯甚熱，我了解這是一場鬥爭，不能閒在家中，轉入正式反右，組織部開一個小組會，黨邀請我參加，思想上頗感溫暖。」

維德的傷情，從臂部一直連帶到肩，數次就醫不見好轉，一次去滬上傷科名醫石筱山（上海家喻戶曉，只要提此名號，三輪車夫就能送到連雲路「石氏傷科診所」）處求診，一屋子人，石氏瘦小，幾個徒弟偉岸魁梧。診判結果是「筋絡黏連」。石說，來我這裡醫治，是要硬來的，非常痛。維德稱以前他受過刑，不怕痛。石點點頭，一高大徒弟就在背後抱緊了他。石雙手拉過他的手臂，搖了幾搖，猛然用勁，一扯一轉，只聽肩膀內「嘶啦」一聲裂響，劇痛中，他忽然覺得一絲輕鬆……

維德痊癒了，回機關上班時，看見有人還在寫大字報。針對當時的浮誇現象，某天他寫了一打油詩：

流動紅旗似火紅，
可惜紅旗不流動。
不是紅旗想偷懶，
無奈競爭一陣風。

且一時興起，竟把此詩寫成大字報貼了出去。如今回想，這是極其危險的舉動，這些句子，完全可成為「惡毒攻擊」黨的證據，但此刻已是運動尾聲，沒有引起機關和同事注意。另一種說法是，因他有過多次熱愛黨的發言，被認為是「對黨有感情」的表現。老天保佑他逃過了一劫。

到一九五七年末，機關動員大批幹部下農村勞動鍛煉，人人報名表決心，我也寫了申請報告，不久就被批准下放勞動，同時被批准的，是席裕珍和凌華媛，下放地址在市北的大場鎮沈家樓，一個名叫「東方紅農業合作社」的地方。

一九五八年一月五日，我帶著簡單的行李出發了。那時從市區到大場鎮，是乘五十八路公共汽車，沿彎彎曲曲的滬太路向北開行，過中山北路，兩旁是大片菜地，冬日雖然滿目蔥綠，但空中不時飄來糞肥的氣味，有點煞風景。車到了行知路車站，步行經過行知中學，再走十分鐘的田埂小路，到達了目的地沈家樓，單程約兩個小時。

按照規定，我只能兩星期回家一次。工會系統的下放幹部，編成了好幾個分隊，每個隊員都被分配到農民家，同吃同住同勞動。我和凌華媛住在農民仇囡囡家，每天早晨六時出工，一天幹十幾個小時農活，有時赤腳泡在冷水裡，晚上回來，腰痠背痛。

房東沈泉生，妻子仇囡囡，都是貧農，沈三十不到，中等身材，長得微胖，一雙小眼不時瞇縫著看人，有點好吃懶做，經常睡懶覺，有時早出工，我們都起來了，卻聽到隔壁的他鼾聲大作。他家有不少地，此時已經合作化，由於幹活「不巴結」(不努力)，工分掙得比別人少，生活拮据。我們早晚兩頓吃粥，中午吃一頓「洋秈米」(糙米)乾飯，雖然每月按標準給他伙食費，可他家的飯仍然是菜少油少，難見葷腥，中午常吃清煮胡蘿蔔。仇囡囡操持家務，照顧兩個孩子，還要下地務農，非常辛苦，每一次她端出胡蘿蔔，就笑得很尷尬，有些不好意思地看著我們。席裕珍則被分配在一個富農家，該戶專事「發」豆芽菜到鎮裡去賣，生活相對富裕一些，伙食比我們好。

自小到大，我生在城市，只在南京軍大過了近一年的部隊集體生活，從沒吃過這麼多的苦，讓我第一次感受到農村生活的艱難，農民生活的不易。

人在農村，心在家裡，每天我急切盼望的，是兩週一次的假期能儘快到來。每一次回家就像過節，家人相聚，其樂融融，但往往椅子沒坐熱，又要匆匆離別了，總是感到不滿足。家事根本沒辦法管，芒芒已經在茂名南路第一小學讀一年級，我曾到校請教老師，在母親離家的情況下，怎樣才能讓他健康成長，長此以往有否問題。我心裡非常不安。

那時維德仍在輕工業工會，經常下廠搞調研，風浪從未平息，他內心的傷痛不會痊癒，我把家務全推給了他，實在是難為了他。而他卻一直鼓勵支持我，讓我放心參加農業勞動，不要牽掛。這是長期的艱苦鍛煉，要我穩下心來，長久打算，不虛度光陰。

維德日記摘抄

「雲今晨下鄉，這是一件大事，新鮮事物擺在面前，鍛煉固然艱苦，更需要自我改造的自覺性。

……五七年過去了，像擦了一根火柴似地轉眼消逝，工作很不順手，沒什麼成績可言，思想不穩定，每時每刻想到過去的那一切，苦痛萬狀。我不甘心沉淪，掙扎著不願被巨浪吞沒，求生必須划到彼岸，我沒有學會在激流中游泳，覺得筋疲力盡，忽而沉下，忽而浮起，需要切實的援手，來拉我一把。

……孩子們已甜睡，舒舒先睡著了，芒要求講孫悟空，我說要吵醒弟弟，明晚講吧，他聽話也睡了。也許此時，她正在在油燈下開會，明天一早就要出工，也早點睡吧。」

「今日去上菸一廠，下車間了解香菸生產過程，一車間空氣混濁，充滿辛辣的菸味，黃色塵霧中，運送菸葉的小車轆轆滾過，抽梗機嚼著葉子，像吃魚，把骨頭不斷從齒縫裡吐出來。切啊，切啊，刀片飛躍著，黃褐色的菸葉被切成無數的菸絲，像黃土般輕柔，躺在傳送帶上，飛奔前去。一支菸的生產過程很複雜，恍然覺得半截菸尾也不應該丟掉它了。

水汀熱得悶人，有工人打赤膊幹活，女工們下班了，脫了衣服躲在小屋的簾子後面洗澡。室外是嚴冬，這裡是初夏似的潮熱。

廠內的新老矛盾很突出。老工人說：『我們老了，不會再生孩子了，托兒所、幼兒園、結婚新房，這些都只給年輕工人們享受，沒我們的份，看醫生也不習慣。』廠裡最服從調配的，卻只有老工人。新工人拈輕怕重，調皮搗蛋，但調皮的人反倒佔了便宜，新工人一進廠就定三、四級，老工人幹了二十年也同小夥子定一樣級別，太不公平。然而，新工人也不服老工人……」

「星期日，清晨孩子們吵著要去買鳥，九時微雨，我帶著芒準備去城隍廟，出門不遠，忽然看見雲微笑著迎面走來，這簡直讓我不相信自己的眼睛，她去才一週，臉色黑些，也累，有一點泥土氣，真是一個令人喜悅的星期天。

「農村生活是艱苦的，過這一關要下極大決心，這不像一般人想像的義務勞動那麼短暫，下鄉是長期的，堅毅地度過這一難關，才能茁壯成長，人最需要的是堅強的意志，充足的幹勁，有了這些，世間無難事矣。

……下鄉有重大意義，尤其一些沒經過艱苦歲月考驗的幹部們，更需要補這重要一課。明日又將小別，捨不得離開她，然而必須送她走，必須鼓勵她，經歷這個考驗，因而感情更濃厚了。」

「拂曉即醒，城市嚴冬的清晨寒氣襲人，曉霧如煙，車輛燈光微弱，馬路上空蕩蕩的，上早班的工人都搭車去遠處上工，我送雲到車站。」

「今晨與芒到公園呼吸新鮮空氣，上午九時，突接雲電話，實屬意料之外，她明日想回市區看病，也擔心這樣請假影響不好。我說為長遠打算，要工作好，先把病治好，拖延不治病是不對的。我在城裡比雲舒服太多，比農民舒服太多，要加強自身鍛煉才是。」

「昨晚與雲談全市的狀態，她在鄉下，缺少機會學習，沒有市區那麼緊張，我揹著沉重的思想包袱，還沒從苦悶裡擺脫出來，但仔細一想，如何能避免別人對你產生看法呢。不去計較那些心眼偏狹、心術不正的人吧，原諒他們的短處，拿出一點氣概來，讓自己的胸襟再寬闊些。」

一九五八年是狂熱的年代，「大躍進」口號鋪天蓋地，「趕超英國」，鋼產量要翻一番達一〇七〇萬噸，馬路上的高音喇叭整天播放激昂的大躍進歌曲，連芒芒也學會了，回家就唱「一〇七〇萬噸鋼，呀呼嗨！一〇七〇萬噸鋼，呀呼嗨！一噸鋼也不少，半噸鋼也不少……」全市都「土法上馬，大煉鋼鐵」，工會系統也搞了土高爐，煉起了鋼，維德被抽去煉鋼，他變成工人，我變成農民，我倆真正地「工農結合」了。

維德日記摘抄

「三日報到去煉鋼，開始勞動生活，下午運柴泥和焦炭，坐在車上活像搬運工人。焦炭在張華浜，去後找不到煤建公司出貨。車站有大批家屬搬生鐵，暮色蒼茫的車站中，一片鐵塊撞擊的聲音，到處有人運焦炭，到後來也不秤重了，大家用手抓，八時半始運回。」

「被分配當轉爐工，第一次上轉爐有點緊張，怕出事故傷人，但操作過幾回就有數了，下午共出鋼十七爐，直到熔爐燒穿停工。不覺得太困難，但很疲乏。」

「上午九時半出第一爐鐵水，今一共煉三十八爐，忘了飢餓，直到下午三點鐘才吃飯。我的工作離不開轉爐，出鋼的鐘聲每五分鐘一響，美麗雄壯的鋼花在我面前爆發，如同下金雨一般的壯麗。雙手抓緊操作盤，任它狂風暴雨，像一個舵手航行在金色的海洋上。」

與此同時，我在沈家樓的農田裡耕作不已。每天早晨五點半，村中響起了預備鐘聲，我點起油燈，起床洗漱，六點出工，太陽還未升起，天色微明，晨風凜冽，我走到田頭，露水早已濕透了褲腳，幹了一個多小時，渾身已經微微出汗，七點半回來吃早飯，然後再下地，幹到十一時四十五分，午飯後一點下地，一直做到晚上六點，在暮色蒼茫中回到住處。一天下來筋疲力盡，晚上躺下就像死了一樣。

有一次下午挑河泥，勞作單調，我耐力不夠，到放工時，路都走不動了。勞動可以鍛煉意志和毅力，我咬緊牙關堅持，雙手磨出了老繭，三個月後我欣喜地發現，竟然能跟上大部分人的節奏了，一般農活也能熟練應對，駕輕就熟，比剛來時進了一大步，成就感大增，這堅定了我的信心，我相信今後會做得更好。

那時全國開展「掃盲運動」，沈家樓大隊，農民文化程度不高，隊部成立了掃盲學校，他們不知從哪裡了解到，我曾做過上總夜校語文老師，要我去業餘學校做語文老師，可在上工時去上課，同樣記工分，我有經驗，也很有興趣，因此就同意了。

日記摘抄

「業餘中學二十九日開課，舉行開學典禮，聘我為語文教師，參加校委會，我表示願意教課，本想教夜校，自己沒時間和力氣。隊裡表示，可在日常生產時間上課，那就沒有任何問題了。」

「晚去夜校掃盲班，第一次讀報給農民聽，來人雖少，但很安靜，聽得仔細，自己也興趣大增。今天風大，又去夜校，等了半天沒人來，只好自己回來了。以後晚上有空，還是要堅持去。」

「本就喜歡文學，現教初一語文，如果教高年級，大概更合我意，問題是，我不是師範出身，如何講得通俗易懂，學生能聽進去，儘快提高他們的文化水平，是今後努力的方向。昨去行知中學，找幾位有經驗的教師請教，大有收益。」

「六日開始一週『突擊掃盲』，農民的文化程度參差不齊，社隊領導要求百分之百完成，但一星期下來，考試合格率只四〇%，我很失望。」

「這幾天農忙，學校組織中學生參加勞動，小學生也要去割草，家長意見很大。大家說既然交了學費，就該上課，如果還是種田，讀什麼書呢。」

大躍進年代，一切政治掛帥，群情激昂，人心亢奮，正從事「前人未做過的事」，報紙、廣播連篇累牘報導「一天等於二十年」的奇跡：糧食畝產超千斤，超萬斤，甚至畝產「超十八萬斤的水稻試驗田」！沈家樓合作社緊跟形勢，每晚隊部燈火通明，召開會議，有時挑燈夜戰，開到午夜一時半，提出口號：「抓晴天，搶陰天，大風大雨當好天，起早摸黑接著幹，月光底下當白天」，「躍進，躍進，再躍進，棉花畝產達到三千—五千—八千斤！」這裡土地多，勞動力少，六十多人要種四百五十畝地，大部分是菜地，小部分種小麥、棉花，當時棉花畝產連一千斤都不到，我擔任棉花組小組長，自己沒有技術水平，心裡著急。因當時強調種糧要深耕，連續幾天開夜工，坌地挖泥到三尺深，有一次挖了整整一夜，凌晨才收工。

日記摘抄

「八月，天氣真熱，種棉花很具體，需要付出汗水，不像坐機關高高在上，幾年來對工作的艱苦性實際體會少，尤其流汗的勞動，現在不同，棉花增產必須親手做，切切實實，耐心艱苦，在炎熱的太陽底下施肥，人要鑽到密密層層的棉花枝下，彎腰曲背，一手拿鏟，一手抓肥料，一把把撒到棉株之間，衣服被汗濕了又濕，比鋤地辛苦多了，施肥不算，還要整枝『摸耳朵』（手工整枝），為完成任務，領導支持，肥料也領得多，提高產量就有了信心。」

「這兩天患『糞出手』，手都腫了起來，農民說，手接觸地裡的糞，難免會腫，這幾天為棉花施肥，大概手上有傷口，不慎接觸了糞肥所致。」

「天氣奇熱，鑽在棉花田裡整枝，渾身出汗，對勞動的艱苦性更有了實際的體驗，二十一日發現，地裡有蠶一樣大的毛蟲在吃葉，急忙用筷子去夾除。」

「九月二日晚將睡覺，忽然被通知去鄉裡開會，回來已是半夜，第二天凌晨三時出早工，雨中搭棉花棚，七時半回來吃早飯，已是渾身淋透，過去我最怕淋雨，如今大雨也不顧了，想不到變化如此之大。」

村裡幹勁衝天，但生產工具落後，分配制度不合理，生產力和生產關係不相適應的矛盾，逐漸體現出來，合作社提高了生產力，但合在一起的農民，意見不統一，為新生事物意見相左，經常發生爭吵……

日記摘抄

「由於蔬菜生長快，人手不夠，農民都被叫去『行菜』，有農民陳阿二，是典型的中農，精明會算，今天偷偷地對我說，棉花地裡幹活太累，工分又低，是『中工』，他不願意幹，情願去『踏水車』，活輕鬆，工分還高。工分總是定得有些不合理，農民都不願意種棉花，棉花田裡人少，大多是下放幹部在做。」

「最近宣傳，即將成立人民公社，昨開大會宣布，實現公社食堂化，到九月，九〇%以上社員要參加，很多社員心裡不願意，有反對的意見。村裡分成兩派，女社員張相寶在兩邊群眾中有一定威信，最近還參加了縣裡的萬人大會，她對我說，她姊姊那裡，兩個月前就成立食堂了，大家反映方便多了。經她這麼反覆說，很多婦女的思想就通了。」

「農民群眾對人民公社情緒高漲，王根娣（貧農）幹勁真足，白天出工，中午燒飯，晚上加班，踏水車整夜，第二天連著幹，值得大家學習。昨天她說，仇囡囡磨洋工怎麼辦？大家說，以後再這樣，會有眼睛看住她，會對她提出批評。」

「公社要實現軍事化，集體化，要求青年們住集體宿舍，有人歡迎，有人反對，還有人不願意住樓上，要住樓下……社裡正醞釀收回自留地，或由食堂、托兒所包下來種。對回收自留地，大家也有幾種態度，仇囡囡願意交地（反正她很懶），但一些勤儉農民往往猶豫不決，別人不交，我也不交，有抵觸情緒。昨召開社員大會，全體社員投票通過，自留地仍舊保留，但不准在出工時去種……」

在沈家樓這一年時間，我做遍了所有的農活，變成一個名符其實的農民。基本農活有：「捉花」、「摸耳朵」（棉花活）、耘草、種菜、鏟地、深耕、割麥、車水、挑河泥、「曬耘」等等，不一而足。除此外還有五花八門的零散活計如：工分統計、民兵統計、寫材料、寫大字報、開整風會、接待市北中學學生、教書、協助掃盲、幫助食堂結賬、搞沼氣、採購沼氣管、到鄉裡開會、到汶水路（當年無此路名）築路等等。十二月十三日，我還參加了全市性「捉麻雀，除四害」運動。

一九五八年是全國農村「公社化」的高潮之年，我下放所在的沈家樓農村，是這一歷史的真實見證。在這短短的一年時間裡，它從我當初下鄉時的「初級合作社」逐漸演變成「高級社」，然後又成為更高級的「農業合作社」，直至建立「人民公社」。我親歷這一特殊歷史時期的變遷。

五

一九四九年後，「老寶鳳」銀樓改名為「寶鳳」百貨店。一九五八年，「寶鳳」百貨店按政府要求，變更為「公私合營」方式，店名改為「長春」百貨商店。（領取定息：「寶鳳」定息二百四十元，另一商業「新泰源」布莊一百零二元。）當年我父母購置的房產[8]，逐漸被政府收去，不再屬私人所有。居住在「老寶鳳」樓上的母親和大哥一家，在這年也舉家遷出，搬來陝西南路的房子，住三樓。

我家住陝西南路房子的二樓，兩個男孩和我們住朝南一大間，北面亭子間由婆婆和保姆、小冬居住。二樓走廊對面兩間大房，中有移門，拉開可以成為一間極大的客廳，放置了紅木八仙桌和靠背椅，平時是母親、大哥一家的飯廳，走廊朝南有寬大的石扶

8. 父親曾經向葉家兄弟買下原鹽業銀行房子（地皮只買一半）、滬西草鞋浜一幢三層樓房（其中一間曾無償借給復旦地下黨員王丹心，作為黨的聯絡站，解放後王任江蘇省計委主任，曾來信感謝，另一間由我妹姚舜英借給滬西棉紡廠地下黨同志住）、澳門路裕德路各有三排房子，以及一九四二年用六十四兩黃金購買的寧波土地（慈溪車廄祝家渡四十九畝）。

梯，兩側園子裡有幾棵高大棕櫚樹和大葉冬青，園南為大門，平時上鎖，一般從後門進出，廚房在底樓，裝有煤氣，汽車間堆放雜物，底樓西南一間，由一遠親借住。

母親和大哥一家遷來後，打破了這幢大房子往日的寧靜，大哥家人口多，上下充滿孩子們的歡聲笑語，也因為喜歡「金伯伯」，常下樓來我家玩，有時纏維德講故事，他與人為善，喜歡孩子。我婆婆慈祥謙和，我們和兄嫂家相處和諧，從未發生過矛盾。有年冬天，婆婆哮喘病突發，我們都不在上海。我大哥揹著婆婆下樓，阿嫂陪同急送醫院搶救，轉危為安，為此，維德非常感激。

時間轉眼到了一九五九年，市建委在湖州郊區小梅口，興建一座水泥廠，設備從捷克進口，招當地農民做普通工人，技術人員從上海水泥廠調配，行政幹部也由上總抽調。維德被調去籌辦這個廠，我決定也一起去湖州，申請很快被批准了。

當時有一些幹部全家搬去了湖州，並遷去戶口。我們商量後也有了這個打算，為此我做了不少香腸，掛在走廊裡做準備。一次我遇到同去的周德清副廠長，他規勸我別這麼做，這才作罷。

三月，我告別沈家樓，結束了一年多的農村下放生活，回到市區。湖州水泥廠上海

上｜一九五七年末，機關動員大批幹部下農村勞動鍛煉，人人報名表決心，不久我就被批准了，同去的有席裕珍和凌華媛。這是歡送會後在外灘的合影，左凌華媛，右席裕珍。孩子們還小，需要照顧。我頭緒紛亂，愁眉不展，心情並不舒暢。
下｜一九五八年下鄉不久攝，女五男八，都是下放幹部，還有一位對襟衫戴氈帽者為當地農民。大場鎮沈家樓「東方紅農業合作社」留影。左為老鄉仇囡囡家。

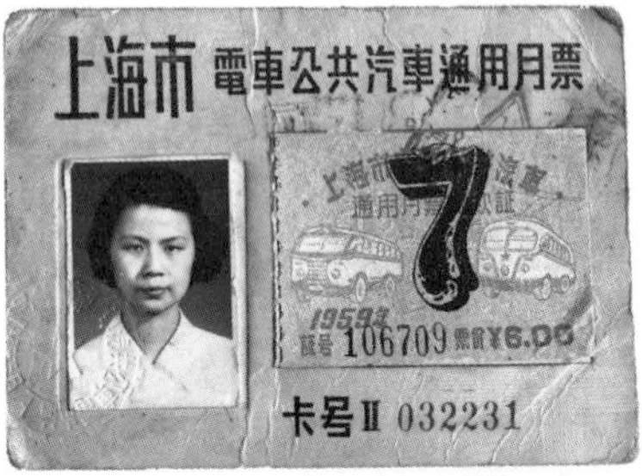

上｜一九五九年，市建委在湖州小梅口建水泥廠，維德被調去籌辦，我決定一起去湖州，申請很快被批准了。此照攝於湖州廠區，中排左二是我，時任化驗室副主任。
左下｜湖州水泥廠籌備處，在上海外灘廣東路一大樓裡，我每天在此上下班。公家買了這張月票，價六元，月內可乘市內所有的公交車輛，上車向賣票員出示即可。
右下｜在上海水泥廠「實習」，時年三十三歲。一九六〇年二月。

籌備處位於廣東路一幢大樓裡，我開始每天在此上下班。當時工廠主要的回轉窯設備，還在捷克待運，基建工程已經上馬，物資還未備齊，我負責向市計委、物資局等單位申請調撥建設材料。維德則先去湖州，配合地質隊勘探取樣，再到上海化驗，因此他時而湖州，時而上海，經常兩頭跑，雖然生活沒規律，但離開了是非圈，比較充實，精神飽滿。

不久，辦事處搬到設在華懋飯店（現和平飯店南樓）建工局機關的二樓，我跑計委、物資局、金屬公司，寫申請報告、要材料分撥單，非常忙，內心不甚喜歡這工作，但幹也得幹，不幹也得幹。

一天在樓下食堂吃飯，看見建承高中的女同學××，讀書時她比我高一年級，我們曾經非常要好，她家在北四川路橋堍開一個單開間西裝店，我去過她家。一九四三年秋她要去根據地，我去看望她，臨走前送她一雙銀筷以作紀念。這年冬天，突然傳來她犧牲的消息，我悲痛萬分，特意寫了一篇文章悼念她，誰知她並沒犧牲，多年後竟在此見到。她沒認出我來，因時下處境，我也不便貿然相見。她已是正處級幹部，在同一幢樓裡上班。有一天，我託人轉告了她，我在二樓辦公，卻未見她反應。一次我就上樓找她，本以為見面時她一定像我那樣驚喜，但我又錯了，她極其冷淡，連聲敷衍，我彷佛當頭被澆了一盆冷水，這是我沒汲取以前的教訓，我的心又被重擊了一次，久癒的傷口又開始流血。此後因為工作，我和她見面數次，在北京出差、在「五七」幹校都遇見過，我學會了淡淡地對她，如同陌路，儘量不說話。

一次我在樓下，準備下班回家，忽聽到有人叫我名字，原來是與維德在水上區一同工作過的范達夫，這時，他已是建工局副局長，他非常關心地安慰我說：「你心裡別難過，老金的事，最後總會解決的，組織上一定會調查清楚的，你要耐心，要好好照顧孩子，當心老金的身體……」聽到這幾句溫暖話語，我如沐春風，不覺流下了熱淚。在那些灰暗的日子裡，總以為人心已死，事實告訴我，人間自有真情在，我們有這樣一位真正的朋友。

這年七月，廠方任命我負責化驗室的工作，他們以為大學生就懂化學，就能把好技術關，其實我的理化知識極短欠，是趕鴨子上架，也只能接受這任務。

水泥從原料到成品，每個流程必須取樣，進行化學和物理檢驗，以符合行業標準，這是工廠的重要技術部門，我必須重頭開始學。先派我去上海水泥廠化驗室「實習」，每天乘廠車到龍吳路上海水泥廠上班。化驗室主任對我很冷淡，沒人主動幫我，我只能和化驗工打交道，抄錄大本技術資料，困難極大，時患胃病，常在下班路上嘔吐。

仔細看著資料，觀察化驗工如何操作，了解化驗取樣過程，跟著上夜班。一次湖州廠領導召集在上海水泥廠學習的負責人開會，要我記錄並向上級寫報告，四處找不到我。有人說我上夜班，已回家休息了。後來廠領導對我說：「你是去學領導工作的，怎麼下車間做夜班了？以後別做。」

一晃四個月，我對水泥化驗的整個流程有所熟悉，掌握了技術要領，不再是門外漢，有了底氣，對這工作有了信心。

一九六〇年二月，我正式到湖州廠上班，維德搞總務，上海湖州兩地跑，家裡由保姆照顧著三個孩子和婆婆。這年年初出現了大饑荒，連上海這樣的大城市也供應緊張，糧食每人定量，食油、豬肉更少得可憐，每月憑票供應，菜市場空空蕩蕩，只能買到卷心菜的老菜幫子，大家都吃不飽，面有菜色，維德兩腿浮腫。陝西南路裏弄有個居民食堂，我家偶爾也在此買飯。有次老金回家，順便查了一下家裡的糧票，吃驚地發現，保姆沒有計畫用糧，不到月底，這月糧票都快用完了，到下個月還有好多天，該怎麼辦？難道全家挨餓不成？他急忙買了個大號鋁鍋，仔細分配家中餘糧，每天煮一大鍋稀粥充飢，才度過了難關。那時的保姆叫孔媽，她每次去弄內食堂給孩子們打飯，婆婆總覺得端回來的飯分量不足，初以為是食堂剋扣，一次孩子在窗口看到，孔媽端著兩大碗飯，邊走邊舔食，怪不得飯總是平平的，也難怪她，都吃不飽啊！此後，婆婆就讓孩子們自己買飯了。

魚米之鄉的湖州也在鬧饑荒，廠裡按各人不同的勞動強度定糧，一般人每月定糧二十六七斤，體力勞動者稍高，為三十多斤，由於糧食不夠吃，廠裡組織了一批人開墾邊邊角角空地，種山芋、土豆。八月收穫，每人分到一些，土豆小得可憐，有的只有鴿子蛋大小，我每天住在化驗室裡用電爐煮著吃，倒能吃得飽。

水泥廠的自備電廠發電了，進口設備已經運來，回轉窯開始生產，但反反覆覆不太正常，水泥品質不穩定。化驗室有二十個人，都早於我到廠，工程師、兩位主要技術人員和老師傅都從上海水泥廠調來，其餘是青年學徒。群眾反映上海來的技術人員很保守，不積極教當地學徒，技術人員強調專業，領導對他們有看法，也擔心他們接受不了批評，我上班後要做雙方工作，矛盾卻總是存在。

一九六一年元旦那天，我和維德去了一次陳橋鎮，爬上了廠後的黃龍山，登山遠眺，只見藍天白雲，滿山蒼翠，山坡上星星點點，彷彿開滿野花，一條蔓延的黃土小路，通向山下的陳橋鎮，遠望村裡炊煙繚繞，一派旖旎景象，可我心情沉重，生活不正常，與孩子們長期分離，沒有欣賞美景的閒情雅致。

這一年，廠領導把維德調去了上海辦事處，順便可照顧家。我獨自住工廠化驗室小間。晚上全廠人員下班回家（宿舍在廠門外的半山上），除一個門衛，偌大的廠區只我一人獨住，現在想想，我當時是膽大包天。有天早上，屋裡出現了一條小青蛇，我也並不害怕，讓牠自由自在地溜走。我住了一年多，平平安安的。

年底，化驗室小徐到上海出差，我託他回廠時把女兒小冬帶來，那時小冬只有七歲，我倆睡在門房後邊的小屋內，她膽子小，像小尾巴一樣地跟著我。有一天下著小雨，我去發電車間有事，讓她暫時待在房裡，但她不肯，一直跟在我後面，路上要跨過一個小水溝，她跨不過去，就不住地哭，我只能把她抱了過去。

然後，就是我帶小冬回上海過春節，先是坐航船到湖州城裡，再搭乘小火輪回滬。這班船票賣完，只有散席票，我們只能坐在甲板上，天黑了，我們找個地方和衣躺下，昏黃的燈光下，甲板睡滿了人，過道擠滿了人，是活脫脫的一艘難民船。那時糧食困難，我餓著肚子，身邊只有一罐花生醬想帶回家，不捨得吃，只把搪瓷杯裡的冷飯舀給小冬吃。半夜我去上廁所，回來發現，我們睡的地方被人佔了，我讓對方搬開，為此大吵了一頓。天色微明，船到了上海十六鋪碼頭，看到了熟悉的海關大樓在晨霧中隱現，我的心情才好起來。

一九六二年夏天，孩子們都在十歲上下，我想讓他們來湖州度暑假，這把他們高興壞了，維德把三個孩子送到碼頭，再三囑咐注意安全，並拜託同船客人照顧，他們果然懂事，坐了一夜的船，平平安安來到湖州。第二天一早，我在湖州碼頭接船，幾個月沒見面，他們圍在我身邊，嘰嘰喳喳，興奮不已，我們再坐航船經南潯到小梅口，步行穿過紙漿廠，才到了我廠。在航船上，舒舒睡著了。芒芒說，昨天弟弟上船就東看西看，興奮得一夜沒睡。

我們一起住宿舍大房間，房前種滿了向日葵，天氣悶熱，生活瑣事全由我料理，到食堂買飯、洗碗、洗衣、洗澡、防備蚊子蒼蠅臭蟲，整天忙得不可開交，汗流浹背。兩個男孩頑皮，不大照顧妹妹，逕自去各處遊蕩，不願意帶她，害得妹妹在房間裡哭。有次兄弟倆走到礦山，坐上了礦山平板車，順軌道向下滑去，萬一車輛傾翻，後果不堪設想！幸好被工人及時阻止。另一天，突然有同事告訴我，說你孩子昏倒了，芒芒在太陽下曬得過久，以致中暑，我大吃一驚，揹著他跑到醫務室治療。最令我頭痛的是，他倆

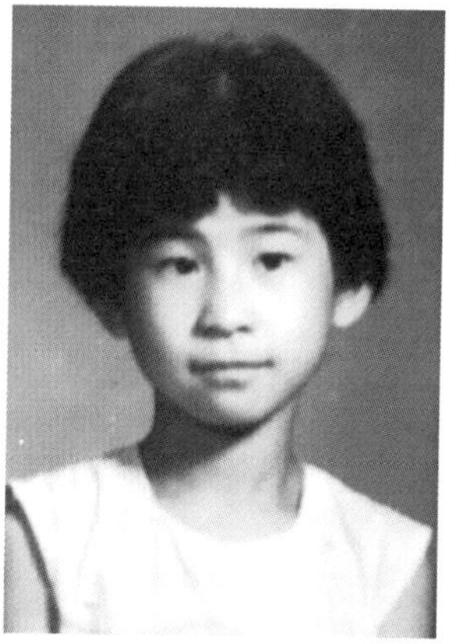

上｜三個孩子合影，我倆在湖州，他們由我婆婆和保姆照看。一九六〇年秋。
左下｜小冬七歲，跟一位陌生叔叔坐船到了湖州，為的是看媽媽。
右下｜虹橋吉安公墓掃墓，一九六三年清明節。

左｜全家合影於陝西南路居所，我們當時還未從湖州調回上海。一九六二年春節。
右｜兄妹四人合影，院裡有高高的棕櫚樹。左是大哥，右弟弟新祥、妹妹舜英。新祥新婚不久，背後百葉窗的屋子是他的新房。

在化驗室裡亂動儀器，亂翻辦公桌，有人反映到廠領導，我挨了頓批。

在這一年，工廠生產未能上去，不死不活，似乎就要下馬，雖然這個廠全由上海出資，但上級已決定把它轉交給浙江方面經營。不久，上海來的主要廠級幹部和幾個科長悄悄調回了上海，說實話，幾個主要領導對在湖州的工作，本來就是心不在焉的，平時難見到人影，這次如願了。接下來全廠人員精簡，老工人也回鄉了，廠裡人心思動，大家都期盼著能早一天調回上海。

七月底的一天，廠部忽然通知我正式回上海工作，我大喜過望，沒和任何人說，悄悄回宿舍整理行李物品。第二天清晨，一輛卡車停在宿舍門前，我和三個孩子上了車，到達湖州金婆弄的廠辦事處，卸下行李還不到八點。天氣太熱，孩子們滿頭大汗，我則愉快地帶他們去一家老店鋪，吃有名的扁豆湯和千張包，權當早飯，遊覽了這座古老的小城。經歷三年的困難時期，一九六二年經濟逐漸恢復，市面逐漸興旺起來，物價還算便宜。中午在人民路一家餐館吃飯，我用剩餘的湖州糧票買了一斤米飯，點了一個三元的紅燒大魚頭。等端上桌一看，嚇，好大一個魚頭！小臉盆一般，足有三斤多，燒得濃油赤醬，香氣撲鼻，幸好多一個心眼，沒點其他的菜，不然就要浪費了。四個人就著米飯，把它吃完。

下午上船，是艙內一條三人的長條椅，我把備好的小席子鋪在地上，讓兄弟倆睡，小冬睡椅子，我坐在旁邊打瞌睡。入夜萬籟俱寂，只有「突突」的柴油機聲在船尾鳴響，小火輪劃開平靜的河水前行，月光照在水面上，泛起銀光，孩子們都睡著了，我的心也像河水一樣的平靜，終於可以結束這顛沛流離的兩地生活，和孩子們團聚在一起，回上海工作了，我們再也不會分離。清晨，船開進十六鋪碼頭，遠遠看到維德在碼頭向我們揮手，我們分坐兩輛三輪車回家了。

我回到上海，維德仍在廠駐滬辦工作。那個階段，他一直在寫申訴材料，寫了不知多少的申訴書（至今留有底稿三份，一份十八頁，一九六三年的一份有四十九頁之多）。

這年，我先在建工局清倉辦公室工作近三個月，十月份，我到中國建材公司華東分公司（後更名華東一級站）報到，單位在威海衛路太陽公寓內的一座洋房內，屬國家物資總局建材局領導。計畫經濟時代，每年由全國生產企業上報產量，再由國家物資總局按計畫分配給各大區，大區再分配給所屬各省市，我單位負責華東六省一市的建材物資分配，我在綜合計畫科當副科長，任務繁雜，每月要把各業務科的計畫總結綜合成文字，上報物資總局，每年去京參加全國統配物質的計畫分配大會，每次會期一個多月。

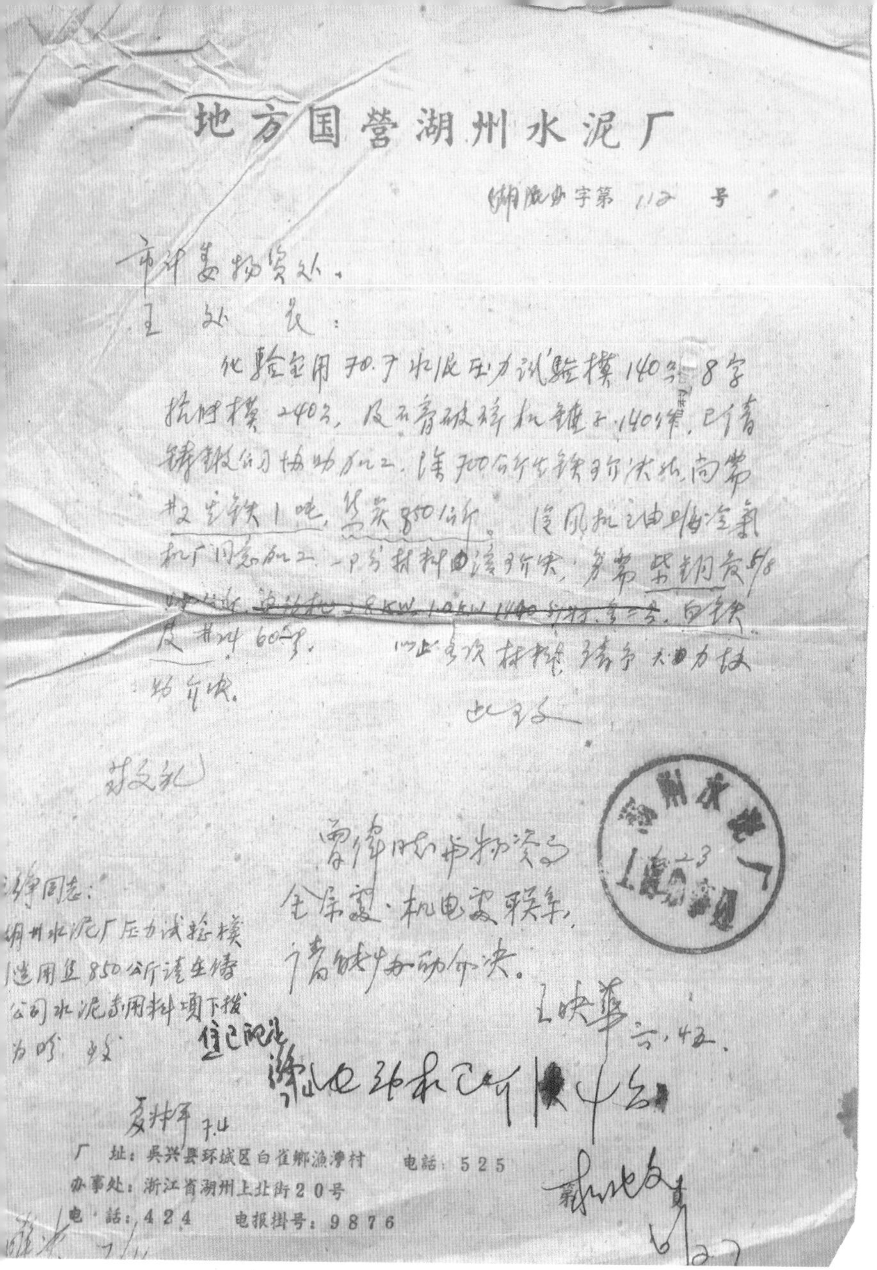

地方国营湖州水泥厂

湖廠 字第 112 号

市计委物资处，

王处长：

厂 址：吳兴县环城区白雀鄉漁浮村　　电話：525

办事处：浙江省湖州上北街20号

电 話：424　　电报掛号：9876

母親寫的湖州水泥廠請示公函。

在華東一級站工作期間，一九六四年加了一次工資，我們倆工資共一百八十四元，在當時是中等以上收入水平。生活有改善，經濟復甦，市場供應相對豐富，五元可買滿滿一竹籃小菜，魚肉葷素俱全。我們帶孩子去城隍廟和龍華寺，每逢週六，下班後我會在長樂路轉角食品店，用糕點券買些餅乾點心給孩子們。一九六五年添置了一臺六燈三波段的飛樂牌收音機，花了一百多元。

一九六五年五月初，一級站開展「四清運動」。六月下旬，維德回滬——此時范達夫任建工局副局長，分管人事。他能調回上海，是和范的關心分不開的，他是我倆的恩人。

維德被安排在建工局技校當語文老師。地處上海郊區吳涇，每週在徐家匯搭校車回家一次，有寒暑假，休息時間增多了。他愛古詩詞，當高中語文教師應是綽綽有餘。每個週六常帶一大疊作文本回家，逐字逐句批改，有時改一篇用很多工夫。學生們尊敬他，常上門請教。

維德告訴我，他到校第一天，同校教師劉厚澤就認出了他，稱一九五三年聽過他在水上區「民改」的報告。在以後的艱難歲月裡，他們也一起被學校「監督勞動」。劉的祖輩劉鶚先生，曾被流放新疆，一九〇九年病死於迪化（今烏魯木齊）。劉厚澤則是在一九七五年突發急性菌痢，校「工宣隊」只許他去附近看病，不許去大醫院，他領取工資返家時，死於滬郊一偏僻的公交車站上。

從一九六五年秋到一九七九年三月，維德在該校工作長達十四年之久，但真正的課堂時間，只短短兩個學期。「文革」開始，情況大變，他再度陷入了人生的低谷。十四年中的十年，他是在清掃廁所和寫「交代材料」中度過的，也是他職業生涯中最長的一段經歷。

一九六六年一月三日，青島召開華東區建材業務會，會場在海邊一幢船式的大樓，華東各省的建材公司報來的材料，我在會前都要看完，寫開會第一天的發言稿。記得大會前夜，一直寫到清晨兩點才休息。青島的冬天真冷，我得了感冒，第二天去看醫生，還繼續準備最後的總結報告。這次大會得到物資總局好評，但這也是我最後一次參加這類會議。海風刺骨，寒氣逼人，我們將面臨一場更大的風暴，經歷人生中更為驚心動魄的磨難。

上｜在京開會期間與同事們在長城留影，一九六三年十一月。
下｜在京參加物資總局會議，時年三十八歲，攝於北京香山飯店，一九六五年十一月。這件灰色滌卡兩用衫，在上海茂名南路一高級服裝店買的，圍巾是維德在一九五八年送我的，當時花了八元錢，我記得非常清楚，羊毛質地，紅白黑相間的色彩條紋，我十分喜愛，至今還在使用，我會一直用它。

一九八〇年代初攝於曹楊新村。

我八十九歲，二〇一六年，上海。

我們回望

我常常入神地觀看他們的青年時代，
想到屬於自己的青春歲月……

家書

這本書用了三種不同的敘事。

第一章初稿於一九九〇年代，借「伯父」、「伯母」寫了我的父母。二〇一三年我父親去世，改為「我父親」、「我母親」，以〈一切已歸平靜〉發表在二〇一四年《生活月刊》。

李小林老師看到此文，希望我繼續這個題材，「肯定有內容寫，即使稿子長也沒關係」。李老師的熱情，讓我想起二〇〇九年去故鄉黎里匆匆記下的那些片段。以後的幾個月，我走進了本以為清晰，其實相當陌生的地方，遠看一個普通的青年人，如何應對他的時代，經歷血與犧牲，接受錯綜覆雜的境遇和歷史宿命，面對選擇，從青春直到晚年，旁逸斜出，草蛇灰線，實在也是復述的一種周折，我常常瞻前顧後，下筆躑躅，習慣被七嘴八舌的聲音和畫面切斷……終以〈火鳥——時光對照錄〉，刊於《收穫》（二〇一五年第五期專欄「說吧，記憶」）。這次付梓，添加父親大量書信、讀書筆記，包括關於他特殊系統的資料，成為本書的第二部分。

父親去世後，母親不大願意出門，去任何的地方，她都會想起我父親，情緒很差。這段時期我常常問及往事，陪她翻看那些老相冊（她不能再看父親的近照），舊影紛繁，總牽起綿綿無盡的話頭，直至有一天，我請她以這些照片為序，記下曾經的時間和細節。她認真做了起來，甚至到了廢寢忘食的地步，近九十歲的老人，半年內做了兩大本剪貼，在梳理記憶的這段日子裡，她變得沉靜多了，彷彿只有回望，才是生命的價值。擺在眼前的圖文，記錄了一個上海普通女孩的時光之變，也使得本書的前兩章，出現了「未完成」狀態，顯露了更複雜的對照。我幾次提議是否可整理成書，她一直猶豫說，是給自家孩子們看的，是個人的私事……這部分以「口述實錄」整理的文字，是本書第三章。

開頭寫到父親與「堂兄」關係、提籃橋細節，到了第二部分「黎里・維德・黎里」，就是另一種解釋——他們並不是共同被捕的，「堂兄」也不瘐死於監房，而是在憲兵醫院跳樓就義，關押父親的地點，不在提籃橋，是北四川路憲兵監獄（大橋公寓）。一九四〇—一九五〇年代，父親數度入獄轉獄，在母親回憶的一九五〇年代初，竟然他也在這座著名監獄短暫工作，因此前篇我筆誤「提籃橋」，彷彿就是「言說與記憶」的某一種夢魘。包括母親登上火車，被大舅拉回去關在家裡一個月，也只有進入到她老人家的敘事範圍裡，才有更生動的演繹……我保留著這些局部不一致的痕跡，保留「在場感」的某種差池，是保留了「尋找」的姿態。

我常常入神地觀看他們的青年時代，想到屬於自己的青春歲月，一九六九年初，我去東北嫩江落戶，在家信裡多次描述大批犯人就在眼前割麥、整隊押上高度戒備卡車的經歷。但父親的覆信裡，對這些我備感震驚的細節都不予回應，一直到了近期，看他一九四二年獄中通信、一九五三年調查監獄制度的報告，才有所了悟——我當年強調的那些景象，在他是完全清楚的，完全懂得這些內容；也包括一直到了最近，我才看清了母親在她的青年時代，曾也和我當年那樣，早起晚歸，終日勞作，做了那麼多繁重的農活。

他們的時代，有他們的「閱讀」與「寫作」，意味深長的詞語重合。比如「浙西」，他們先後見到來自這特殊地方的人員；先後在不同時空裡被「打手心」；先後去赫德路居士林「覺園」流連；在一九三八年杭州「國軍」軍訓，或一九五〇年華東軍政治大學期間「打綁腿」——那些遙遠的黎明時刻，天剛濛濛亮，他們先後在催促聲中匆忙起身……我則是要延續到更晚的一九七〇年，一般是半夜一兩點鐘，哨音大作，起床起床！緊急集合!!黑暗中，睡眼惺忪中，穿衣穿鞋，整隊報數集合，跑向了雪原，寒夜上空不時閃動信號彈的藍光——這都是蘇聯特務潛入邊境所為嗎，但我們始終撲空，後據說終於有人找到了一種（空投？）定時發射裝置……在無數黎明前那些難忘黑幕裡，我們在雪中迅跑，吐出白綢一樣的熱氣……

一些簡單的詞語，如頻繁出現的「寫交代」、「寫申訴」，會油然融入到我少年時期的記憶碎片裡，也重疊在楊德昌電影中的那位難忘的父親身上，我一直記得在影片的「嘶嘶」聲中，那個長期獨坐不動的寂寞背影。

我曾借用小說對話，重現當年詢問父親的內容，問他為什麼不去做工，為什麼不做上海碼頭工人，如能這樣，我家現在就是工人階級成分了……

一九八七年，父親在《齊瓦哥醫生》封三的白頁上寫：「……反映當時的動盪，飢餓、破壞、逮捕、投機分子和知識分子的沮喪，都是事實，但作家的任務是什麼呢？知識分子決不是沮喪和黑暗的。」那個時期，我一直在寫小說，我總覺得這些字是他為我寫的，他一直對我的寫作和以後的編輯職業憂心忡忡。

本書範圍止於一九六五年，是考慮之後景況，有太多的共同經驗——書中某些細部，實也溢出了篇幅，總之，三種記憶和敘事、引文、解釋不厭其煩，包括極為繁複的編排過程，讓我懂得，即便再如何拓展蔓生，作為個人，總徘徊於獨自的情感和視野裡——人與群的關係，人與史的碰觸，彷彿一旦看清了某些細部，周遭就更是白霧渾茫……萬語千言，人只歸於自己，甚至看不清自己。

讀到一九五〇年代他們反覆討論家中開支的內容，我曾經問過母親：為什麼不賣掉那箱嫁妝？母親睜大眼睛說：這怎麼可以？根本不可能的，是想都不會想的事!!

確實如此，時代過去了，這種激烈表達，已少人能懂，賣出金銀細軟，當年必須提供詳盡戶籍資料和單位證明……這些特殊細部背景，非常容易風化，非常容易被遺忘。

記憶與印象，普通或不普通的根鬚，那麼鮮亮，也那麼含糊而羸弱，它們在靜然生發的同時，迅速脫落與枯萎，隨風消失，在這一點上說，如果我們回望，留取樣本，是有意義的。

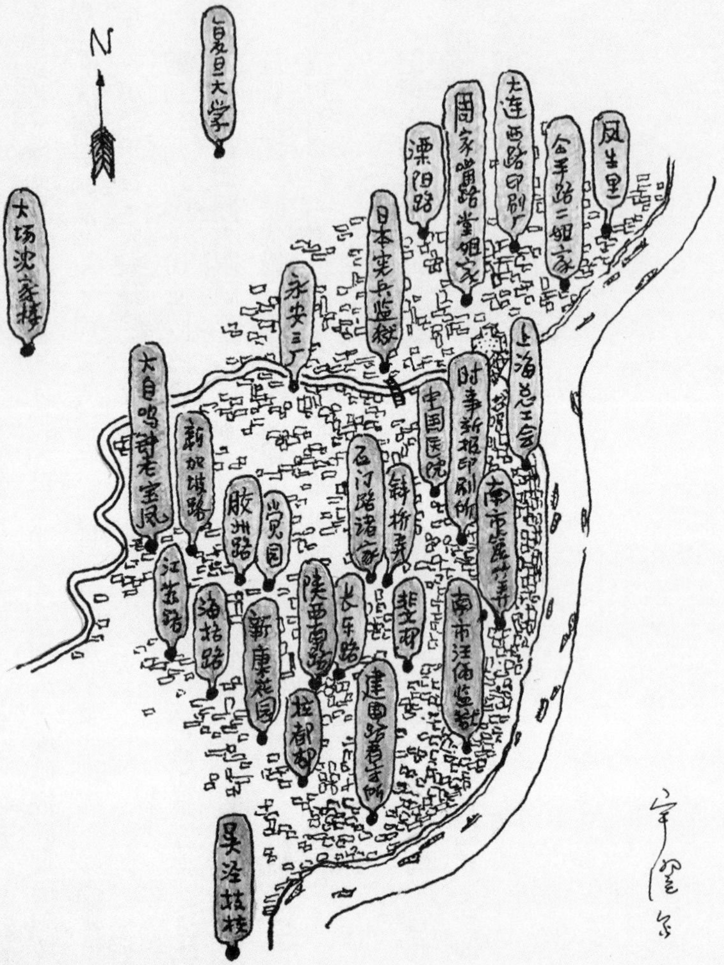

我父母住過的上海地點（一九六五年止）。

文學森林 LF0096

回望

作者
金宇澄
曾名金舒舒，一九五二年生於上海，祖籍江蘇黎里。小說家、《上海文學》執行主編。茅盾文學獎得主，作品曾獲台北國際書展大獎、Openbook年度好書獎、中國好書、魯迅文化獎、施耐庵文學獎、華語文學小說家獎。
著有長篇小說《繁花》、隨筆集《我們並不知道》、中短篇小說集《迷夜》，及作品選輯《輕寒・方島・碗》等。

封面設計　楊啟巽
彩頁構成　洪偉傑
圖片整理　金芒
責任編輯　王琦柔
行銷企劃　劉容娟、詹修蘋
版權負責　陳柏昌
副總編輯　梁心愉

初版一刷　二〇一八年八月二十七日
定價　新台幣四五〇元

ThinKingDom 新經典文化
發行人　葉美瑤
出版　新經典圖文傳播有限公司
地址　臺北市中正區重慶南路一段五七號十一樓之四
電話　02-2331-1830　傳真　02-2331-1831
讀者服務信箱　thinkingdomtw@gmail.com
FB粉絲專頁　https://www.facebook.com/thinkingdom/

總經銷　高寶書版集團
地址　臺北市內湖區洲子街八八號三樓
電話　02-2799-2788　傳真　02-2799-0909
海外總經銷　時報文化出版企業股份有限公司
地址　桃園市龜山區萬壽路二段三五一號
電話　02-2306-6842　傳真　02-2304-9301

回望 / 金宇澄著. -- 初版. -- 臺北市：新經典圖文傳播, 2018.08
368面；14.8×21公分. -- (文學森林；YY0196)
ISBN 978-986-96414-6-3（平裝）

857.85　　107011963